前立腺歌日記

四元康祐

講談社

目次

1章　奥の細道・前立腺　5
2章　尿道カテーテルをつけたまま詩が書けるか？　69
3章　シェーデル日記　130
4章　わが神曲・放射線　187
終章　春雨コーダ　249

前立腺歌日記

1章　奥の細道・前立腺

一　発端

物事というものは、繋がっているのだろうか。水の流れのように、切っても切れない連続体なのだろうか。それともそう見えるだけで、実際にはバラバラなのか。糸を通す前の真珠の首飾り。釘にぶつかりながら偶然のルートを辿って壁面を伝い降りてきた挙句、水平に押し合いへし合いするパチンコ玉。あとから振りかえってみれば曰くありげに見えはするものの、本質的にはランダムな現象の連なりに過ぎないのだろうか。我が身に降りかかってくるのは、波なのか、粒なのか。

去年の春、熊野へでかけた。蟻もすなる熊野詣というものを、人もしてみようと思ったわけではない。片雲の風に誘われて漂泊への思いが湧いたわけでもない。ルイスに頼まれて、行きがかり上そうなったのだ。

霞みの空に踝《くるぶし》を浸せば、おやまあ、山々が波になって打ち寄せてくるよ。

ルイスはスペインのガリシアに住んでいて、ガリシアといえばサンティアゴ・デ・コンポステーラ、いわゆるカミノ・デ・サンティアゴ（サンティアゴの巡礼）が有名で、私も十数年前に一度その一部を辿ったが、そのときはまだルイスに会ってはいなかった。それからしばらく経った頃、たまたま詩の朗読で訪れた田舎町の文学館の館長さんが、変な男でガチョウが絞め殺されるような甲高い裏返った声で喋る英語は文法も語彙もめっちゃくちゃ、ほとんど何を言っているのか分からない、それでも妙に気があって、その後毎年のように会うようになり、写真展を開いてくれたり、夫婦で自宅に泊めてくれたり、会うたびに至れり尽くせりの歓待で、二、三年前にはカミノ・デ・サンティアゴではない別ルート、ポルトガルからイベリア半島西端を北上し、ガリシア地方を斜めに突っ切って、ビスケー湾がほとんど大西洋に接するあたり、コスタ・ダ・モルテ（死の海岸）と呼ばれる荒涼たる断崖の突端に、しがみつくように残っている聖地、サント・アンドレまでの巡礼を、夫婦二組四人で歩いたのだった。

喧嘩する夫婦としない夫婦。どっちが美味しい、道祖神？

今度はぜひ日本の巡礼路を歩いてみたい、みんなでクマーノへ行こうじゃないか、知ってるかヤスヒーロ、ガリシアはワカヤマと姉妹都市、聖なる道によって繋がれているのだよ。ルイスの裏声が高々とそう告げて、それは決まった。彼の文学館で働く男とその細君も来ることに。こっちでも日本の友人が加わって、総勢七名の巡礼団が結成された。

道とは紐である。そして紐は常に二点を結ぶ、捩《よじ》れつつ縺《もつ》れつつ。

かくして私は熊野を歩いた。もしも歩いていなかったなら、今頃どうなっていただろう。前立腺ガンには気づきもせず、自覚症状もないまま知らぬが仏、やりたい放題し放題、何食わぬ顔で普通に生きているだろうか。それとももはや手遅れで、全身にガンが転移して、なす術もなく病床に横たわっているのだろうか。あるいはとうにこの地上から露と消えていたり。

思えばサント・アンドレは死者の村。生きている間に誰もが足を向けるサンティアゴに嫉妬して、往生する前の死者の魂をことごとく呼び寄せた。だから今でもここへ赴く者は、親しい死者の持ち物や写真を携え、道中の食事も二人分注文し、胸の中で時には実際声にも出して、死者と語らいながら歩いてゆく。あの頃もう、我が前立腺にはガン細胞が宿っていた訳である。事物の発端というものは、いったいどこまで遡ることができるのだろう？

ヘイ、ディック！　曙の空低く、血まみれの胡桃が飛んでゆくよ。

二　旅立ち

蟻の熊野詣という言葉、ものの本にはかつて京から熊野まで、蟻の行列のごとく巡礼者が連なり、引きもきらぬほど賑わった様子とあるが、本当は険しい山の斜面を這うように、時には両手両足つきながら、上ったり下りたりする様を、蟻の孤独な歩行に喩えたのではないか。それほど熊野路のアップダウンは険しくて、カミノ・デ・サンティアゴなんかの比でない。こりゃ足が痛くなるかも、と思ったら案の定、右の膝が痛み始めた。上るときよりむしろ下りるのが辛い。坂はまだしも階段が直接膝関節に響くのだが、行けども行けども磨り減った石段が、山の斜面をうねうねと、微妙に大きすぎる歩幅で配されていて、あっぷあんどだうん、だうんあんどあっぷ、果てがない。数年前には集中豪雨に見舞われて、大規模な土砂崩れがあったそうな、ざっくりと山肌の削られた無残極まりない爪痕が、あちらこちらに残っている。まるでダンテの描いた地獄のようだ。あっちは地震による地滑りだったが、そういえばダンテもまた巡礼者。地滑りの縁《へり》をへっぴり腰で、おっかなびっくり蟻の門渡り。

林立するペニスを抜けて、朝陽が会陰部に降りそそぐ。

同行の六人は、ひとり遅れてくる私を、スペイン語と英語と日本語のちゃんぽんで楽しげにお喋りしながら、のんびり待っていてくれる。ルイスとアントーニオは、見るに見かねて枝を二本、汽車ぽっぽごっこのごとく両脇に抱え、私にその間へ入れという。枝に身体を預けて歩くがよいと。気持ちはありがたいが却って痛い。みんなを待たせるのは申し訳ない。明日からは一行よりも一足先に、ひとりで出発しようと思う。

三　バスケットボール

膝が痛いのは今に始まったことではない。中学生の頃膝関節の軟骨が飛び出して、まるで膝頭がふたつずつあるかのようになった。びっくりして近くの医者に診てもらったところ、成長期の関節に過度の負担をかけるのがいけない。なにかスポーツをやっているのかと訊かれた。バスケットボール部に入っていると答えると、辞めた方がいいと云う。かくして我が選手生命は絶たれた。爾来《じらい》膝軟骨は飛び出したままである。膝のみならず踝の内側の軟骨も突き出している。普段はなんということもないが、負担が過ぎると疼き始める。だからジョギングは苦手である。一歩ごとに下から地面が突き上げてきて、重力の衝撃をもろに感じる。逆に泳ぐのは大好きだ。自転車やローラーブレードも。とにかく水平にすーっ、すーっと、抵抗なく滑ってゆくのがいい。歩くのはその中間。平坦な道をしずかに歩いてゆくのは好きだが、こう上り下りが続くと敵わない。

もっとも朝のうちはすたすた歩ける。だから朝食を終えるや否や、みんなよりも先に宿を飛び出して、逃げるように距離を稼ぐ。そうしておけば午後になってペースが落ちて、追いつかれ追い抜かれたとしても、次の宿に着くのにそれほどの遅れはとるまいという算段である。

人はみな時の落人《おちうど》、なーんちゃってと地蔵が笑う。

山道をただひとり歩いてゆく。杉の木立は一斉に天を衝いている。その姿はあまりにもまっすぐで、植物という自然であるよりも垂直という概念そのものであるかに見える。空は澄み渡り、金の陽射しが斜めに射しこみ、木々の間にたなびく朝靄を内側から発光させる。ほーほけきょと鳥が啼く。早春ゆえにまだ啼き方がたどたどしい。あたりにはほかに人影はない。鳥の声がこだまし、地を踏む足音が響くごとに静けさはむしろ深まる。その巨大な静けさの底をたったひとりで歩いてゆく。膝の痛みは口実で、本当はこの孤独と静寂が味わいたかったのだ、と後ろめたさを感じながら——

と、四十数年の歳月の彼方から、切れ切れの短波ラジオの声のように、痛みがやってくる。懐かしい感覚だ。頭を坊主刈りにして、バスケットボールをドリブルしていた頃の私は、跡形もなく消えているというのに、痛みだけは昔のままだ。その声は歩くにつれて強まり、耳元に近づいてくる。あたかも今辿っている山道が、時間を遡行する旅であり、目的地には私の過去が待っているとというかのように。

正面の山の杉の木立に、母の恥毛の燃えあがる。

痛みには実体がない。肉体のさなかから生まれてくるというのに、痛みそのものは無色透明、無味無臭、物質性を一切持たない。痛みをもたらす化学物質はあるとしても、そうして引き起こされた痛みは分子レベルまで遡ったとしても捉えることができないだろう。手に摑み取ることも、他人と共有することもできない。老いることもない。それは時空を超越している。宇宙の物理から完全に自由である。まるで記憶のように。自分は今ここにいると思う意識のように。痛みとは、タマシイの一種であろうか。

充分な距離さえとれば、どんなに尖ったギザギザだってなめらかな曲線だあね。

もしもその痛みがなかったら、私は熊野路を終えてドイツに帰ったあと、かかりつけのベッカー先生のところへ行かなかったろう。ベッカー先生が整形外科医に紹介状を書き、予約を取り付けてくれたついでに、たまには血液検査でもしておきましょうか、最後になさったのはいつですか、と訊くこともなかっただろう（ドイツには定期健診という習慣がないのである）。一週間も経たずにその結果が届いたとき、PSA値がちょっと高めですね。まだお若いから大丈夫だとは思いますが、念のために一度泌尿器科のお医者さんにも診てもらったらいかがですか、ともならなかったに違いない。

半世紀近い過去から、バスケットボールのドリブルの音と共に、鶯の囀《さえず》りの現在を掻き分けてやってきた純粋にして不死なる痛みが、私をそこへ導いたのだ。

四　ヨブの発心

ベッカー先生（といっても日本人の女医さんである。ドイツ人と結婚して、こちらで開業している。金色に近い茶髪に染めた、エネルギッシュな人である）のところを訪れたのは、膝関節の痛みのせいだけではなかった。熊野へ行く少し前に、モンブランの中腹のホテルで地ビールを一口飲んだとたん、全身にひどい発疹が出たのだ。すぐに医者を呼んでもらって抗アレルギー剤を飲み、数時間後には掻《か》き毟《むし》った痕だけを残して発疹そのものは消え去ったのだが、なにが原因だったか分からない。地ビールのほかにサラミソーセージとペストソースを載せたクラッカーも齧《かじ》ったが、どれも普段から食べなれているものだ。

その前の年には、晴天のスキー場や真夏の湖畔で数時間を過ごしたあと、瞼が腫れ上がるという現象が生じた。蜂に刺されたかのごとく、まともに目を開けることもできない。朝起きたら片方の目が真っ赤に血走っていたこともあった。自分の肉体になにやら異変が生じているという気配は、すでに充分漂っていたのだ。

指の腹で発疹に読み耽る、わたしの心は琵琶法師。

旧約聖書に登場するヨブも、歳をとってひどい皮膚病を患う。痒くて痒くて掻き毟り、全身に灰をまぶしてのたうちまわる。聖書ではこれはサタンの仕業であり、ヨブの神に対する忠誠心を試すものであったとされているが、老いるということと痒みとは繋がっている。死に近づくにつれて身体の内部で生ずる変化が、皮膚という表面に現れるのだ。だとすれば思春期の裏返しで、発疹は老年ゆえのニキビのようなものだ。

幼いときからとりたてて丈夫ではないものの、大病はせず怪我もなく、ほとんど病院と無縁でこれまで生きてきた私であるが、さすがに五十六年も経てば肉体にもガタが来よう。皮膚の傷、骨の変形、脂肪の沈滞、臓器の疲弊。細胞レベルでの絶え間ない、夥《おびただ》しい死。我が肉体は、私という個体の履歴、ヒエログリフの刻みこまれたロゼッタストーンのごときものだ。ふだんは身体の奥に隠しているその秘密が、ベッカー先生の茶髪のもとに暴き出される。そのとき心には行き場がない。衣を剝ぎ取られた蓑虫みたいにもじもじしている。心は歳をとらない。死ぬまで皺《しわ》一つない童顔のままだ。身体が歴史であり物語なら、心は詩だな。ヨブは病苦を糧として発心を得たらしいが、私の心はひたすらつるんと陽に晒《さら》されたままだった。

葬儀の朝になっても、左足の親指の爪白癬《はくせん》菌はなお生きている。

五　指

日本からドイツに帰ってしばらくしてベッカー先生のところへ行った。ズボンの裾を捲って軟骨の膝を差し出し、シャツの袖を捲って血をとって各種アレルギー反応の検査をした。スギや小麦、米、卵、エビ、カニ。ペストソースに反応したっていう可能性もあるでしょうから、松の実もいれておきますか。結果はどれも陰性だった。その他の数値もおおむねよかった。ただ前立腺ガンの腫瘍マーカーであるPSA値が4だった。ちょっと高めですね、というベッカー先生に、私はしたり顔でこう言った。

「僕はもともと高めに出る体質のようなのですよ。以前にもPSA値が4を超えて泌尿器科で診て貰った事がありました」

「いつごろですか？」

「もう十年くらい前ですかね」

実はそのときのことを、私は詩に書いている。小池昌代さんと交わした『対詩　詩と生活』に収めた「寂しき高み」という作品である。その冒頭部分、

　　胎児のように丸めた膝の先まで
　　ズボンをおろした私の尻の穴のなかに

イジコフスキー先生が人指し指を指し込んで
なにかを探り当てようとするかのように動かしながら
子供の頃転校してきたという日本人の
兄弟の思い出を語っている
「大きな子供たちでね。ふたりともジュードーが強かった」
薄暗い小部屋で左を下に横たわって
目の前に迫った壁を見つめながら私は礼儀正しく
会話を続けようとするのだが、イジコフスキー先生の指先が
不意に奥へ、伸びて、強く押すので
（ああっ）なにかがこぼれてしまいそうになる

イジコフスキー先生は東欧風の骨ばった痩身の、前に突き出した眉の骨が、眼窩《がんか》に陰鬱そうな翳《かげ》を落としていた中年男だったが、茶髪のベッカー先生から紹介して貰った泌尿器科の先生は、まだ若いアンドレア・ベーレンド先生だった。明るい優しげな顔つきで、いかにも甘いマスクという感じの好青年である。イジコフスキー先生はいきなり指を突っ込んできたが、アンドレアはまず私を仰向けに寝かせると、パンツを下ろした股間の、睾丸の周囲を弄った。その手つきはいかにも医療行為然とした、素早く控えめなものであったにも拘らず、本人の意思とは関わりのない根源的な優しさを秘めているようで、これをこのままずっと続けられたら、立っちまうんじゃないかと私は心配だった。それから彼は人差し指の先にたっぷりとワセリンを塗りたくると、横

向きに胎児の姿勢をとった私の尻の穴にそれを差し入れた。抵抗はさほどなく痛みは全く感じないのだが、彼が私の腸のなかで指の角度を変えて強く押すと、やっぱり（ああっ）と声にならぬ叫びがこぼれ、ついでにオシッコも漏らしてしまいそうな感覚に襲われるのだった。「寂しき高み」の続きはこうである。

背後にはパソコンの画面が瞬いていて
私の前立腺の断層像が複雑な地形のように浮かんでいる
「肥大はしていない。腫瘍かどうかは
　確認できない。遠すぎてね、指が届かないんだ」
そう言いながらイジコフスキー先生はもう一度試そうとするので
私はまた、ああっ、虚ろになってしまう

この詩に記された日付を見ると、二〇〇四年八月十三日とある。なんとまあ、十二年も前のことだったのだ。

六　家系

「寂しき高み」という詩には、このあと DO NOT GO GENTLE INTO THAT GOOD NIGHT と

いうディラン・トーマスの詩の一節が引用される。死に瀕した父親への呼びかけの歌である。父よ、あの良き夜のなかへ優しく入ってゆくなかれ、怒りたまえ、怒りたまえ、あの光の絶えてゆくのに対して。

私の父は現在八十代半ばだが、七十歳の頃に前立腺ガンが見つかって、切ろうか切るまいか悩んだ挙句切らずに毎月一回の注射でホルモン療法を行う道を選んだ。それが功を奏して今でも悪化や転移はしていない。父の父、私の祖父も八十半ばまで生きたが、晩年前立腺が肥大して排尿障害に苦しんだ。死んだ後で解剖してみるとやっぱりガンだったそうだ。父の弟も前立腺ガンで、彼は潔く切ることを選んだ。

かつて私はまた別の詩の中で、ガンのほかにも糖尿病や加齢黄斑変性症などさまざまな病気を抱えて衰えてゆく父の肉体を、「国破れて山河あり」という杜甫の一行に託して歌ったが、その山河の地底には脈々と発ガン遺伝子が流れているらしい。遡ればいったいどこまで続くのだろうか。しっかりと二重の螺旋構造のなかに組みこまれて、芭蕉の細道を通り抜け、杜甫の山河を渡り、有史以前へと到るのだろうか。まだ猿だったころや魚だったころ、あるいは単細胞生物だったころまで行くのだろうか。たかだか四十年前の痛みなどとは比較にならない、気の遠くなるほどの過去からの贈り物……。

tap, tap, tap……
イジコフスキー先生の
長い人差し指が液晶画面を叩いて

思案している、生体検査をすべきかどうか
近づいてくる台風の気象図のような下腹部の断面で
瞬いているのは、米粒ほどの
仄《ほの》かな影

結局十数年前のイジコフスキー先生は「君の若さで前立腺ガンになる確率はきわめて低いから」と生体検査も行わず、それっきりになっていたのだが、アンドレア・ベーレンド先生もさんざんお尻の穴を弄り、超音波画像を覗きこんだ末に、異常なしと告げた。けれども私が我が一族における前立腺ガンの系譜について話すと、甘いマスクをふっと翳らし、それならば三ヵ月後にもう一回PSAの値を測ってみようと言い出した。

それが昨年の四月、日本より数週間遅れて桜の花が咲き、そろそろ車のスノータイヤを普通のタイヤに履き替えようかという頃だった。

七　おんなたち

四月から三ヵ月後といえば七月である。その間の五月にはジョージア（以前はグルジアと呼んでいた）の、そして六月にはオランダはロッテルダムの詩祭に行った。熊野で痛めた膝は、茶髪のベッカー先生に紹介された整形外科医の、その細君がやっているという治療施設で体操をしたり、特別な靴を作ってもらう手筈になっていたのだが、喉元過ぎれば熱さ忘れる、そのまま放っておいた。私は詩を書き、小説を書き、写真を撮り、プールで泳いだ。毎晩ワインとチーズをとった。私は優雅な執行猶予の身であった。

前だって大丈夫だったのだから、今回も何事もなく終わるだろう。だが家系のことを考えるなら、遅かれ早かれいつかは発症するのもまた確実かと思われた。要はタイミングの問題であり、猶予であることに変わりはない。いや生きているという現象そのものが、死と死の間に束の間与えられた猶予期間なのだ。そんなことを考えたりしながら、日々が過ぎていった。

（大量難民受入れの夏から一年が過ぎて、）

バス停のオセロ、今年はついに白裏返って黒となり。

いずれは刑に服することが定められている執行猶予者の目に、娑婆の自由はことさら眩しく、そして切なく映る。おまけにそれがちょうど夏至をはさんだ、夜十時を過ぎてもまだ空が仄明るい、欧州特有の、枯れ枝の早春からいきなり夏の盛りへもんどり打って出たような、生きとし生けるものみなぎらぎらと貪婪《どんらん》な欲望の匂いを撒き散らしている季節であったため、その印象も殊更なのだった。

だが花よりも葉っぱよりも目に沁みるもの、それは女であった。ジョージアでもオランダでもこのミュンヘンでも、女たちは惜しげもなく肌を晒し、赤く塗った爪をサンダルの先に覗かせ、汗ばんだ額から髪の毛をかきあげるたびに、綺麗に剃り上げられた、また時には淡い煙のような縮れ毛を生やしたままの、脇の下を垣間見させた。私は好色なイタリア男、それもナポリの路上にたむろするシャツのボタンを外した若い衆と化して、彼女たちの姿態を眺め回した。すれ違いざまに素早く息を吸いこんで、香水の奥に隠れた体臭を嗅ぎとった。五十も半ばを越えたこの歳になって、私はようやく色気づいたのだった。あたかもそれは私ではなく前立腺が、ひそかに自らの消滅の気配を嗅ぎ取って、いのち短し恋せよ乙女とばかりに、臍《へそ》の下でのたうち回っているかであったが、そう思いついたのはもっと後になってからのことだった。

女たちは部屋を出たり入ったり
ミケランジェロの話をしながら

（T・S・エリオット「J・アルフレッド・プルフロックのラブソング」より。
以下、引用は、訳者名を記したもの以外は、著者訳による）

そういう「おんな」という集合的な概念から、つと歩み出るようにして、ひとりの女が私の前に現れた。七月上旬のある土曜日の午後のことである。道を歩いていて女のほうから話しかけられたのは、生まれて初めてだった。

八　修復と復元

写真展の会場の前に立って案内パネルを読んでいた私の隣に、その女はどこからともなく現れて、「こちらに住んでいらっしゃる方ですか」と話しかけてきた。私はそうだと答えた。「これはどういう施設なのかしら」と彼女は訊いた。大手保険会社がメセナとして持っているギャラリーだが、もっぱら写真展をやっている、と私は答えた。「ただですよ」そう言うとさも可笑しそうに女は笑った。

ニュートリノ、神《カミ》を《オ》噛《カ》ん《ン》で《デ》、チェレンコフ。

写真展は冷戦時代にミュンヘン郊外にあったドイツ版ＣＩＡとでもいうべき諜報施設の内部を撮影したものだった。暗号コードの横に置かれている扇風機や、夜勤の受付の男の後姿などが、あたかも建築写真のような冷たい視線で（白黒に）切り取られている。写真というよりも記録とか資料という印象だった。それでいて写真そのものに映っているのは、歴史の内幕や秘密の真実ではなく、あくまでも日常的な「職場」なのである。そのちぐはぐさの中から、地球そっくりの別の惑星の光景を見ているような、一種のＳＦ感覚が湧き上がってくるようでもある。会場のドイツ人たちは写真に添えられた説明文を熱心に読んでいたが、私は立ち止まらずに写真だけを見て回った。

　永遠の退社時刻、計器盤のガラスの上には歴史の埃が積もっている。

　女もゆっくりと会場のなかを移動していた。森の中を散策するような歩調だった。私達の位置関係は常に変化していた。別々の恒星の重力に支配された二つの遊星のように。会場には展示用のパネルや壁が複雑に入り組んで、いくつもの空間に仕切っていたので、彼女の姿は写真の間から現れたかと思うと見えなくなり、別の写真の陰から姿を現し、会釈しながらすれ違うという具合であった。年の頃はいわゆるアラフォーか、手に「地球の歩き方」こそ持ってはいないけど、服装は明らかに日本に住んでいる人のそれで、出張の合間の自由な週末というところかと私は見当をつけた。

　私はそのまま写真展を出た。それから行きつけのカフェで遅めの昼食とも早めの夕食ともつかぬものを食べ、夕方から始まる映画を観に行った。その週末家人らはいずれも出かけていて、私はひとりだったのだ。

　ところがその映画館の前の広場でまた同じ女と出くわした。ミュンヘンは地元の人間が自虐と誇りを半々に「大きな村」と称するように、パリやベルリンに較べるならばこぢんまりとした街だ。観光客が集まる一画といえば片手で数えられるほどしかない。だから偶然ばったり会ったとしてもさほど不思議ではない。それでも珍しい出来事であることに変わりはなくて、私たちはしばし足を止めて立ち話をした。

ごらんなさい、大統一理論のもとで噴水が崩壊してゆく。

思ったとおり彼女は仕事でこちらにきているのだった。だがそれは「ビジネス」ではなく、絵画の修復に関するものだった。東京のある美術館に修復士として勤めているのだが、約一月の予定でミュンヘン大学の芸術学部に派遣されているのだという。

「すごいですね」と私が感心すると、彼女もまた私がかれこれもう二十数年この街に暮らしていると聞いて、

「羨ましいわ」と言うのだった。

「せっかくだから夕食でもご一緒したいところですが、僕はこれから映画を観るところなんです」と私は言った。つまり私は誘いながら断っているのだった。

「なんの映画ですか?」と彼女は訊いた。

「『ロブスター』っていうんです。男がロブスターになるとか、そういう話」

「ロブスターに変身するの?」

「まだ観てないからよく分からないけど。アメリカ映画ではあるけど、いわゆるハリウッド映画とは違う、ちょっと変な映画みたい」

「面白そうね」

わたしも一緒に観ようかしら、と言うのかと思ったが彼女はこれから何か食べに行くのだと言った。

そういうやり取りをしているうちにまた心が動いた。

「よかったら明日お茶でもどうですか？　ミュンヘンの見所をご紹介しますよ」私は結局誘っているのだった。

「あら、嬉しいわ」と言ったのか「ええ、喜んで」だったのかは忘れたが、とにかく彼女は承諾してハンドバッグから名刺を取り出し、私は自分の名前と携帯の番号を教えた。名刺には「研究員」という肩書きとともにM＊＊という名前が記されていた。

おもかげは
目を閉じた途端に消え失せる
記憶がそれを脳裏に復元しようとすると
意識の石畳が
翼を広げて舞い上がる

九　ミュンヘン市内名所旧跡

ノートルダム寺院の稚拙なレプリカのようなゴシック風新市庁舎の前の広場で待ち合わせ、数ブロック西へ移動してプロムナーデ広場へ。ここには高級ホテル・バイエリッシャーホフがある。毎年二月には世界安全保障会議が開かれ、それは要するに西側諸国の外相たちによる戦争の相談で、合わせて武器の商品見本市なども開かれて、これに対抗するデモも市内各地で繰り広げられるのだが、こちらは若者が中心の学園祭のノリで、政治家のハリボテ像が作られたりコンサートが開かれたり、なかでもひときわ人目を惹くのはドイツ共産党の党員たちで、いうまでもなくこのご時世に共産党に入ろうというひとはいないから、集ってくるのはいずれも八十近い高齢の方々、か細い肩に担がれたプラカードに描かれているのは、ああ懐かしやソ連の国旗、赤地に「鎌と槌《つち》」なんです。

というような話をしている間に相手の視線は手前に聳《そび》え立つ銀色の巨像へと向けられて、「あれは誰?」と訊かれるのはいつものこと。「モーツァルトだと思うでしょう。似ているけど違うんです。モントなんとかっていう伯爵様、十八世紀のバイエルン王国の外務大臣だった人」と軽く流して、「それよりも、ここにこんなものがあるのはもうお気づきでしたか?」と奥に進めば、知る人ぞ知る「マイケル・ジャクソン廟《びょう》」。彼とは縁もゆかりもなかった銅像の周りに、彼の死後人びとは写真を並べロウソクを立て花を捧げ、いつしか銅像は上から下までびっしりマイケルの写真や似顔絵、フィギュアで埋め尽くされているのだが、これにはたいていの人が興味を示す。「それにしてもどうしてここに?」という質問も毎度のことだが、「さあ、どうしてだろう。彼がこのホテルを定宿にしていたからかもしれませんね」と答えるばかりで、正確なところを調べてみたことはない。

ホテルの脇の小さな道を北へ歩き出したところには、舗道に埋めこまれた金属の線。人の形を象《かたど》っていることは明らかだが、たいていの人は言われなければそれがそこにあることすら気づかない。気づいても何だか分からないことが多いのだが、彼女は舗道に埋めこまれた説明文を読み取って、「クルト・アイスナー……バイエルン自由国の最初の首相……一九一九年二月二十一日に殺害……ここで?」

「そう、銃で暗殺されたんです。まさにこの場所で」私は線のなかに立つ男女の四つの足を見下ろす。女物のサンダルの先から覗いている爪に、ペディキュアの色はなかった。「アイスナーはユダヤ系の社会主義者で、第一次世界大戦末期にバイエルン国王をオーストリアに追放して共和国を樹立したいわゆるミュンヘン革命の立役者。無事無血革命が成功し暫定政府の首相の座についたもののわずか百日目で政権運営に行き詰まり、議会へ辞任表明に向かう途中で右翼青年に射殺されるんです。それはナチスの台頭へといたる民族主義的ファシズムの号砲でもあったわけですね。ところでドイツ語はどちらで?」

「以前ベルリンで研修していたことがあるので、その時に少し」

そこから文学館(リテラトゥア・ハウス)とギリシャ正教会の前を通ってオデオン広場へ。アイスナー暗殺から四年後、ヒットラー率いる元祖ナチス党員たちによるクーデター未遂事件、通称ビヤホール一揆の、半日かけて市内各所でバイエルン州警察とドンパチ繰り広げたあげく最後の決戦が行われたのがこの広場であり、党員の何人かは射殺され、ヒトラー自身も銃弾で負傷して、鎮圧、逮捕、裁判、拘禁。だがその過程でヒットラーは次第に人気を博し、獄中でかの『我が闘争』を書き上げて、翌年釈放されて出てきたときにはいっぱしの英雄となっていた。

「だからヒットラーにとって、ミュンヘンはナチスという運動の精神的首都という位置づけになり、その出発点がオデオン広場だったわけです。戦争が終わるまでここには二十四時間ナチスの衛兵が立っていまして、ミュンヘン一揆の際射殺された同志を英霊として祭ってたんです。ほら、あそこに教会があるでしょう。当時のミュンヘン市民はあの教会へミサに行くときここを横切ってゆくわけだけど、そのときは立ち止まって帽子を取り、英霊に頭《こうべ》を垂れなければならなかったんです」

M＊＊の目は黒目がちで、たえずわずかに揺れている。その視線が私の言葉のひとつひとつを追いかけて、広場をぐるりと廻ってゆく。覚束ない足取りの太陽のように。ガイドは言葉で奉仕することで、ゲストの目と耳と足を支配する。

（『奥の細道・前立腺』より）

「でもなかにはそれが嫌な人もいるんですね。そういう人は……」

私は広場の裏の小道に向かって歩き始める。彼女は綱で繋がれた小舟のようについてくる。

「……わざとこの小道を抜けて教会へ行ったわけです。というわけでこの小道は通称Drückebergergasseって呼ばれているんですよ。日本語でいうと『忌避者の小路』、遠回り横丁って感じかな」

自動車乗り入れ禁止をいいことに我が物顔で行き交う自転車におっかなびっくり、道を渡って宮殿（レジデンツ）の西側へ。壁沿いに立ち並ぶライオンの鼻先を撫でながらそこだけ塗装が剝げ落ちて金色に光っている理由を説明。彼女も手を伸ばすが、その場面を自撮りしようとはしない。私はそれを好ましく思う。角を曲がって宮廷庭園（ホフガルテン）へ。

ここでの見所は三つ。T・S・エリオットと、マックス・ベックマン、そして「白いバラ」のソフィー・ショルだ。M＊＊はベックマンは本職だから当然知っているし、ナチス政権時にここで開かれたいわゆる退廃美術展のことも、プリンツレーゲンテン通り越しに見えている「芸術の家」（ハウス・デア・クンスト）で開かれた「大ドイツ美術展」のこともよく知っている。ソフィー・ショルと「白いバラ」も研修先であるミュンヘン大学の哲学科の入口の、敷石に埋めこまれたナチス抵抗運動を呼びかけるビラのオブジェには気づいていたので、すぐに話は繋がった。だがエリオットについてはその名前も『荒地』という作品も知らないという。それもまた私には好ましかった。

待ち合わせをした新市庁舎前からここまでは直線距離で五百メートルほどだが、立ち止まりながら話しているうちに、もう小一時間経っている。そこでホフガルテンのカフェに腰を下ろして、コーヒーを飲むのも想定通り。

十　T・S・エリオット『荒地』より「死者の埋葬」

四月は最も残酷な月だ、死んだ土から
ライラックを咲かせたり、記憶と
欲望を混ぜ合わせたり、ぐったりした
根っこを春の雨で弄ったり。
冬は僕らを暖かく守ってくれた、地面を

忘れっぽい雪で覆い、ささやかな
生命を乾いた球根で育てて。
夏はシュタルンベルガー湖の上に驟雨《しゅうう》とともにやってきて
僕らを驚かせた。僕らは回廊で雨宿りをし、
それから陽射しのなかへ、ホフガルテンへ入って、
コーヒーを飲みながら一時間ほど話をした。
アタシハろしあ人ナンカジャナイワ、りとあにあ出身ノ
レッキトシタどいつ人ヨ。

注1　シュタルンベルガー湖はミュンヘン郊外にある湖。ここでルードヴィヒ狂王は謎の水死を遂げ、森鷗外はそれに材を得て小説『うたかたの記』を書いた。
注2　「回廊」は我々がいるこのホフガルテンの回廊である。古代ローマ風の壁画で飾られ、かつて退廃美術展の会場だったところが今も画廊として残っている。
注3　引用の最後の二行は原文ではドイツ語で記されている。Bin gar keine Russin, stamm' aus Litauen, echt deutsch. 第二次大戦前まではリトアニアには多くの（いわゆるズデーテン）ドイツ人が住んでいた。ヒットラーは開戦直前にその一部をドイツに併合する。戦後ドイツ系住民はリトアニアを追放され、多くの人が命を失った。
注4　驟雨こそ来なかったが、私たちもこの庭園のカフェに座って、M＊＊はミントティーを、私はビールを飲んでいる。

十一　表面をめぐって

「ほんとによくご存知ね、ミュンヘンのこと」

「だってもう二十年以上住んでますからね。いつも散歩ばっかりしているし」

　少し考えてから私は付け加える。

「ぼくの知識はすごく偏っているんですよ。職場の同僚を除いては友人とか知人もいないし、もちろん親戚付き合いだってないでしょう。だから誰それがどうしたとか、近所で何が起こっているかみたいなことはなにも知らない。知っているのは街角のあの電信柱にはどんなシールが貼ってあるとか、市内のどこに誰でも使えるトイレがあるとか、そういうことばっかり」

「あ、ほんと、こっちは公衆便所ってあんまりないですよね」

「そう。そういうことだけはよく知ってて、そのうち地図でも作って売り出そうかと思っているくらいだけど。あとミュンヘンのどこにヌーディストゾーンがあるとか」

「エフカーカー（FKK）ね」

「自由なる（Frei）肉体（Körper）の文化（Kultur）。とにかく普通に生活するかわりにいつも通り過ぎながら外から眺めているわけ。だから限りなく表面的なんですよ、僕のミュンヘンに関する知識は。でも表面的である限りにおいては、もしかしたら土地のヒトよりも詳しいかもしれないな」

「表面的なんていったら、私のほうだわ。いつもそこだけで生きているんだから」

一瞬、私はM＊＊が自嘲的に自分の生き方を浅薄だと言っているのかと思った。だがその表情がしごく真面目なのを見て気がついた。彼女は絵画修復士という職業について話しているのだ。

「……たしかに」私は頷かざるを得なかった。「もしかしたら世界でもっとも表面的な職業かもしれない」

「でしょう？」


サランラップ、おお、サランラップよ！　君越しになら誰でも愛せる。


私たちはシュヴァービングのインド料理店にいる。大通りを一歩入った閑静な住宅街の、広々とした舗道にキャノピーを張り出した、その下のテーブルで向かい合っている。八時を過ぎても空はまだ真昼の明るさだ。傾いた太陽が女の顔の下半分だけを眩しく照らし出して、さながらエドワード・ホッパーの絵であった。

話題はM＊＊の仕事に移って、絵画修復士になったきっかけや、その職業にまつわる日本とドイツの違いや、実際の修復作業のやり方などについて訊いていたのだが、皿の料理を半分くらい平らげて、ふたりとももう満腹になってしまったあたりで、

「よかったら観に来られます、仕事場？」

「いいんですか？」

「ええ。研修といってもたいていは一人で作業しているだけですから」

「じゃあ、お言葉に甘えて。来週、ご都合のいい日ありますか?」

「そうですね、木曜日の夕方あたりどうかしら?」

「大丈夫だと思う、たぶん」

と言いながら念のためにとiPhoneのカレンダーで当日のスケジュールを確かめて、はっとする。その翌日の月曜日は四月以来三ヵ月ぶり二度目の血液検査を行う予定だった。すっかり忘れていたけれど、我は執行猶予の身、今宵は仮釈放の夕餉《ゆうげ》であったのだ。木曜日といえば、ちょうど結果がでるころだ。


芥子《からし》まみれのタンドーリ、地べたに墜ちてもタンドーリ。


「じゃあ木曜日の夕方、大学に伺います」

私たちは残った料理を持ち帰り用に包んで貰い、それから甘いチャイティーを注文した。

十二　8・2

果たして再検査の結果、PSA値は前回の4から8・2へと上がっていた。アンドレア・ベーレンド先生は甘いマスクを曇らせて、細胞の生体検査を行うことを勧めた。この数値だけではなんともいえないが、お父さんやお祖父さんの病歴のことを考えると、念には念を入れてということとだった。いや、検査自体はほんの十五分くらいで終わりますよ。自分で車を運転して帰ることも問題なし。断る理由はどこにもなかった。

それはM＊＊と出会った週末のあとの水曜日、生体検査を行うのはその翌々週だったので、木曜日の夕方、彼女の仕事場であるミュンヘン大学芸術学部を訪れたとき、私の肉体にまだ目立った変化は生じていなかった。けれども私はすでに8・2の人なのだった。確率論的に、ガンである可能性をより多く持った人。けれどもまだそうだと決まったわけではない。もしもその翌週の生体検査の結果、ガン細胞が発見されたとすれば、すでに今の時点で私はガンである。もしもそうでないなら、私はガンではない。私とは、その二つの可能性が重なり合ったところに存在しているのだった。

僕とはね、地球をぐるぐる何重巻きにするほどの果てしない数列なのさ。

同僚たちが帰ったあとのがらんとした仕事場で、何百年もの間凝り固まった絵の具を溶かす特殊な油の匂いに包まれて、M＊＊が修復の工程やら道具やらを説明し、実際に現在修復中の絵画（十八世紀のロココ風の風俗画であった）のキャンバスを見せてくれている間も、私はそのふたつの可能性に分裂したままだった。ある私とない私。どちらかひとつでしかあり得ないのに、今はまだそのどちらでもあり得る私。ふたりの私がM＊＊の両側に立って、彼女の横顔を同時に眺めているのだった。

彼女は青い作業服を着ていて、それはパン屋も肉屋も大工も、昔からドイツの職人たちが決って着る丈の長い前開きのスモックで、英語でいうブルー・カラー（労働者）もここから来ているのではないかと思うのだが、ちょっと大きすぎるそれを羽織った日本の女は、最初に会ったときよりも若々しく、少年のようにも見えた。

そういうM＊＊が自分にとって好ましい存在であり、彼女のほうでも自分に好意を抱いてくれている様子であることに関して、ふたつの可能性に分裂した私たちの意見は一致した。けれどもではそこからどのような行動をとるかという点については、可能性とともに意見も分かれた。ひとりの私は欲望に駆られて前へ進みたがり、もうひとりの私は逡巡してその場に立ち止まるのだった。

あの瞬間だけのために、男たちは、なんべんでも恋をする。
あの瞬間だけのために、わざわざこの世に生れ、めしを食ひ、生きて来たかのやうに。
男の舌が女の唇を割つたそのあとで、女のはうから、おづおづと、
男の口に舌をさし入れてくるあの瞬間のおもひのために。

（金子光晴「愛情55」より）

この前の日曜日のお返しに、と今度は彼女が夕食を奢ってくれて、大学の近くのアマリエン街の、いまだに一九六〇年代のカルチエ・ラタン的な雰囲気を漂わせたカフェに入って、そういえば鷗外の『うたかたの記』の冒頭の舞台はちょうどこの辺りのカフェで、語り手もたしか美術学

校の生徒という設定じゃなかったかな、ちょうどこういう感じですよ。あら、ぜんぜん知らなかったわ。だったらシュタルンベルガー湖にも行ってみなくっちゃね、この前教えていただいたエリオットさんの詩の舞台でもあるんだし。今度ご案内しましょう、ここから車で三十分くらいですよ、などと話しているあいだも、ふたりの私はひとりの女越しに向かい合い、to do or not to do、押し問答を繰り返していたのであった。

食べ終わってもグラスが空になっても、長居してだらだら喋り続ける店の若者たちにつられて、気がつけばはや十時過ぎ、さすがに頭上もゴヤの描く夕空のごとく淡くたそがれ、お泊りはどちらですか？　大学が用意してくれたアパートなんです、すぐそこですよ。じゃあ送って行きましょうとお定まりのコースを辿ったところで、分裂したまま論争しているふたりの私を私の前立腺が調停した。

生体検査の結果を待とうではないか。晴れてなにごともなかったら、その時は思い通りにするがよい。もしもそうでなかったら、それはまたそのときのこと！

蓋を閉じた箱のなかで
猫は半死半生
生きて爪を研いでいる猫と
死んで横たわる猫が
ぴったり互いに
素粒子レベルで噛み合ったまま

泥のような猫球に捏《こ》ね上げられている

箱はいつでも開けることができる
蓋の隙間から射しこむ
観測者の視線が
不確定性の入れ子の錠をほどき
棒をどちらか一方に薙《な》ぎ倒すのだ、バタン!と
生きてニャーと鳴く猫か
死んで黙する猫か

よろしい。
だとすればその観測者とは
いったい何者なのか?
そのまなざしはどこからやってくるのか?
箱のなかの猫に
その目を覗きこむことはできるのか、
猫球弾ける最後の刹那に?

箱の外で

小鳥たちは囀り
鼠は鼻先を震わせている

（マックス・シュレーダー「量子力学の歌」より）

十三　生検

生体検査を行う場所はボーゲンハウゼン病院、公立の大病院である。巨大な敷地にいくつもの棟が立ち並び、最新式の設備を備えているという話だが、どこか古色蒼然として、前世紀の遺物という感じも漂っている。地下駐車場は果てしなく広いが天井はドイツ人なら頭がつっかえるのではないかと思うほど低く、ヘッドライトを消せば足元もおぼつかない暗さ。人気ないエレベーター前の案内板によれば、泌尿器科は地上階の東病棟にあるとのことだが、いけどもいけども延々と、廊下が伸び両側に並ぶ扉は閉ざされていて、ところどころ放置されてある空のベッドが、いかにも「不在」のしるしであるかのようだ。

人々は生きるためにこの都会へあつまって来るらしい。しかし、僕はむしろ、ここではみんなが死んでゆくとしか思えないのだ。僕はいま外を歩いて来た。僕の目についたのはふしぎに病院ばかりだった。

（リルケ『マルテの手記』「九月十一日トウリエ街にて」より　大山定一訳）

細長い顔に金縁の眼鏡をかけた女がそこに座って待つように私に言った。そことは待合室でもなんでもなく、廊下に沿って置かれた椅子のひとつであった。約束の時間よりも前に着いたのだが、結局半時間ほど待たされた。iPadを出してメールでも読もうとしたら、電波も届いていなかった。ときおり別の患者と思《おぼ》しき男女が通り過ぎたが、ちらりと推し量るような眼を向けるだけで会釈もしない。冷房が効きすぎているのか、外の陽気が嘘のように肌寒かった。


この人生は一の病院であり、そこでは各々の病人が、ただ絶えず寝台を代えたいと願っている。ある者はせめて暖炉の前へ行きたいと思い、ある者は窓の傍へ行けば病気が治ると信じている。

私には、今私が居ない場所に於て、私が常に幸福であるように思われる。

（ボードレール『巴里の憂鬱』「どこへでも此世の外へ」より　三好達治訳）


ようやく扉が開いて、私の名をたどたどしく読み上げ、なかへ呼び入れたのは、ずんぐりとした体格の、ごま塩の頭を五分刈りにした中年男。どう見ても医師というより作男である。一応白衣を纏《まと》ってはいるものの、それがいかにも似合わなくて、どこかいやらしい、淫蕩な気配があった。

部屋の中はがらんとしていて、中央に診察台はあるものの、治すためというよりも、むしろ解体作業をする場所の印象だった。

彼は私にズボンとパンツを下ろすよう命じた。上は着けたままでよろしい。さあ、ここへ横になって。私が診察台の上に横臥すると、彼は金属製の脚台を調整し、私の両膝をそこに固定した。お産にのぞむ妊婦の姿勢。開いた股の間から、男のいがぐり頭が見える。私はノートルダムのせむし男に囚われた、処女の心細さで、彼が白いゴム手袋をし、その太い人差し指に、ワセリンを塗りたくるのを見守った。

天井を睨んで漂う穴宇宙

だが意外にも男の指使いはアンドレア・ベーレンド先生に劣らず、優しく繊細なのだった。性差などというものは、指先にまでは届かないものなのか。彼が私の直腸とその奥にある前立腺に塗りたくっているのは、一種の麻酔薬であるのだそうだ。当日の朝シャワーを浴びて、念入りに尻の穴の周りを洗ってきてよかった、と私は思う。

そのときおもむろにもう一人白衣の男が入ってきて、自分をドクトール何某と、レンチのように堅いが上手な英語で名乗った。大柄で堂々たる顔つきのいかにもドイツ人の外科医であった。まるで全身鉄でできている医師だった。産婦の格好で股を開いたままそつのない挨拶を返しながら、私はなぜかそれまで私の尻の穴を弄っていた名もなき作男に、ほのかな親しみが湧きあがってくるのを覚えた。

ちょっと待って。それは私達の地平線宇宙なの、それともどこかの泡宇宙なの？

鉄の外科医は金属製のディルドのようなものを私の肛門に差し入れた。そして私に告げた。これからまず麻酔を注射する。さきほど塗った麻酔はその痛みを和らげるものであるが、多少は痛いかもしれぬ。それから貴殿の前立腺に十本の針を撃ちこむ。右側に五本、左側に五本である。ご承知であるかと思うが、前立腺というものは胡桃の実の格好をしておって、左右ふたつに分かれておるのだ。その針の先には小さな鉤《かぎ》がついており、貴殿の細胞組織をば引っ掻いて、採取する。まあ銛《もり》のようなものだ。麻酔が効くまでそのまましばらく待つように。

注射は痛かった。その後に続く十本の銛は、衝撃が凄かった。銛が発射されるたびにピストルを撃つような乾いた音が響き渡り、同時に体内を衝撃波が突き抜けた。私は歯を食いしばってそれに堪えた。衝撃の瞬間よりも、次の衝撃が来るのを今か今かと待ち受ける緊張が辛かった。すると鉄の外科医は冷酷な声を響かせて、

「リラックスして。肛門を締めすぎてはいけない」と告げるのだった。

私は自らの肉体をなだめすかして、優しく開いてやりながら、ピラト提督の宮殿前で鞭打ちされるイエスのように、眉をひそめて苦難に耐えた。

十《とお》数える間に光臨せりミレニアム

十四　テロルの季節

6月13日　パリ郊外のMagnavilleという町で、モロッコ系フランス人の男（25歳）が警察官をナイフで刺し殺し、その警察官の家で彼の妻と三歳になる子供を人質に立てこもる。妻も殺害されたが、子供はショック状態で救出された。

7月14日　バスチーユ革命記念日のニースで、海岸沿いの遊歩道を大型トラックが暴走。死者84名。犯人はチュニジア系フランス人。

7月15日　ドナルド・トランプ大統領候補がマイク・ペンスを副大統領候補に指名。

7月18日　アフガニスタン難民の17歳の少年が、ドイツのビュルツブルグ近郊を走る列車のなかで、斧とナイフによって乗客を襲う。負傷者5名。

7月22日　18歳のイラン系ドイツ人の少年が、ミュンヘン市内のショッピングセンターで銃を乱射。9名が死亡。その多くは犯人がフェイスブックで告知した偽の招待につられてマクドナルドにやってきた移民系の少年少女だった。少年は銃を撃ちながら「僕はドイツ人だ（Ich bin

Deutscher)」と叫んでいたという。この言葉、奇しくもT・S・エリオットの『荒地』に出てくるリトアニア出身の「ドイツ人」Marie の科白《せりふ》と響きあっている。
この日ミュンヘン市内の公共交通機関はすべて止まり、多くの市民が徒歩による帰宅を余儀なくされた。そのなかには私の息子と娘もいた。息子は友人の家で夜を明かし、娘は妻が車で市内まで迎えにいった。大変な渋滞だったそうだ。私はその時まだ尻から血を流しながら、自宅で待っていた。

7月24日　21歳のシリア難民が南ドイツ・ルートリンゲンで鉈《なた》により女性を殺害。

7月24日　南ドイツ・ニュルンベルク郊外の町のレストランで爆発。1人死亡、15人が負傷。

7月25日朝　アンドレア・ベーレンド医師を訪れ、生検の結果を聞く。

十五　診療室にて

かくして箱の蓋は開けられた。棒はあっけなくぱたんと倒れた。相即相入に溶け合っていたふたつの可能性としての私の、ひとつは消えてひとつが残った。そうなってみると突然それは大昔からそうだったかに思え、そうでない自分を想像することはもはや不可能なのだった。

天に向かって
ぴんと尻尾を立てた
一縷《いちる》の黒猫に見下ろされながら

「やっぱり」が
とぼとぼ坂を下りてくる

残念ながら、十ヵ所から採取した細胞のうち二ヵ所においてガン化が認められました、とアンドレアは言った。それから急いで付け加えて、いずれも初期のものです。早期に発見できたことは幸いでした。

私は黙って頷き、先を促した。

三つの選択肢があります、と彼は言った。①外科手術により前立腺を摘出する、②放射線療法を行う、③なにもせずに経過を見守る、です。統計によれば、これら三つの治療法の五年後生存率はほぼ同じです。

はあ？　と私は言った。それはどういう意味ですか？　なにもしなくってもいいってこと、それともなにをしたって無駄ってこと？

いえいえいえ、アンドレアは答えた。なにもしないということは、なにもしないということではありません。三ヵ月ごとに腫瘍マーカーの値を観察して、変化の兆しがあればその時点で①または②の治療に踏み切るのです。

なるほど、と私は答えた。で、先生のご意見は？

そうですねえ、彼は慎重に言葉を選んだ。もしもあなたが七十歳以上であれば、経過観察をお勧めするかもしれません。けれどもあなたの場合はまだ若いから、思い切って手術をなさったほうがいいのではないでしょうか。体力のある今のうちならば、手術後の回復も早く、後遺症も少ないでしょうし、精神的にもすっきりして楽でしょう。

手術の場合の後遺症って、なんなんですか？　と私は訊いた。

主に尿漏れと性的不能です、と彼は答えた。

あはははは、私は笑った。生きるか死ぬかの話をしているときに、漏らすか立つかの問題は、あまりに次元が違っていると思えたのだ。


漏れと萎えマフラーのごとく靡《なび》かせて三つ子の魂冥途の飛脚

じゃあ切りますか、と私は言った。どれくらい仕事を休むことになりますかね？

いや、まあそう焦らずに、アンドレアは言った。ここに三つの治療法について詳しく説明したパンフレットがあります。DVDもついています。まずはこれをお読みになってください。その上で改めてご相談いたしましょう。残念ながらいま手元にはこれ一冊しかないので、読み終ったら返していただけますか？

パンフレットの題名は「前立腺ガンとともに生きる」であった。表紙には初老の男と、その細君とおぼしき女が、寄り添って幸福そうな笑顔を浮かべていた。私は男の尿漏れと、彼らの夫婦生活について思いを馳せずにはいられなかった。

手術そのものは二時間程度で終わります、私の質問に戻ってアンドレアは言った。入院は通常十日から二週間です。

なーんだ、と私は思った。それなら夏のヴァカンスの間にやってしまえるではないか。ドイツでは誰にでも年間六週間の休みが与えられていて、それを完全に消化することは、労働者の権利であると同時に雇用者の義務でもあるのだった。続けて三、四週間の夏休みをとる人も珍しくはない。

私たちは一週間後の面談を約束して、握手を交わした。私は「前立腺ガンとともに生きる」を手にアンドレアの診療室を出て行った。だが結局のところ、そのパンフレットは一ページも読まなかった。決心はとうについていたのだ。

私がそこを通り過ぎると、木漏れ日忽《たちま》ち三次元に立ち上がる

十六　チコクチコクチコクチコ

告知というものはされるよりもするほうが難しいということを身を以《も》って味わった。妻にそれを告げたとき、彼女は日本の実家に帰っていた。彼女の老いた母を介護するためだった。アンド

レアから生検結果を聞いた翌日のドイツの朝、日本の夕方に電話して、義理の母の様子などを聞いたあとで「ところでね、昨日バイオプシーの結果が出たんだけれど……」と言ったとき、妻は電話の向こうで短く叫んだ。ヒッとも、キャッとも、ギャッとも取れる悲鳴で、モモンガとか鼬とか、鋭い歯を持つ小動物を思わせた。それから涙声になって「どうするの？」と訊いた。手術をすると、「そうだね。でもセカンドオピニオンを訊いて、慎重に決めた方がいいよ」としてとることになるんじゃないかな、とことさら何気ない風を装って、のんびりとした声で返事をすると、「そうだね。でもセカンドオピニオンを訊いて、慎重に決めた方がいいよ」としごく現実的なアドバイスをくれた。

心の闇に棲むムササビのぱっと跳び立った後の枝の揺れがヒトの言の葉

息子に告げたのはその日の夕刻だった。彼はぎょっとした顔になった。それから「でも、大丈夫なんでしょう？　治るんでしょ？」と訊いた。もちろん、と私は答えた。まだ初期のガンらしいからね。初期っていうのは、出来て間もなくて、広がっていないってことだよ、と私は説明を加えた。アメリカで生まれてドイツで育った子供たちは、日常会話はできても、漢語や西洋概念語となるとお手上げなのだった。

「まあ、おれの場合はいつかはなるって思ってたんだよ。だってハカタのおじいちゃんも、ひいおじいちゃんも前立腺ガンだったし、ハカタのおじいちゃんの弟だってそうだからね。前立腺ガンは遺伝するんだよ。親から子供へ伝わるんだね。だからお前も気をつけたほうがいい」

そう言うと息子は実に厭そうな顔をした。それが私には意外だった。彼は当時まだ二十五歳である。私はその歳の時には死は抽象的で、怖くもなんともなかったがな。

我が眷属《けんぞく》は千代に八千代に遺伝子の巌《いわお》となりて虚仮《こけ》と化すまで

娘に告げたのはそれから一週間ほどして、妻が日本から戻ってきてからだった。それまで彼女は夏休みで家を空けていたのだ。告げたのは妻からだった。台所で冷蔵庫の扉を開けたり閉めたりしながらの、何気ない日常の合間の出来事だったが、娘は怯えた顔になり、それから私に抱きついてきた。髪の毛を撫でてやりながら、まだ子供なのか、と意外な気持ちだった。彼女はちょうど二十二歳になったところだった。

息子も娘も、早期発見で、手術してとってしまうことが出来る、と聞いたとたんに普通に戻って、それっきり話題には出なくなったが、あれはこちらの心情を慮ってのことか、それとも若さゆえの単純なのか、私には未だ以って分からない。

シャツ越しの幼き胸の裏側は現象の地平花一匁

いずれは家族以外のものにも、しばらく娑婆《しゃば》を離れる旨を知らせる必要があったが、この場合には誰にガンであることを打ち明け、誰には言葉を濁して手術と入院だけに留めておくのか、その判断がややこしそうだった。もとより明快な基準などあろうはずはなく、付き合いやら来歴やら利害やら、処々の要素を鑑みた末のえいやで決めるほかないのだろうが、そこでは五十年以上生きてきた、自分の全経験が試されているとも言えるようで、大層なことであった。

暫時《しばらく》は滝《たき》に籠《こも》るや夏《げ》の初《はじめ》

（松尾芭蕉『おくのほそ道』日光より）

十七　予定日を決める

手術をすると決めると、アンドレアは執刀医を紹介してくれた。生検を行ったあの病院の主任外科医だそうである。その名もドクトル・ベア。ドイツ語読みするとそうなのだが、スペルはBeerで、英語ならばビヤすなわちビールである。泌尿器科の先生がビールとは面白い、と思うのは外国人だけなのか、私が笑ってもアンドレアはあいまいな笑顔を浮かべるだけである。

諸行無常多元宇宙の泡のなか

ビール先生のところには妻とふたりで行った。生検をしたのと同じ大病院の一階東側で、あの時と同じ細面の女が出てきて応対してくれた。ビール先生はいかにもビヤガルテンでジョッキ片手に歌でも歌っていそうな、でっぷり太ったバイエルン人だったが、その眼光は鋭く、言葉には力があって、なかなかの人物であると見えた。その場で私はこのおっさんの手に我が前立腺を委ねようと決めた。あとで訊けば妻もまったく同じ思いを抱いたということだ。

ビール先生は白い紙の上にボールペンをしゃっしゃっと走らせて、これが膀胱、そこから伸びているこれが尿道、前立腺はちょうどその周りにあって、と一本の直線と二つの円からなる絵を描いた。アンドレアも同じ絵を描いてみせたし、その後も何人かの医師が同じような絵を描きながら時々の説明をしてくれた。いったい泌尿器科の先生というものは、一生の間になんどあの絵を描くことになるのだろうか。

線だけの後期ピカソの神の指

手術の日は九月半ばと決まった。ビール先生の夏休みの後である。入院は二週間。でもその後すぐに娑婆に戻るのではなく、三週間ほどリハビリセンターで体力の回復に努めるのがよいと思う、とビール先生はおっしゃった。それが長期的な結果に繋がるであろうと、速攻よりも時間をかけて徹底的に基礎を固める、いかにもドイツ人らしいお言葉だった。私たち夫婦はすっかりビール先生を信頼して、にこにこしながら握手を交わした。

カレンダーにつけた丸印のうしろに鬼ども笑いを堪えて蹲《うずくま》る

十八　葉月でＧｏ！

この頃巷ではスマホを魔よけの札のごとく翳《かざ》しながらふらふらとさ迷い歩く人が続出。わがアパートの裏手も霊的スポットのひとつになっているらしく、若者たちが夜中過ぎまでやってきては騒がしい。聞けばこの習わし、ドイツだけではなく全世界で流行っているらしい。末世の趣あり。

脳の地平線から巨大なスチームアイロンがやってくる、我らみな浅き皺

我が身に関していえば出血が続いていた。尻の奥からの血は最初の二、三日で止まったが、小便をするたびに朝顔の内側は赤く染まった。水をたくさん飲めば淡いローゼのワインと化したが、そうでなければ鮮やかな真紅で、なかでかさぶたが剝がれるのか、ときには小さな固形の切片が尿と一緒に流れ出て、束の間こちらに手を振るかのごとく陶器の表面を滑ったあとで、はかなくも下水の奈落に吸い込まれていくのであった。

臍下朱肉純白ブリーフシャチハタの朝

血尿を流しながら私は仕事へ行き、夕方のビヤガルテンで喉を潤し、週末には避暑をかねて日本から来ていた義理の母を乗せてミュンヘン近郊をドライブしたりもした。外から見る限りにおいてはなんの変化もないのであった。

約束どおり絵画修復士M＊＊をシュタルンベルガー湖のほとりにあるルードヴィヒ狂王の死地に連れて行きもした。岸から十メートルほどの湖面に十字架が突き出しており、岸辺にはどこか異教的な雰囲気を放つ礼拝堂が建てられている。

それは彼女が一ヵ月の研修を終えて日本に帰るのを翌週に控えた金曜日の昼下がりで、私たちは記念碑を見物したあとでベルヒという湖畔の村のホテルで夕食を共にした。自分がガンを宣告され、生検直後の血まみれで、摘出手術を控えている身であることは、露とも口にしなかった。彼女は肉を食べ、私は目の前の湖で獲れたという鱒を食べた。湖水に向かって並んで食べながら、私はiPhoneに青空文庫を呼び出して、貝のようなM＊＊の耳に向かって朗読した。

岸に沿ひてベルヒの方《かた》へ漕ぎ戻すほどに、レオニの村落果つるあたりに来ぬ。岸辺の木立絶えたる処に、真砂路《まさごじ》の次第に低くなりて、波打際に長椅子据ゑたる見ゆ。蘆《あし》の一叢《ひとむら》舟に触れて、さわさわと声するをりから、岸辺に人の足音して、木の間を出づる姿あり。身の長六尺に近く、黒き外套を着て、手にしぼめたる蝙蝠傘《こうもりがさ》を持ちたり。左手に少し引きさがりて随ひたるは、鬚《ひげ》も髪も皆雪の如くなる翁なりき。前なる人は俯きて歩み来ぬれば、縁広き帽に顔隠れて見えざりしが、今木の間を出でて湖水の方に向ひ、しばし立ちとどまりて、片手に帽をぬぎ持ちて、打ち仰ぎたるを見れば、長き黒髪を、後ざまにかきて広き額を露はし、面《おもて》の色灰のごとく蒼きに、窪みたる目の光は人を射たり。舟にては巨勢が外套を背に着て、蹲まりゐたるマリイ、これも岸なる人を見ゐたりしが、この時俄《にわか》に驚きたる如く、「彼は王なり」と叫びて立ちあがりぬ。……王は恍惚として少女の姿を見てありしが、忽一声「マリイ」と叫び、持ちたる傘投棄てて、岸の浅瀬をわたり来ぬ。少女は「あ」と叫びつつ、そのまま気を喪ひて、巨勢が扶《たす》くる手のまだ及ばぬ間に僵《たお》れしが、傾く舟の一揺りゆらるると共に、うつ伏になりて水に墜ちぬ。

（森鷗外『うたかたの記』より）

「マリイ」のところで声を高めると、となりの席のドイツ婦人が何事かと振り返ったが、眼が合うと微笑を浮かべて視線を戻した。週末の湖畔では誰もが自分の幸福にかまけることで忙しく、他人のことを気にする余裕はなさそうだった。その後に訪れたエアポケットのような時間のなかで、私はM＊＊の口に肉片が消えてゆくのを見た。小さな顎がもぞもぞと蠢《うごめ》き、喉仏が音もなく上下した。すると私の中からもう一人の私が立ち上がって、その唇を吸った。それはガンではないと祝福された、確率の向こうの私であった。金子光晴の詩そのままに、いったん逃げたM＊＊の舌先がおずおずと戻ってきて、自分の舌と絡みあうのを、そいつはうっとりと楽しんでいるようだった。私はふたりから目を背けて眩しい湖面を見つめ、ビールの残りをぐいと呷った。

十九　火口にて

その夜M＊＊をアパートに送り届け、しばしの別れと日本での再会を約束した後、まっすぐ自宅に戻って私は手淫した。私の眼前で臆面もなく、もう一人の私とM＊＊が繰り広げた痴態の数々に刺激されたこともあったが、好奇心に促されてということもあった。私の前立腺に十本の鉱を撃ちこんだ鉄の外科医は、血尿は二週間ほどで止まるが、射精の際に血が混じるのは二ヵ月ほど続くだろうと言っていた。だが射精をしてはいけないとは言わなかった。あっちの私ではなく、もしもこっちの私がM＊＊と交わったなら、どういうことになったのか。

前立腺に鈍い疼きはあったものの、勃起にはなんら支障はなかった。ただ亀頭の中心の穴が、その夜はやけに大きく、黒く思えた。それは塔の先にぽっかりと穿《うが》たれた虚無であった。

果たしてそこから湧き上がってきた液体は、イチゴミルクの赤白まだら、血尿の鮮やかな赤とは違って、ねっとりと白濁した精子の群れが、赤というよりも紅色に内側から染められて、どろりと零《こぼ》れ出すのであった。私は慌ててティッシュをあてがいながらも、その光景から目を離すことができなかった。ペニスはわが手中にあるというのに、穴だけはまるで空中から見下ろす火山の噴火口のごとく遥かなものに思われた。ティッシュを染めてその端から零れ落ち、臍下の裾野を這い流れる様は、燃えて輝く溶岩のごとし。それは自分自身の一部というよりも、未知なる風景であった。生きている限り、私はそれを決して忘れることがないだろうと思うのだが、生きている限りというその時間が、いまやなんとも不確かで、ペニス火山から溢れ出した精子マグマの向こうには、一寸先の夏の闇。

きみを夏の一日にくらべたらどうだろう。
きみはもっと美しくて、もっとおだやかだ。
五月のいとおしむ花のつぼみを荒っぽい風が揺さぶり、
夏という契約期間はあっというまに終ってしまう。
（シェークスピア『ソネット』18番より　高松雄一訳）

二十　ラストタンゴ・イン・パリ

かくして日々は過ぎていった。連日晴天が続き、夏は過不足なく夏という役どころをこなしていた。ミュンヘンは暑く、眩しく、そして生命に溢れていた。広場の噴水の水すらが、一滴一滴子供のようにはしゃぎ回って楽しげだった。地下鉄の構内は黄泉《よみ》のごとくひんやりとして、その入口から見上げる階段の果ての空は、四角く切り抜かれた永遠の一片だった。そこから女が降りて来ようものなら、そしてその女が白いワンピースを着ていたりすれば、あたりはたちまち神話と化した。

秒読みの声が降ってくるぞあの雲の淵のかなたから

八月も終わりに近づいた頃、私は妻とふたり電車に乗ってパリへ出かけた。娘はアメリカの大学に行っていたのだが、夏の間はパリに滞在してダンスの勉強を行っていた。その発表会があるというので、初老の夫婦は久しぶりのパリ見物を兼ねて観に行くことにしたのであった。

ミュンヘンからパリまでは、飛行機なら一時間、車なら十二時間、ICEと呼ばれるドイツ版新幹線に乗れば六時間ほど。夜明けとともにミュンヘン中央駅を出た列車は、朝日に染まる野を渡り、国境を隔てる川を渡り、ドイツ語とフランス語の混ざり合うアルザス地方を駆け抜けて、昼過ぎにはパリの東駅に到着する。駅には娘が迎えに来ていて、とりあえず荷物を引きずったまま、マレ地区あたりのレストランで久しぶりの親子三人ランチをとった。

この街の人称って人よりも石ね、S'il vous plaît.

パリには人間存在など平然とすり潰してしまうような碾《ひ》き臼《うす》の重さと、焼きたてのパンの香りのような軽さが同居している。そしてその中間で、人々はときにだらしなく、ときに猥《みだ》ら、ときには十九世紀の踊り子のようにあどけない。ドイツと違って歩道にはいたるところ犬の糞が落ちているが、糞まみれになってこそ味わえる悦びもあるだろう。週末だけ借りたアパートに荷物を置いて、しばらく休んだあとで夕暮れにセーヌのほとりを歩けば、昼寝から覚めたばかりの寝ぼけ顔の街が、再び欲望と追憶に悩まされ始める狂おしげな気配。

ぼくは呟いた　もういいじゃないか
姿をくらましてしまえ
もっと高尚な喜びを
味わおうなんて期待しないで
何があっても引き返すんじゃない
厳かな退却だ

（アルチュール・ランボー「いちばん高い塔の唄」より　宇佐美斉訳）

川岸を離れて一歩建物の迷路のなかへ踏みこめば、たちまち暑さがぶり返す。空が暮れてゆくにつれて湿気が高まり汗が噴き出す。それにつれて空間までへなへなと伸びてゆき、通りを跨《また》ぐごとに一ブロックの長さが伸びてゆく。歩いても歩いても地図の上の現地点は遅々として進まない。娘の踊りの公演の始まる時間が迫ってきたのでメトロの入口へ駆けこめば、階段は磨り減って、通路は曲がりくねり、床にはどこから湧いて来たのか黒い水が流れている。熱い風が異臭とともに吹き抜けてゆく。電車に揺られる女の腋の下からはみ出した腋毛がみるみる蜘蛛の巣のように空間に張り巡らされてゆく。乗客全員のぐっしょりと汗で濡れた下着の群れが、地底を疾走する。

誰でもいつかは毒を飲まねばならない。問題はそのタイミングだ。誰でもいつかは毒を飲

まねばならない。問題はそのタイミングだ。誰でもいつかは毒を飲まねばならない。問題はそのタイミングだ。地獄の季節も季節のひとつ。やがては過ぎ去り明るい挿画（イリュミナシオン）の一枚と化すだろう。いつかは毒を飲まねばならない。

地下鉄から這い上がった地上はすっかり夕闇に暮れていて、この暗さは天から降りてきたものなのか地の底から湧き上がってきたものなのか。公演開始時刻である八時に少し遅れて、汗みどろになってたどり着いた会場は、金融街の裏手の小さなギャラリー。そこだけが幻灯機のように明るかったが、ガラス張りの入口にはまだ錠がかかっていて、観客とおぼしき人影がちらほらと前の歩道に屯《たむろ》していた。

浅黒い肌の痩せた男が、いかにもダンス教師という身のこなしで店の奥からやってきて、入口のドアを開けたのはもう九時近く、こんなにも待たせるのは、なにかトラブルがあったのか、それともそれも演出の一部なのか、観衆は苛々する様子もなく、すでに日常から離れた芸術的特権空間に属している素振りで、声をひそめて囁きあったり、タバコを吸ったり。ほかの親たちは興味がないのか、初老の夫婦は私たちだけで、いかにも場違いだった。

ようやく始まったダンスは音楽は一切なく二十名ほどの若い男女が、全員ワイシャツ一枚を着ただけの下半身は剝き出しで、整列や前進や後退を無言のうちに繰り返し、不意にしゃがみこんで尻を後ろに突き出し両手は前へ、ゆっくり横へ傾いで片足で立ち、時に跳躍、時に足踏み、ちりぢりに離れたかと思えば、押《お》し競饅頭《くらまんじゅう》のごとく集まって、やがて群れのなかから二人ずつが歩み出て向かい合い、白い床に落ちた互いの淡い影の輪郭を、決して自らの足は動かさぬまま鉛筆の先でなぞってゆく等々、踊りというよりは舞踏、前衛というかポストモダンと呼ぶべきか、滑稽すれすれのところで不思議な力と美を感じさせ、はるばるドイツから観にきた甲斐があったと、夫婦ともども満足げに見守るのであった。

名もなきクォークやレプトンが
名もなき細胞の形をなし
名もなき離合集散繰り返して
笑顔を浮かび上がらせる
この夜さ一夜……

その日娘は下宿先ではなく私達のアパートに泊まることになり、夕方来た道を戻って夜更けのノートルダム寺院の前を通って再びセーヌの左岸へ。真夜中近いというのに川岸は大勢の人々で混み合っており、なぜか中高年の男女ばかり、何事ぞやと訝っているうちに、あちらこちらから物憂いタンゴの調べ、人々は二人ずつ組になると、互いの背中に腕を回して、原子核をめぐる電子と陽子、くるりくるりと回り出す。

わが生の夏の終わりの宴かな

翌日は昼過ぎからまたダンスの練習があるという娘を送りがてら、サンジェルマン通りの日本食レストランで馬鹿高いざる蕎麦を、なぜか蝶ネクタイをした中年男に給仕されつつ啜り上げ、さらばなつかしのリュクサンブール公園、かつてはなかったルーブルのピラミッド、二十一世紀の地下鉄のザジはスラブ語を操る少女たち、軽やかなダンサーの足取りで背中から、バッグのジッパーを開けて嬉し恥ずかし花一匁《はないちもんめ》、はなむけを授かって東駅から帰路についた。

二十一　彼岸花

明けて九月。手術までの二週間を、どんな風に過ごしたのか、よくは覚えていないのだが、たいていこの季節は雨が降る。早朝には濃い霧がたちこめる。まだシャツ一枚で過ごせる日があるかと思えば、コートを引っ張り出すほど冷えこむ日もやってくる。

昨日まで燃えてゐた野が
今日茫然として、曇つた空の下につづく。
一雨毎に秋になるのだ、と人は云ふ
秋蟬は、もはやかしこに鳴いてゐる、
草の中の、ひともとの木の中に。

中原中也はその名も「秋」という詩のなかでそう歌ったが、ドイツに蟬はいない。蟬とはアルプスの向こう側、湿気が高く、広葉樹が肉厚の葉っぱを茂らせる南国の生き物なのだ。ドイツには秋の夜長の虫とてない。蟬やコオロギの代わりに、ドイツの秋に響くのは、人々の硬い靴音ばかりである。

それでも手術の前日は雲ひとつない快晴で、私はポロシャツにサングラスという出で立ちで、自転車に跨った。行き先はビール先生や鉄の外科医、そしてやけに指先の柔らかだった作男がいるボーゲンハウゼン病院、事前に出頭するよう言われていたのだ。

一階の受付で翌日からの入院の登録を行い、手首に巻くバーコードの入ったテープや、書類やらを受け取って三階へゆく。ナースセンターには誰もいない。たまに誰かが通りかかっても、見向きもせずに立ち去ってしまう。ようやく若い看護婦を摑まえて名乗りをあげると、仏頂面のまま廊下の端に連れてゆかれていきなり病室に入れられる。病室にはすでにひとりの患者がいる。初老の男でひどく苦しんでいる。そのうめき声やら罵り声をききながら窓際に腰掛けて書類に記入する。若い男の看護士が昼食を運んでくる。まだ入院してもいないのにそんなものを出してもらう必要はないのだが、興味本位でプラスチックの保温蓋を開けてみる。七面鳥のクリーム煮と温野菜、袋入りの薄切りのパン。半分ほど口に入れる。旨くはないけれど食べられないほどじゃない。知り合いの日本人は断固病院食を拒絶して、毎日細君におにぎりと味噌汁を運ばせたそうだが、私は食には拘らない。

普段着が普段じゃなくなる閾《いき》で食《は》むマナ

若いイケメンの医師がやってくる。見たことのない顔だが、アンドレアといいこの医師といい、泌尿器科の若い世代には優男が多いのか。彼は窓のない小さな個室に私を連れてゆき、明日の手術の段取りを説明する。例によってボールペンで稚拙な丸と線の絵を描いて、ここを切りますという。うまく行けばそれですべてが完了します。しかし場合によってはガン細胞がその周囲にはみ出していることもあります。摘出した前立腺を詳しく検査することによってそれが分かります。はみ出している場合は追加の措置として放射線を照射します。いえ、すぐにではありません。切った部分が元に戻ってからです。

なるほど、そういうこともあるのか、と私は思う。切ってしまえばそれでおしまい、ナチスの悪名高き言葉を借りれば、「最終的な解決」というわけにはいかないのだな。私はイケメン医師が二つ目の楕円の周縁に描いた斜線を憮然と見下ろす。

だがそのあとに彼が告げたことは、私をほんとうにびっくりさせる。手術したあとは、射精という現象がなくなるというのである。えっと声を上げる私に向かって、彼はごく平然と、

「いやだって輸精管ごととってしまうわけですからね、もはや出口はなくなるのですよ」

「でも、精液自体は作り続けられるわけですよね。それはどこへゆくんです？」

「どこへも行きません。体内で……」と彼は言葉を捜す。

（……垂れ流される）私は胸の中で言葉を継いだ。全身が、頭のてっぺんから足の先まで白濁した男の姿をイメージしながら。

「……代謝され、分解されてしまうのです」

「とすると……」今度は私が言い澱む番だった。「性的なクライマックスはどうなるんです？

それもなくなってしまうのですか？」

「いえ、絶頂の感覚は残ります」彼は力強く答えた。「ただ射精を伴わないというだけです」

「なるほど……」


空砲一発、全滅した兵士らの亡骸に降り注ぐ

小部屋から出ていくと仏頂面の若い看護婦が待ち構えていて、使い捨ての剃刀と下剤をくれた。陰毛を剃り、夜寝る前に下剤を使って、翌朝は腸の中を空っぽにしておくように。私は看護婦が陰毛を剃ってくれるものだと思っていたので、半ばほっとし、半ばがっかり。

外へ出ると陽はぎらぎら照り輝き、日向に止めてあった自転車のサドルは焼けつくように熱かった。

二十二　最後の午餐

病院と自宅の中間にある昔ながらのドイツ料理店に立ち寄って、遅めの昼食をとった。泣きたいほどの青空だ。室内ではなくこぢんまりとした中庭の木陰の下のテーブルを選ぶ。中庭にはあと数組、小さな子供連れの客がある。子供たちはこざっぱりした格好をさせられ、細長い円錐形の、巨大なとんがりコーンのごときものを抱えている。ああ、今日から学校が始まるのだな。と

んがりコーンの中にはお菓子やおもちゃが詰まっていて、初めて学校にあがった子供にそれをプレゼントするのがドイツの慣わしなのだった。そういえば子供連れの席にはいずれも若いパパとママのほかに、祖父母とおぼしき老人の姿もあった。三世代で孫の（文字通り）晴れ舞台を祝っているのだ。

真白き胸のゲレンデを
子供達は手を振りながら滑り降りてゆく
……バイバイ、パパー！

とりあえず白ビールを頼み、ソーセージとチーズとピクルスとキャベツの酢漬けという典型的なビヤガルテンの料理を選ぶ。白ビールは南ドイツ地方の名物だが、透明なピルスナーと違ってとろりと濁り、柔らかな金の輝きを内側に孕んだまま飲み終えるまでずっと離そうとしない。ぎんぎんに冷やすのではなく、室温よりも僅かに冷たいくらいのものを、ゆっくり時間をかけて飲むのがよろしい。

料理は大きな木の板に載せられてやってくる。ソーセージは薄切りのサラミと細長い犬の糞に似た固くて黒いやつ、あと生ハム。チーズは穴ぼこのエメンタールの薄切りとカマンベールの塊。ピクルスは甘酸っぱい汁をたっぷりと含んだ巨大なキュウリのひとかけら、これだけで渇きは永遠に癒されそうだ。キャベツの酢漬けは、ホットドッグに入れる煮込んだやつではなく、生のキャベツを漬けただけのもの。前者をザワークラウトと呼ぶのに対してこちらをクラウトザラート（キャベツサラダ）と称す。キャラウェイの香りが味の秘訣。ほかに先端を幼子イエスのペニスのごとく割礼した丸い赤カブも。

食卓ははるかな風景痩せた驢馬《ろば》が旅立ってゆく

なんとなく食べるのがもったいなくて、とりあえずiPhoneで写真を撮る。それをフェイスブックにアップして「いいね！」を貰う趣味はないので、メールに添付してM＊＊に送ることにする。彼女が日本に帰ってからもメールのやり取りは続いていたのだ。けれどもガンのことは言いそびれていた。告げる理由が見当たらなかった。もう一度会うことがあるかどうかも分からないのだ。私の中で彼女は一個の概念に帰していた。それをあえて視覚化しようとすると、なぜかマチスがペンとインクで描いた一筆書きの女の顔が浮かぶのだった。写真の下に「最後の晩餐」と書き添える誘惑に抗って、「夏休み最後の一日」とかなんとか、送信マークを指先でちょん。

二十三　旅支度西東

家に帰って翌日からの入院生活の支度をする。旅行のためのパッキングと違って衣類をつめる必要はない。パンツだって穿くことはないだろう。歯磨きと歯ブラシ、髭剃り、本とキンドル、iPhoneとiPad、部屋でWiFiは使えないが4Gで使えることは昼間確かめてあった。まあ使うことはあるまいが、念のためにパソコン。日記の手帖。お金も少々。

若きわが母上も
かく身支度し給ひしか
ゆきて戻らぬ
旅の前日

おっと忘れてた、ポータブル・DVDプレーヤーだった。この日のためにわざわざ新しいのを買ってきたのだった。オンライン配信画像のご時世で、機種は限られていたけれど、量販店の棚にはまだいくつか置かれていて、そのなかの一番ちゃっちい奴だった。手術のあとの、身動きもままならぬ時をやり過ごすには、くだらない映画でも観るのがよかろうと、中古DVDの店にも足を運んで、一枚五ユーロのを十枚ほど買い込んでいた。気楽なコメディがよかったのだが、笑いすぎたら傷跡が痛かろうと、SFやホラーやドラマも混ぜた。iPhoneにはオーディオブックもいくつか入っているので、目と耳の娯楽はこれで万全のはずだった。

DVDを弄っているうちに、明日からはもう二度と射精できないということを思い出した。私は机の奥に数枚のDVDを秘匿していた。十年以上前に日本から持ち帰ったまま、繰り返し観るわけでもなかったのだが、なんとなく捨てるにしのびず、そのままになっていたのだ。私はそれを取り出した。銀の円盤の表面に直接印刷されたタイトルや女優の笑顔を見ると、それを観ていた頃のことがまざまざと蘇ってくる。そこには今よりもずっと若く、まだガンも患っていなかった自分がいる。いかにも「往年の」という言葉の似合うセピア色の自画像だ。彼はこの日が来ることを知っていたのだろうか。だからこそ、今日この夜まで、DVDをとっておいてくれたのか。私は厳かな面持ちで、買ったばかりのポータブル・プレーヤーに、過去からやってきたDVDをセットした。

さようなら、私のおちんちん
では　いっておいで
しかし　また　もどっておいでね

（八木重吉「心よ」から一部引用あり）

火口から流れ出した最後の溶岩には、まだ血が混じっていた。鉄の外科医が言ったとおりだ。けれどもその血はもはや鮮血ではなく、どす黒く饐《す》えた、成れの果ての紅だった。老いさらばえて、地に斃《たお》れた龍の血だった。私はティッシュでそれを拭い、丸めて捨てた。あとはシャワーを浴びて身を清め、床に横たわるばかり、かと思ったら、おっとまだひとつ、大切なことを忘れていた。

二十四　発端・もうひとつの

それは剃毛であった。私は下の毛を剃らなければならないのだった。昼間看護婦に渡された使い捨てのシェーバーではなく、普段使っている替え刃式のジレット・マッハ3、最新テクノロジーを駆使した三枚刃と、肌にやさしいニベアメンのシェービングフォームを手に、わたしは浴室のタイルに敷いた新聞紙の上にぺたんと裸の尻をつけた。

陰毛は手強かった。じょりじょりと剃り落とせると思いきや、毛はたちまち刃先にこびりつき、蔦に絡めとられた戦車さながら、にっちもさっちもいかなくなった。一旦退却してまた出直そうにも、剃刀の先にはシェービングクリームにまみれた毛が絡み付いて、剝がれようとしなかった。洗面器にお湯を張って、そこに浸してしゃらしゃら濯《ゆす》げば、楽に取れると思えたが、そのお湯を排水孔に注いだら、たちまち管が詰まることが予想され、代わりにティッシュで拭い指の先で摘んで取った。結局つるつるに剃り上げるには、かれこれ小一時間ほどかかってしまった。

語られぬ湯殿にぬらす袂《たもと》かな
（松尾芭蕉『おくのほそ道』出羽三山より）

シャワーを浴びて、下腹にこびりついた毛を洗い流した。どれも五ミリほどの短さで、睫のようだ。降り注ぐ涙の雫に打たれて、無数の睫が臍の下の肌を離れ、おちんちんの両側を迂回して脚の垂直へと落下してゆく。

いったん身体を乾かしたあとで、これもまた看護婦に言われたとおり、下剤を尻の穴に押しこんだ。私は大変規則正しい方なので、わざわざそんなことをしなくても、朝になればきれいさっぱり出るはずだったが、私はしごく従順でもあるのだった。下剤の表面は蠟《ろう》を塗ったようにつるつるで、指で押したらそのまま潰れてしまいそうな脆さも感じさせ、あっさりと尻の穴に収まった。それにしても前立腺のおかげで、尻の穴までやけに忙しい。

羽根毟られて
便座の祭壇の上の
供え物

夜の奥から近づいてくる
雷神のとどろき

脱糞後改めてシャワーを浴びて、歯を磨き、パジャマに着替えてベッドに入った。目覚まし時計は五時に仕掛けた。翌朝病院には七時までに来るよう言われていたのだ。準備万端、遣り残したことはなにもなかった。灯りを消し、目を閉じたとたん、たちまち眠りに落ちた。

2章　尿道カテーテルをつけたまま詩が書けるか？

　人は生きる死ぬには大騒ぎをするくせに、眠ることについては怖いもの知らずである。いったん眠りに墜ちたが最後、ふたたび目覚めるという保証はどこにもない。なのにいそいそと布団へ潜りこんで目を閉じる。悲鳴ひとつ立てずやすらかな寝息のうちに奈落の底へ墜ちてゆく。そして自我を溶解させる。翌朝には目を覚ますと信じ切って。だがすでに彼には時間の感覚もない。仮にその眠りが何年も、いや何万年も、未来永劫に続いたとしても知る術はない。

　よしんば思惑通り再び目覚めたとしても、その自分が眠る前までの自分であるという保証はどこにもない。肉体的な目印はなんの役にも立たない。たとえ同じ顔と体で遺伝子の配置も元通りであったとしても、我々を〈自分〉たらしめているものは物質ではなく、あくまでも意識だからである。我思う、故に我ありと呟く意識そのもの。目覚めた後の意識が眠りに墜ちる前の意識と同一のものであるというのは、単なる錯覚ではないか。なぜなら眠っている間、とりわけ夢も見ないノンレム睡眠において、意識は完全に消滅しているのだから。

いや、そんなはずはない、同じ一つの意識である、だって目覚めた後でも眠りに就く前のことはちゃんと覚えているではないか、「自分は自分」というはっきりとした自我の継続的統一が図られているではないか、と反論されるかもしれない。だが継続されているのは記憶に過ぎない。記憶ならばUSBスティックに入れて容易に持ち運び、移し換えることができる。問題は記憶を認知する意識そのものなのである。眠る前の意識は、目覚めた後の意識を未だ知らない。目覚めた後の意識は、眠る前までの記憶を継承しつつも、目覚めた直後に知覚した新しい世界の上に成り立っている。このように考えるならば、眠りの後先では意識もまた異なると考える方が理にかなっている。

つまり気楽に寝たり覚めたりと言いながら、その実我々は眠るたびに死に、目覚めるたびに新しい存在として生まれてくるのである。そして改めて言うが、いったん眠りに墜ちたが最後、再び目覚めるという保証はないし、仮に目覚めたとしても、眠りに墜ちる前の自分はもはや永遠に失われたままなのだ。この事実を受け入れるならば、夜布団に横たわることも、電車の席でうつらうつら舟漕ぐことも、恐ろしくて仕方がないはずなのだが……。

「これから麻酔薬を注射します。あなたが一番行ってみたい場所を、頭のなかに思い浮かべてごらんなさい」

手術台に横たわった僕を見下ろして、麻酔医はそう言った。子供をあやす母親のような声だった。

「僕の一番行ってみたいところ……」

「そう、南の島のビーチでも、広々とした草原でも、一番気持ちの良いところを、目を閉じて」

僕は以前訪れたギリシャの島の砂浜を思い浮かべた。だがすぐに打ち消した。あまりにも月並みで照れ臭かったのだ。代わりにその頃書いていた最中の詩を呼び出した。それは文明が滅亡に瀕した未来の世界で、生き延びた僅かな人々によって集合的に書き継がれてゆく「人類最後の詩」という設定だった。夢も希望も食料も水もない絶望的な世界だったが、僕にとっては現実と同じくらいにリアルな場所に育ちつつあった。そこへ移動することは訳もなかった。

麻酔医が僕の鼻に吸入器を被せた。僕は汚染された雨の漏れ落ちる廃墟の地下室に膝を抱えて座っていた。もしも手術中に不測の事態が起こって、二度と目を覚まさない羽目になったらどうなるのだろう、と僕は思った。未来永劫この地下室に閉じこめられることになるのだろうか。よりによってこんな最悪の場所で——。

次の瞬間僕は意識を失っていた。

プールサイドに読みさしの本
水底にゆらぐ人影 光の網目に沿って
物語の筋が解けてゆく

「手術は成功だ。性感神経もちゃんと残しておいてやったよ」

ビール先生ことDr. Beerが告げていた。僕は明るい部屋にいた。手術用の無影灯ではない、夏の終わりの午後の陽射しだ。

僕は頷いた。ありがとう、と言ったかもしれない。時刻は四時ごろだったと思う。でもどうしてそれが分かったのだろう。傍らの妻に訊いたのだろうか。覚えていない。手術室に入ったのは十時ごろだったから、半日ばかりが過ぎていた訳だ。それにしても彼は今「性感神経」と言ったのか。つまり僕はこれからもチンチンを勃たせることができるということか。確かに良い報せではあるものの、真っ先にそれを言うか？　麻酔からまだ醒めやらぬカボチャ頭の患者に向かって。それとも妻に対して発揮されたサービス精神だったのか、などと思っているうちに、再び僕は意識を失った。

次に目を覚ましたとき、窓の外はコバルトブルーに染まり、病室には照明が灯っていた。そこは手術を終えた直後の患者たちが運ばれてくる経過観察用の大部屋で、五つばかりのベッドが置かれ、そのいくつかは鮮やかな黄色いカーテンで囲まれていた。僕のベッドにカーテンは引かれていなかった。蒸し暑い夜だった。窓は開け放たれ、扇風機が首を振りながら唸っていた。その風に煽られて、黄色いカーテンがゆっくりと翻る。その前を看護婦たちが足早に横切ってゆく。まるで砂漠の野営病院にいるようだ。僕は遊牧民たちとの戦闘で負傷して、このテントに運びこまれてきたのだ。

眠りは断続的だった。目を覚ますたびに空は闇に沈み、そこに満月が昇っていった。その日は九月半ばで、ちょうど中秋の名月にあたる時期だったのだ。ドイツでは「収穫の月（Erntemond）」という。小麦の穫り入れの真っ最中で、夜中まで月明かりを頼りにトラクターを走らせるからだ。これまで見たこともない凄まじい満月だった。空の端から端までを、満月は転がるように動いていった。僕のベッドは窓際だったので、その一部始終を見渡すことができた。

全身に月の光を浴びながら、僕は術後の夜を過ごした。

月の光が照つてゐた
月の光が照つてゐた

お庭の隅の草叢《くさむら》に
隠れてゐるのは死んだ児だ

（中原中也「月の光　その一」より）

僕の身体にはいくつもの管が繋がれていた。右手の甲には点滴、左腕には血圧計のバンド、その指先には脈拍数をモニターする洗濯バサミみたいなやつ、下腹部に差し込まれた血膿を出すための管、そしておちんちんの先からは尿道カテーテルだ。

もっともその時点ではそういう状況を正確に把握していた訳ではない。ただ漠然と、雁字搦《がんじがら》めで身動きできないと感じていたばかりだ。痛みは感じなかったが、時折血圧計が自動的に働き始めて、万力のような力で二の腕を締めつけるのには閉口した。腕が千切れるんじゃないかと思うほどの力なのだった。

朝になった。意識ははっきりしていた。僕はやっぱり僕だった。世界の終わりの地下シェルターに取り残されることもなく、窓の外の明るみに照らされながら、周囲の物音や気配を感じ取っていた。そのことがとても新鮮で、不思議だった。僕が僕であるということ。この世界が元の世界のままだということ。再びそこへ還って来たこと。

雁が飛ぼうが墜ちようが
ここはここ今は今　耳はもう
看護婦の足音を聞き分けている

僕はほったらかしにされていた。食事は点滴、排泄はカテーテル、取り立ててやるべきことはないらしい。仰向けのまま、首だけ動かして周囲を眺める。恐る恐る右腕を動かして、自由の利く範囲を確かめてみる。ベッドサイドのテーブルにあるスマホになら手が届きそうだ。

電話をするつもりもメールを読む気もなかったが、今の自分にどの程度の知力があるのか確かめてみたい、という誘惑に駆られた。絡みつく管に気をつけながら、そろそろと腕を伸ばしてスマホを摘まみ上げる。胸の上に載せて指先で画面を操る。ロックを解除するための四桁の暗証番号は忘れていなかった。

スマホには電子書籍が入っている。青空文庫とキンドルだ。キンドルはもっぱら洋書である。オーディオブックのアプリもあって、これも洋書専門だが小説の朗読を聴くことができる。その他BBCのニュースや雑誌「ニューヨーカー」のインタビュー番組などのポッドキャストも。もちろん音楽も適当に入っている。ネットの調子が良ければサファリから動画だって観られるだろう。

全身管だらけで麻酔明けの僕の意識は、何を欲し、どんな情報なら処理することができるだろうか？　活字はまだシンドイだろう。動画も観る気はしない。写真なら負担が少なそう。やっぱり音楽が一番楽かな。それもワーグナーの交響曲なんかではなく、モーツァルトかシベリウスのピアノソナタみたいなの。いや、意外にジャズもいいかも。

ところが豈図《あにはか》らんや、画面をさまよう指先が流れていったのは、詩だった。僕のスマホには「谷川」というアプリが入っていて、これを開くと画面の中の川面に谷川俊太郎の詩の行が流れてくる。それを釣り竿で釣り上げると、詩の全文が読めるという仕掛け。僕はもう全部の詩を釣り上げて読んでいたが、小説と違って何度読んでも繰り返し楽しめるのが詩の言葉だ。ふっと、そういう言葉を読んでみたくなったのだ。点滴チューブの刺さったままの右手も援用して、おっかなびっくり詩の谷川に釣り糸を垂らす。最初に流れて来た魚を釣り上げる。

のはらにもうみべにも
まちかどにもへやのなかにも
すきなものがあって

でもしぬほどすきなものは
どこにもなくて

よるをてんしとねむった

やまにだかれたかった
そらにとけたかった
すなにすいこまれたかった
ひとのかたちをすてて

はだかのいのちのながれにそって

（谷川俊太郎「希望に満ちた天使」）

詩の言葉はすうっと心に入っていった。干からびた地面に降り注ぐ雨粒のように。僕はスマホを枕元に落とすと、ぼんやりと宙を眺めた。

しばらくすると中年の男がやってきた。白いポロシャツに白いトレーニングパンツ。僕の顔を覗きこむようにして、

「おはよう。ご機嫌はいかがかな」と話しかける。

僕は「よろしい」と頷いてみせる。自分の声が遠くに聞こえる。

「私は介護士だ。これから君の身体を起こし、ベッドの端に座らせる」

口調はぶっきら棒だが、僕に触れる彼の手つきは柔らかで、繊細だ。この同じ病院の一階で、僕の尻の穴にワセリンを塗りこんだもう一人の男を思い出す。ノートルダムのせむし男を思わせる初老の男。あの男の指先も、見た目とは裏腹に優しかった。

僕は全身に絡みついている管を指差す。このままで？

彼は手際よく僕の左腕から血圧バンドをほどき、指先から洗濯バサミを外し、右手の甲から点滴の針を抜き取る。僕は上半身のみ自由になる。

それからそうっと、高価な壺でも持ち上げるように、僕の上体を起こす。

「大丈夫？　痛くない？」と彼は訊ねる。

僕は首を横に振る。実際、強張りはあっても痛みはない。まだ麻酔が効いているのか。でも重力なら感じる。久しぶりに宇宙空間から地上に戻ってきたかのようだ。

「これ、飲んで」

彼はコップ一杯の水を差し出す。窓から射しこむ朝の光のなかで、それはすごく透き通って見える。僕は受け取り、恐々と口元に近づける。ひと啜りして、ゴクリと飲み干す。喉の奥を白い光が走り抜ける。思わず息が漏れる。五臓六腑に染み渡るとはまさにこのこと。

「それはとても美味しい」と僕は言う。平凡極まりないドイツ語しか出てこないのがもどかしい。

「Gut!」僕の手からコップを取り上げながら彼は微笑む。

あたりが限りなく静かに感じられる。実際は他の患者たちが唸ったり喋ったり、看護婦たちも忙しそうに立ち働いているのだけれど、誰かがそのボリュームを絞ったみたい。過去から現在に鼻先を突き出したまま、たった一人で時間の崖っぷちに腰かけている気分。

介護士は洗面器にお湯を張り、石鹸を溶かしてタオルを浸す。僕の入院着（後ろが開いている割烹着のようなものだ）の前をはだける。片手でタオルをぎゅっと絞って熱い雫を垂らすようにして上半身を拭いてくれる。

そこで初めて、僕は自分の下半身の状況を一望することになる。切開した跡にはガーゼと絆創膏が貼られていて傷口は見えない。脇腹のチューブは剝き出しで、ただ皮膚に刺さっているだけだ。その先の小さなビニール袋にはどす黒い血膿が溜まっている。抜けたり、隙間から漏れたりしないのだろうか。

だがなによりも衝撃的なのは、股間の光景だ。おちんちんは火で炙られて焦げたかのように黒ずんで、浮腫《むく》んでいる。その先端からもチューブが伸びている。チューブの中を真っ赤な液体が流れてゆく。行先は一リットルほどの容量のビニール袋。袋の上端にはプラスチックのフックがあって、ベッドサイドの手すりにかかっている。袋は鮮血ではち切れんばかりだ。

介護士は熱く濡れたタオルと乾いた柔らかなタオルを交互にあてがってくれる。その心地良さに溜め息を漏らしながらも、僕は眼下に広がる光景から目が離せない。痛みも不快感も感じない。そのせいか、腰から下が自分ではないように感じられる。というか、まだ意識が肉体から離脱していて、天井近くの空中から自分自身を見下ろしている感覚。

「頭がクラクラしたり、気持ち悪くなったりしない？」と彼が訊く。

「大丈夫」と僕は答える。「正直、こんなに気持ちのいい朝は久しぶりだ」

「結構」と彼は言う。「じゃ、立ってみようか」

えっ、もう立つの？　内心びっくりしている僕の正面に立ち、彼は中腰になって僕の両腕を取る。それに縋《すが》って、ゆっくりと立ち上がる。一瞬、ふらっとして目を瞑る。彼はじっと支えていてくれる。僕は目を開き、彼に頷く。彼はそっと手を離す。自分の足で立っていることに、僕は感動している。そんな自分を、もう一人の僕がぢっと宙から見下ろしている。

樹上から降り立った猿の目で
　羊歯の葉先の露を見ている
　　足元にはボロボロの宇宙服

妻が見舞いに来る。

「昨日麻酔から醒めた時、ビール先生がいたよね」と僕は訊く。

「そうよ、すぐに駆けつけてくださったのよ」と妻が答える。その口調から彼女がビール先生に満幅の信頼を寄せていることがわかる。

それは僕も同様なのだが、

「あの時、彼、神経のこと言ったっけ？　切らずにちゃんと残しておいたとか」

「ええ、そうおっしゃってたわ」

「やっぱりそうだよね」

「どうして？」

「いや、いの一番でそれを言うっていうのが、なんか可笑しくってさ」

僕がそう言うと、妻はまじまじと僕の顔を覗きこんで、

「ねえ、喋り方がすごく普通よ。昨日手術を受けた人だとは思えない」

「そう？」

「声だけ聞いてたら普段と全然変わらないわ。よかった」

彼女はしみじみとそう言うと、針の刺さっていない方の僕の手を撫でた。

とったのこった　のこったとった
取り返しのつかぬこととやり直しのきくことが
僕という土俵で四股を踏んでいる

経過観察室での二日目が暮れてゆく。この日もよく晴れた夏の終わりで、部屋の中には暑さがこもっている。看護婦が窓を開け放ち、扇風機が唸りを立てて首を振る。黄色いカーテンがゆっくりと翻る。僕はウトウトする。目を覚ますたびに窓の外の空の青が濃くなってゆくが完全な黒にはならない。やがて室内の照明が落とされる。その分黄色いカーテンの向こうに灯った明かりが密度を高める。また砂漠の夜がやって来る。戦地の野営病院。看護婦たちの気配が、風のように通り過ぎてゆく。僕は不思議な幸福感に包まれる。外ではなおも血みどろの戦いが続いているが、ここで僕らは天使たちに見守られながら、大いなる無力さに身を委ねているのだ。ああ、なんという安らぎ。

だが静けさは不意に破られる。隣に新しい患者が運びこまれてきたのだ。彼は苦しげに唸っている。それだけじゃなくて、唸りと唸りの間に大きな声で悪態をつく。何を言っているのか分からないけれど、「シャイセ」という言葉だけは聞き取ることができる。「糞」という意味のドイツ語だ。男は自分の身に降りかかった不運を嘆いているらしい。看護婦がやってきて、「あんたバイクに乗ってたんだって？」と話しかける。

「ハーレーダビッドソン」唸りながら、それでも誇らしげに男が答える。カーテン越しにそのやりとりを聞きながら、僕は胸の中で笑い声をあげている。でも身体は麻痺したように浅いまどろみに浸かったままだ。

男の仲間たちがドヤドヤとやって来る。真夜中でも見舞いに来ていいのだろうか。地獄のエンジェルだから規則も御構いなしか。それとも白衣の天使たちが鷹揚なのか。

地獄のエンジェルたちは、口調こそぶっきら棒だが、それなりに気を使って押し殺した声でぼそぼそと話している。なかに女の声が聞こえる。ほかのエンジェルが帰っても、その女だけは男のベッドサイドに残っている。男に囁きかける女の声が、睦言のようになまめかしい。

またウトウトする。次に目を覚ますとまた月だ。昨日よりももっと大きく、もっと太って、煌々と。長い窓のなかを転がってゆく。僕は全身にその光を浴びる。目を閉じていてもそれが分かる。砂漠の月の、凄まじい眩しさ。

それに応えるかのように、左腕に巻きつけられた血圧測定バンドが万力の力をこめる。腕がちぎれそうだ。夢うつつのうちにバンドを毟り取る。しばらくすると看護婦がやって来る。一番若くて綺麗な娘だ。彼女は冷たい口調でどうしてバンドが外れているのかと訊ねる。僕は事情を話し、もしかしたら機械が壊れているんじゃないか、と言ってみる。

「自動的に計測するように作られているのよ。我慢して」彼女は問答無用に僕の腕にバンドを巻きつけると立ち去ってゆく。

艫綱《ともづな》繋がれた丸木舟

刳《く》り抜かれ 月の光に洗われて

河口へ放たれる朝を待っている

明け方になると、向かいのベッドが騒がしくなる。これも男だ。なにやら訴えているらしいが、その言葉はドイツ語ではない。乾いた感じの、どこか人工的な響きの言語。医師と看護婦とともに、通訳の男が駆けつけて来る。

「ここはどう？　何か感じる？」医師が訊ねている。

「この人はドイツ語を喋りません。通じるのはチェコ語だけです」通訳が割って入って、男の代わりに答えてみせる。

「なにも感じません。膝から下に感覚はありません」

「ここは？　こっちは？」医師が訊ねる。

やや緊迫した感じのやりとりの後で、けたたましい金属的な唸りが聞こえて来る。電動ノコギリ？　チェコ人は悲鳴をあげている。一体なにを切っているのか。

その間隣のベッドでは、今や彼女も帰り一人になった地獄のエンジェルが、鼾《いびき》をかいている。電鋸にも負けないくらいのもの凄い音量だ。なんたる喧騒。やれやれ、本当に野営病院になっちまったぞ。だが却ってそれが眠気を誘い、僕は眠りに戻ってゆく。

三日目の朝が来た。またあの優しい手の男がやってきて、甘露の水を飲ませてくれるのかと思いきや、今度は紺のポロシャツに真っ白なトレパンを穿いた男がやってくる。

「私は理学療法士です」と彼は言う。「今日は少し歩いてみましょう」

左腕の血圧バンドと、右手の甲の点滴針はもう外されていた。けれど脇腹からぶら下がった血膿の小袋と、おちんちんの先から伸びた尿道カテーテルはそのままだ。理学療法士は僕をベッドの端に座らせると、おしっこの袋をベッド脇から外して金属製のスタンドに引っ掛けた。僕は思わずカテーテルの管に手を伸ばす。間違って引っこ抜かれたらさぞや痛かろうと思ったからだ。おしっこ袋の中は今朝もクランベリージュースのごとき深紅である。

彼は僕を立ち上がらせる。それから左腕を取り、右手で金属スタンドに摑まらせる。スタンドの足にはコロがついている。理学療法士に引きずられ、スタンドを引きずりながらベッドを離れ、病室を出る。廊下を歩き始める。

「いいですよ。素晴らしい。順調な回復ぶりです」

理学療法士が耳元で励ましの言葉を囁いてくれる。頭の中ではリヒャルト・シュトラウスの「ツァラトゥストラはかく語りき」が鳴り響いている。映画「２００１年宇宙の旅」のテーマ曲だ。朝の病棟の廊下は宇宙空間、行き交う看護婦や患者たちは惑星群。おちんちんの先から伸びている尿道カテーテルは、僕を宇宙船に繋ぐ命綱？

目隠し鬼さん　手の鳴る方へ
　ずっと虚空を歩いてきたのだ
　　行方は知らず　呼ばれるままに

長い廊下の半ばあたりで引き返して病室に戻ってくる。理学療法士は僕の歩行を祝福し、明日からは一人で歩くように言う。おしっこ袋はスタンドからベッドサイドに戻され、僕はベッドに横たわる。

隣のベッドは黄色いカーテンで覆われているが、端っこから脚が一本突きだしている。包帯ぐるぐる巻きの先からはみ出している爪先は、傷だらけでヨーチンを塗りたくられている。脛のあたりはおどろおどろしい刺青だ。ハーレーダビッドソン。地獄に墜ちた天使の寝姿。

向かいのベッドにもぐるりとカーテン。中からまた声が聞こえる。医師と通訳のドイツ語、患者のチェコ語。夜中とは打って変わって落ち着いた話しぶりだ。時折笑い声さえ混じっている。と、患者がたどたどしい英語で話し出した。

「わたしは昨日自分が歩いている夢を見ました」

言葉は希望に満ちているのに、なぜかその声は悲劇的に響いてしまう。

僕は寝転がったままベッドサイドに手を伸ばし、今度はスマホではなくキンドルを摘まみ上げる。詩の言葉ではなく散文、それも英語で読めるだろうか。歩くことで肉体を試したように、読むことで精神の方を試してみたい。ならばいっそ……。僕はキンドルに収められた電子書籍のなかから、デイビッド・フォスター・ウォレス（ＤＦＷ）を選び出す。僕よりも少し年下のアメリカの小説家だ。もう十年ほど前に自殺しているが、アメリカ・ポストモダン文学の鬼才と呼ばれ、今なおカルト的な人気を保っている。晩年の彼（といっても四十代半ばの頃だが）を描いた映画も作られた（『The End of the Tour』, 2015）。難解にして複雑な文章を特徴とし、時には何ページにもわたって延々と描写が続く。一千ページを超える彼の代表作『Infinite Jest』は、あまりにも読み通すことが難しいので、世界各地で講読グループが作られ、互いに励ましながら何年もかかって最後まで辿り着くとか。

短編集『Girl With Curious Hair』から、手術の直前まで読んでいた作品の続きを読み始める。驚いたことに、すらすら読める。もちろん分からない単語や文章は頻出するが、それがあまり苦にならず、作品のなかにすーっと入ってゆける。手術の前よりも楽なくらいだ。

肉体と精神の関係ってどうなっているのだろう？　死ぬ間際でも精神はいつものままなのだろうか。むしろ研ぎ澄まされたりするのだろうか。それはそれで辛そうな気もするが。不思議なことに、音楽を聴きたいという欲望は湧いてこない。どちらかというと気後れする感じ。普段はそんなことはないのに。音楽は言葉よりも肉体に近いからか。音楽の持つ力に傷ついた肉体が怯えているのか？

そんなことを考えながらＤＦＷを読んでいると、看護婦が二人揃ってやってくる。

「さあ、ここはもう卒業。一般病室に移ってもらいます」

さっき理学療法士とともに長い時間をかけて歩いた廊下を、僕を乗せたベッドは一瞬にして駆け抜けてゆく。天翔けるチャリオット。馭者はふたりの病いの姉妹（ドイツ語では看護婦のことをこう呼ぶのだ、Krankenschwester）。彼女らの脚は逞しい。そしてとても忙しい。治ってゆく者に用はない。彼女らは僕を廊下半ばの一般病室に放りこむと、さっさと踵《きびす》を返してゆく。

部屋は個室だった。ぽかんとした静けさのなかで、僕は手術の前日にひと時を過ごした病室を思い出す。この部屋のすぐ近くだったはずだ。あの時は先客が一人いた。初老の男でひどく苦しんでいた。彼は今どこでどうしているのだろう。わずか数日前のことなのに、何年も前のことのように感じられる。

ベッドに横たわったまま部屋を見回す。ビジネスホテルの客室よりもひと回り大きいくらいの広さだ。入口近くに洗面台と便器とシャワーの詰めこまれた浴室がある。もっとも今のところそこに用はない。シャワーは使えないし、おしっこは尿道カテーテルが勝手に出してくれるからだ。ベッドを挟んで机がわりのカウンターと椅子、その後ろは窓である。窓の向こうには同じ建物の反対側の病棟。ここと同じような病室が並んでいる。

ベッドの反対側、つまり洗面所と壁を隔てた部分にはクローゼットがある。ベッドから腕を伸ばしてその扉を開けてみる。なかには手術前に家から持ちこんだバッグやバスローブが収まっている。なんの説明もないけれど、段取りは守られ、システムはちゃんと機能しているようである。

それにしても静かだ。

僕は改めて部屋のなかを検分する。壁には手すりがついている。入口のドアに窓はなく、内側の下半分には金属の板が貼ってある。緊急時に足で蹴っ飛ばしても、ベッドの角がぶつかっても大丈夫なようにだろう。ベッドの頭側の壁面には各種の端子が配電盤のごとく並んでいて、色とりどりのコードがくだくだと絡まっている。容体が悪化した場合にはそこから酸素や電気や何やかやが流れ出してくるというわけだ。

でも今は静まり返っている。僕はいささか途方に暮れて天井を仰ぐ。すると正面の壁に、十字架がかかっているのに気づく。キリスト像のついていない、ただの小さな木のクロスだ。だが一旦それに気づいてしまうと、その視線を感じないではいられない。僕は仰向けに横たわったまま目を瞑る。

股間から縄を垂らして
　手の甲に釘ならぬ針の痕
　　罪人ひとり　聖のほとり

午後、妻と息子が見舞いに来てくれる。息子は大きな花束を、妻は小さな桐の箱を持ってくる。箱のなかには達磨さんが入っている。白い達磨で顔のまわりに金の模様。左の目だけに黒い丸、右目は白いままである。

達磨さんを胸の上に置いて考える。左の黒い目が手術の成功だとすれば、右の目が入るのはいつのことだろう。この病室を出てゆく時か？　ビール先生から薦められているリハビリを終えて家に戻った時か？　それともあと五年ほど生き延びて、いわゆる五年生存率とやらをクリアした暁なのか？

右目が開くことは遂にないのだ、と僕は思う。これからの僕はこの右目の空白こそを生きてゆくのだ。もしも達磨さんが両目をくわっと見開くことがあるとすれば、それは僕がこの世を立ち去り、彼岸へと辿りついた時だろう。それは自然な感慨で、僕は両手を合わせて達磨さんを包みこむ。

息子は僕が思った以上に元気そうだと言い、妻も「そうでしょう。顔だけ見てたら全然普通でしょう」と頷いている。

「オレもそう思う」そう言って、みんなで笑う。

本当は何かが違っている。当然だ。身体を切り開き、中から臓器を取り出したのだから。でも僕が感じている変化はそういうレベルの話じゃない。切られようが削られようが、僕のカラダはやっぱり僕のカラダだ。そしてココロはココロで、相変わらず「僕」を主催している。麻酔で意識が消し去られても、目が覚めた途端たちまち「僕」は起動する。起き上がり小法師みたいに何度でも、めげずに。

ただそのカラダとココロの間にわずかな隙間が出来ている感じ？　それは必ずしも不快なものではない。むしろ新しいシャツに袖を通した時とか、歯の治療を終えて噛み合わせを試している時のような感覚？　カラダとココロが、互いの存在を眩しげに意識している。その二つの間に、介護士の差し出したコップ一杯の水が浮かんでいる。その透明な亀裂へ、理学療法士に支えられた最初の一歩を踏み出す……。

妻と息子が帰ってゆく。僕はＤＦＷの続きを読む。すぐに眠気がやって来て、まどろみへと誘われる。


目の前に直方体が浮かんでいる。あたりは真っ暗だ。そこに巨大なチョコレートバーのごときものが微動だにせず浮かんでいる。巨きすぎて向こう端は見えない。その前面に向かってゆっくりと近づいてゆく。もしかしたらこっちが静止していて、近づいてくるのは直方体の方かもしれないが、ほかに何もない真空のなかだと区別がつかない。近づくにつれて直方体の表面が大変滑らかであることが分かる。ものすごく細かな粒子がものすごい密度で押し固められた物体らしい。僕の視線は思いのままに空中を移動する。宇宙遊泳特有のあの静かで滑らかな移動。僕は二つの平面が合わさっている稜線、つまり直方体の角を見下ろす。その角はとてつもなく鋭い。直角で、そして巨大でありながら、そっと触っただけで指先は切り裂けてしまうだろう。これはこの世のものじゃない、突然僕は悟る。すると底しれぬ畏怖を感じる。恐怖と感動が入り混じった気持ち。ハッと目を覚ます。心臓がドキドキしている。どれくらい眠っていたのだろう。三十分？　それともほんの数分？

僕はふたたび目を閉じる。

次に目を覚ますと、部屋のなかの光が変化している。陽が傾いたのだ。部屋の窓は東を向いているので、太陽は背後にあるはず。その陽射しが反対側の病棟の窓に当たって跳ね返り、この部屋へ射しこんでいる。僕はベッドの上で身を捩って窓の外を窺う。まるで独房の囚人みたいだな、と思いながら。小さな窓の隙間から射しこむ光がジリジリと床を伝うのを見て時を知り、それを横切る鳥の翼の影に涙するのだ。

いきなりドアが開いて、若い男が入ってくる。手術の前日に昼食を運んで来てくれたアンちゃんだ。今はレストランのボーイよろしく片手にトレイを載せている。もう夕食なのか。

アンちゃんはベッドの上と、窓際のカウンターを指差して、どっちに置く？　と訊ねる。ベッド脇にはサイドテーブルがあり、その上部には開閉式のトレイが据え付けられている。僕は窓際に置いてくれるよう頼む。少しは動かなきゃ。

「Guten Appetit!（召し上がれ！）」威勢良く言い放つと彼は出てゆく。

僕はそろそろと上体を起こす。片手でおちんちんの先のチューブを握りながら、両足をベッドから降ろして床に載せる。足がチューブを踏んづけていないことを確かめる。さもないと立ち上がった拍子にカテーテルが膀胱から抜けてしまうからだ。その場合お腹のなかがどういうことになるのか想像もつかないが、恐ろしい事態であることだけは確かである。介護士からも、理学療法士からも、看護婦たちからも、繰り返しそれだけは注意するようにと言われていた。この部屋にいる間のあなたの最大の仕事は、カテーテルのチューブに足を引っ掛けないことです、と。

ベッドと窓際のカウンターの間は、一メートル足らずである。チューブの長さはそれ以上あるので、おしっこ袋をベッドの柵に引っ掛けたままカウンターの前に座ることは不可能ではない。でも僕はおしっこ袋をベッドから取り外し、いったん金属スタンドに取り付け、そのスタンドをカウンターの脇へ引き寄せる。万が一事故があってはいけないという配慮もさることながら、なんとなく気恥ずかしかったのだ。まるでワンちゃんが鎖に繋がれたまま皿を舐めているみたいじゃないか。

おしっこ袋には半分程度尿が溜まっている。相変わらず真っ赤なクランベリージュースである。ずっしりとした重みが手に沁みついている。もう少ししたら、看護婦さんに頼んで空にしてもらわなければ。

トレーの上にはプラスチックの皿がひとつ、上には半透明の蓋が載っている。皿の隣には林檎《りんご》が一個と、水差しの瓶。そしてなぜか空のマグカップ。

蓋を外す。白っぽいオートミール、西洋風麦粥である。立ったまま匙で掬って口に運ぶ。思った通り、すごく甘い。食事というよりデザートだ。おまけに冷めている。それでも義務的に半分ほど食べてから、林檎に移る。丸齧りする。こっちは目が覚めるような美味しさだ。水を飲む。水も全身に染み渡る。

窓の外を見る。空はまだ明るいが、向かいの病室には（ここ同様）照明が灯っていて、なかの様子が見える。ベッドに横たわったままの人。車椅子の女。カウンターに向かって座っているおじいさん。ヒッチコックの『裏窓』だな。まさかここでは殺人事件は起こらないが、死はむしろもっと身近だ。このなかの誰かが突如忽然と消えたとしても不思議ではない。真相を探り出すべきミステリーの代わりに、ただ受け入れるしかない謎に満ちた場所。

前立腺なき身にもあはれはしられけり
（私服に着替えた看護婦たちが帰ってゆくよ）
鴫《しぎ》立つ沢の秋の夕暮れ

（西行法師『山家集』から一部引用あり）

またバーンとドアを蹴破るように開けて、アンちゃんがやってくる。手にしたポットを掲げて、「コーヒーいる?」

「お茶飲みたいんだけど、お湯あるかな」と言うと、アイヨとばかりに部屋を出て行き、別のポットに注いで来てくれる。

「すぐそこに給湯室があるからね。そこ行ったら自分でお茶も作れるから」そう言うと、食べ残しのオートミールの載ったトレーを持ってゆく。

窓際に腰を下ろしてお茶を飲む。立ち上がって金属スタンドに摑まりながら、入口のドアまで歩いてみる。十歩足らずの食後の散歩。スタンドのキャスターがキュルキュル音を立てる。ぶら下げたおしっこ袋がゆらゆら揺れて、クランベリージュースの波が立つ。それを行ったり来たり繰り返す。

介護士が入ってくる。黒人の中年男だ。流暢なドイツ語で調子はどうだ、なにか不都合はあるか、と訊いてくる。

「万事オッケー」と僕は答える。「ただこの袋、そろそろ替えた方がよさそうなんだけど」

「ああ、それね。すぐ替えてやる」

彼はトイレからバケツを持ってきて、おしっこ袋の下にあてがう。それからおしっこ袋の底の方にある栓を抜く。クランベリージュースが勢いよく流れ出して、袋は空になる。なるほど、そういう仕掛けだったのか。彼は血尿をたぷたぷさせながらバケツをトイレに持ってゆく。水を流す音が聞こえる。

「これ、自分でも簡単にできるからね。トイレに行って直接便器の中に流したらいいんだよ」

はあー！　僕は目からウロコ、感心のため息を漏らす。なんだか急に身軽になった気持ちだ。

でも今はこの部屋から出てゆく気持ちにならない。おしっこ袋をまたベッドサイドに引っ掛けて、ベッドの上に横たわる。一日の終わりにＤＦＷはさすがに重たすぎるけれど、相変わらず音楽を聴きたいとは思わない。

宙を見ながらぼうっとしている。けれど頭は冴えたままだ。窓の外で日が暮れてゆくのが、部屋のなかの光線と影の加減で手に取るように分かる。昼間とは違う種類の静けさが、どこからともなく忍びこんでくるが、僕は気づかぬふりで息をひそめる。

おおきな　みどりの　へやの　なかには
でんわが　いちだいと
あかい　ふうせん
それから　いちまいの　え……

息子が赤ん坊だった頃、毎晩のように読んで聞かせた絵本を思い出す。マーガレット・ワイズ・ブラウンの『グッドナイト・ムーン』。読むときには必ず表紙から始めて、「Goodnight Moon, by Margaret Wise Brown. Pictures by Clement Hurd」と一気に早口で捲し立てていたから、作者名まで覚えている。

広々とした、緑の壁の寝室。仔兎はもうパジャマに着替えてベッドに入っている。でも部屋のなかにはまだ灯りがついていて、猫が二匹じゃれあっている。ネズミが隅からそれを見ている。揺り椅子の上には、編みかけの毛糸と編み棒。おばあさんはすぐに戻ってくるだろう。窓辺のカーテンは開け放たれていて、満天の星だ。その窓の下の端っこから、ゆっくりと月が昇ってくる。

おやすみなさい　おつきさま

おやすみなさい　おつきさまのうえをとびこえる　めうし
おやすみなさい　ひかり　そして　あかいふうせん

身の回りのものにひとつひとつおやすみなさいを繰り返すうちに、少しずつ部屋のなかは暗くなってゆく。暖炉の炎とテーブルのランプとおもちゃの人形の家のなかの灯りが、輝きを増す……。

シカゴ郊外の二軒続きのタウンハウスの、二階にあった子供部屋のほの暗さが蘇る。暗さと静けさの底から、じっと目を開けて頭上の声に聞き入っていた赤ん坊のまなざしも。その夜が、今現在の、病室の夜に重なる。いつの間にか地上を離れたこの部屋が、星々と月の間を彷徨ってゆく。

英語のGoodnightはGoodbyeに音の響きが似ている。頭のなかでGoodnightを繰り返し呟いていると、この世のすべてに別れを告げているような気持ちになる。

部屋のドアが開いて、誰かが入ってくる。食事のアンちゃんとは対照的な、鹿のように静かな気配。毛糸の編み物のおばあさんだろうか。仔兎が寝たかどうか確かめに来たのだろうか。ベッドの上から振り返ると、すらりとした若い看護婦だった。

「こんばんは、わたしはモニカです」と彼女は言う。「調子はいかがですか?」

血圧と体温を測り、それぞれの値を読み上げて、「問題ありませんね」

それから注射針を取り出す。「血栓ができるのを防ぐお薬です」

僕はええ、とか、なるほど、とか、頷きながら、彼女の横顔を眺めている。細いフレームの眼鏡をかけていて、瞳はブルー、髪の毛は金色、典型的な北ドイツの顔立ちだ。注射針の先を見つめるまなざしも、いかにも北方的な真面目さである。

「患部の様子を拝見します。ちょっと失礼」

そう言うとモニカは僕の寝着の前を捲る。脇腹から飛び出した血膿の小袋と、ガーゼに覆われた下腹の縫合部と、その下のおちんちんとが曝け出される。

彼女はその全てを一望する。そして、

「順調な回復ぶりです」と宣言する。

謁見の儀はそれで終わりかと思いきや、さにあらず、モニカのまなざしと指先はおちんちんの先へと移動する。

それまであまり気にかけていなかったのだが、おちんちんの先の、尿道カテーテルの管の付け根の部分には、ガーゼが巻きつけてある。その結び目をモニカはほどこうとする。でも相当な固結びらしく作業は難航する。眼鏡の向こうの彼女の目が細められ、唇が嚙み締められる。指先に力がこもる。彼女の鼻息が、恥毛を剃られて剝き出しになった根元の肌にそよぐ。この強固なる結び目がはたして誰の手によるものなのかは後日判明するのだが、その時点での僕は何も知らない。そもそも一体何のためにそんなところにガーゼが巻いてあるのかも分からない。でも若い女性におちんちんの先を凝視されながらの会話はいささか気がひけるし、モニカの真剣さには余計な質問を受け付けないところがある。

ようやくガーゼは解かれ、モニカは（どんな理由かはさておき）新しいガーゼを巻きつける。今度はほとんど亀頭の先端に接するくらいの場所である。彼女はきつい固結びではなく、可愛らしい蝶結びにする。ちょんちょん、という感じに優しく力をこめる。僕は密かに赤面する。「おやすみなさい」でも「Goodnight」でもない「Gute Nacht」を言い残して、モニカが出てゆく。ドアを閉める前に天井の灯りを落とす。

窓いっぱいに闇が広がる。星々の瞬きを僕は見つめる。かつての僕の幼い息子のように。大きな緑色の部屋のなかの仔兎のように。

おやすみなさい　おほしさま
おやすみなさい　そらのそら
おやすみなさい　きこえるかぎりの　ものおとたち
（マーガレット・ワイズ・ブラウン『グッドナイト・ムーン』より）

天の海に雲の波立ち月の船星の林に漕ぎ隠る見ゆ
（柿本人麻呂『万葉集』巻七雑歌所収）

看護婦がやってきて目を覚ます。モニカではない別の女性だ。半ば寝ぼけたままで脈を取られる。体温を測られる。彼女も何も言わない。暗がりのなかで息だけがきこえる。時計を見ると五時過ぎだった。どうやら夜通し眠ることができたらしい。

夢は見たのか見なかったのか、微かな記憶も残っていない。

ベッドの上に起き上がって、おしっこ袋を覗きこむ。夜の間に半ば以上溜まっている。ベッドから降りて、おしっこ袋を手にトイレまで行き、昨日教えてもらった要領で袋の下の栓を外す。勢いよくおしっこが迸《ほとばし》り出る。排尿という行為の外部化である。つまりアウトソーシングだな。色はかすかに薄くなっている。深紅のクランベリーから、鮮やかなレッドグレープフルーツへ。

一旦窓際に戻って、空になったおしっこ袋を金属スタンドに引っ掛け、カウンターの上のポットを取る。ポットを小脇に抱え、もう片方の手で金属スタンドを引きずりながら、部屋を出る。廊下にまだ人影はない。ナースセンターの方へ歩いてゆく。手前に給湯室がある。大きな給湯器があり、新しいマグカップと使用済みのマグカップの入ったカゴが並んでいる。流しの上のキャビネットを開けると各種ティーバッグ。ポットになみなみと熱湯を注いで栓をして、尿道カテーテルのチューブを引っ掛けないよう注意しながら方向転換、そろそろと元来た道を辿る。

部屋に戻りカウンターにポットと新しいカップを置いて椅子に座る。自宅から持参したアールグレーのティーバッグを二つばかりポットに放りこむ。前庭越しに正面の病棟の窓を見ながら熱々の茶を啜る。昨日の夕方とは違う裏窓の顔ぶれ。めいめいの一日が始まってゆく。

ガラス越しに時空隔てて
　目と目が合って
　　一期一会の遊星軌道

空が明るくなってきた。いきなり、正面の建物の上端から曙光《しょこう》が迸る。雲ひとつない深いコバルトブルーに、虹色の光がばらまかれる。太陽はずんずん昇ってきて、まともに眼を射る。思わず額に手をかざす。それでも眩しい。僕は目を瞑って光のなかに顔を差し出す。光は今や病室の奥深くまで射しこんでいる。僕は尿道カテーテルの管を握り、あたりに引っ掛けないよう注意しながら、立ち上がり、回れ右をする。窓の外の太陽に背を向けて、部屋のドアを見る。そこに僕自身の影が鮮やかに映っている。寝着の裾から伸びた半透明の管までくっきりと！

金属スタンドを引きずって、近づいてゆく。ドアの内側に全身の影が映し出される。窓から差しこむ朝陽はほとんど水平なのだ。あたりは光で溢れ、その中心の我が影は濃い。まるでそこにこそ実体があるかのように。僕は金属スタンドからおしっこ袋を取り上げ、体の脇に掲げてみる。影法師の傍に人魂のような半透明の輪郭が浮かび上がる。そこだけうっすらと紅に滲んでいる。

おしっこ袋を片手に持ったまま、その影に見惚れる。時が経つのも忘れて、と言いたいところだが、そうはいかない。影はみるみる動いてゆくからだ。自分の影だけではなく、窓枠やカーテンの端っこや、いったん天井に跳ね返ってからドアの内側に達した光の屈折の重なりなんかも。その動きを見つめていると、動いているのが窓の外の太陽ではなく、この部屋そのものなのだという錯覚に襲われる。でも考えてみれば、実際にそれはそうなのだ。この部屋もろとも、僕自身が動いているのだ。錯覚でも比喩でもなく、僕が軌道を辿っている。薄紅色のおしっこ袋片手に、寝着の裾を波紋のように靡かせて。

名なし顔なし命の影絵

タマシイとやらは、どこ？

そのとき部屋のドアが開いて、アンちゃんがやってくる。

トレーの上には例によって蓋をされた皿と林檎が一個。蓋を取ると皿の上には丸いパンがひとつだけ。隣にバターとジャムの小袋が添えられている。パンはこちらでゼーメルと呼ばれているもので、日本だとカイザーロールかな。小麦粉を丸めて焼いただけの単純極まりないパンだ。

でも僕にとっては術後四日目にして最初のパンである。指でちぎって口に入れる。狐色に焼かれた表面のパリパリと、内側の白いしっとりが口のなかで混ざり合う。かすかな塩味と穀物本来の甘み。ゼーメルってこんなに旨いものだったのか。バターをつけるともっと美味しい。その上にジャムを塗るともはや立派な料理である。山羊のように咀嚼《そしゃく》して味と歯ごたえを楽しみながら食べる。

胃の切除手術で入院した知人の日本人男性は、ドイツの病院食を断固拒否し、毎日奥さんがおにぎりと味噌汁を差し入れていたそうだ。その気持ちは分からないでもないが、僕にはそこまでのこだわりはない。日本に対しても、美食に対しても、なければないで構わない。大げさに言うなら衣食住などの形而下的事柄にはさほど関心がない。雨露しのげて飢えが満たされればそれで良しとするところがある。どうしても欲しいもの、求めてやまないものは、手に摑めないものばかりだ。

それに比べるとこのパンの旨さは実に分かりやすく、はっきりしている。噛み締めている間は、頭のなかが空っぽになってしまう。たちまち食べ終わり、ガブガブと紅茶を飲み、リンゴを齧る。リンゴも旨い。甘い露が喉を潤す。

久しぶりの固形物がやってきたというので、胃は慌てて蠕動《ぜんどう》を始めているようだ。僕は頭がぼーっとする。コーヒーでも飲もうかな。でもこうやって、窓際に座っているのが心地よい。ところがそうしているうちに、下腹部に変化が生じる。食べたものが早速腸の方に移動してきたらしい。僕は手術の前夜に浣腸をしたことを思い出す。腸のなかはほとんど空っぽだったわけだ。そこへ急に食べ物がやってきたわけだから、消化器官はびっくりしているに違いない。

でもそれだけじゃない。そこには手術前には経験したことのない違和感がある。異変と言ってもいい。下腹部のなかでも、一番下の、かつ前の方……。そう、ちょうど前立腺を取り去った跡のあたり。腸が蠕動運動を行うに連れて、僕は前立腺の不在を感じているのだろうか。

その違和感は尿意に似ている。いや、尿意そのものかもしれぬ。腸が動いて便意を催す（こっちは大きい方）、その便意に包まれるようにして尿意が疼く。でもおちんちんの先には尿道カテーテルがあって、おしっこは絶え間なく、本人の意思とは関わりなく自動的に、管を伝わり袋のなかへ注ぎこんでいるのだ。

だとすればこの尿意は何なのか？　実体なき幻覚？　足を切断されたものは、ないはずの爪先に強烈な痒みを覚えてのたうちまわると言うが、除去された前立腺の跡の空白に、尿意の亡霊が彷徨《さまよ》っているのだろうか。

便意と尿意は手に手を取って昂まってくる。僕はトイレに行くことにする。尿意はともかく、少なくとも便意を満足させることにしよう。

寝着の上に纏っていたバスローブを脱ぎ去り、金属スタンドに縋っておしっこ袋ともどもトイレに向かい、洗面台とシャワーに挟まれた便器に腰を下ろす。元々下着はつけてないので、ただ寝着の裾を捲るだけで事足りる。おちんちんの先から伸びた半透明のチューブとその先の袋が目に入る。袋のなかの尿は相変わらず血に染まっている。そういえばオレンジ色のグレープフルーツをドイツ語ではblutorange、すなわち「血のオレンジ」と呼ぶが、まさにあれだな、などと思いながら下腹に力をこめる。あんまり強くイキむとお腹のなかで膀胱からカテーテルが外れてしまいそうな気がするので、そろそろと注意深く。

恙《つつが》なく便は出る。ほっとする。だが大便とともに小便も出ようとする。その二つの運動がどう関連しているのか分からないが、大腸の、身を振り絞るような最後の蠕動と、膀胱の括約筋が密接に連動していることは間違いない。しかして出るべき尿はない。というか、尿は絶え間なく、草の上の露のように滲みながら管のなかを伝っているので、どれだけ尿道括約筋が開いても、そして膀胱全体がぎゅっと収縮しても、露の滲みは露のまま、岩瀬に水は迸らない。あのすべてを手放し、何もかも吐き出して、情けない愉悦の溜め息を漏らしながら、奈落の滝底へ堕ちてゆくかのようなカタルシスは得られない。

代わりに蟻走感《ぎそうかん》というか、尿管のなかを蟻の行列が通り過ぎてゆくような、なんとも言えないむず痒さに襲われる。僕は便座に座ったまま、尻を拭くこともままならず、思わず足をバタバタさせる。カテーテルの管がふるふる顫《ふる》える。むず痒さを追い払おうと、どれだけ下腹部に力をこめて、おしっこを吐き出そうともがいても何ひとつ変わらない。僕は悶えつつ打ちのめされる。

半世紀を越える我が人生で、これほどの無力感を味わったことがあっただろうか。

形而下の下らなさを嗤《わら》いつつ
糞尿池で末梢神経の業火に焼かれる
地獄のダンテ

僕は疲れ果ててベッドに戻る。おしっこ袋を金属スタンドからベッドサイドに移して、自らもベッドに這い上がる。仰向けに横たわってじっとする。下腹部のなかで臓器が、あるいはその不在が動かない限り、不快感もなりをひそめる。

外は今日も快晴だ。さぞやビールが旨いだろう。そう言えばもうそろそろビール祭ではないか。オクトーバー・フェストと言いながら、実際に始まるのは九月の下旬なのである。だが今はまだ酔っ払いの放歌高吟は聞こえない。朝はしんと静まりかえっている。僕はうとうとする。

ところがすぐにドアが開いてまどろみを破られる。看護婦が二人セットでやってきて、僕をベッドから追い立てる。シーツを交換してくれるのだ。新しいシーツの上に新しい使い捨てのマットを敷く。古い奴には小さな血痕が付いている。眠っている間に脇腹の小袋から血膿がこぼれたのだろう。彼女らがすっかり作業を完了して部屋から出て行くまで、僕はおしっこ袋を手に部屋の隅で突っ立っている。

ようやく終わってベッドに潜りこんだと思った途端、モップを手に掃除婦が入ってくる。頭にスカーフを巻いている。トルコ人だろうか、それとも最近シリアからやってきたばかりの難民だろうか。挨拶を交わしても後が続かない。僕はベッドの上で病人らしく臥薪嘗胆を演じ、彼女は黙々と床を掃き、ゴミ箱の中身を捨てる。するとゴミ箱の底からゴミ袋のロールが出てくる。彼女はそこから一つ袋を引き出してちぎり取ると、残りをぽいとゴミ箱に投げ入れる。その上から新しいゴミ袋をかける。なるほどそういう仕組みになっていたのか、と僕は感心するが、口には出さない。礼儀正しく見守るばかりだ。

異国からやって来た彼女の目に、股の間から管を垂らしてベッドに横たわっている東洋人は、どんな風に映っているのだろうか。言葉は通じなくても、同じ異邦人としての親しみを感じているのか。それとも珍奇な（鎖ならぬプラスチックの管に繋がれた）異国の動物のごとき存在か。言葉少なに挨拶を呟いて、彼女は部屋を出て行く。

我が庵への来客はまだ終わらない。ポロシャツを着た初老の男が入ってくる。

「我々はボランティアグループ『緑の紳士淑女たち（Grüne Damen und Herren）』である。毎週何度かこの病院を訪れて、入院患者たちのために奉仕をしている。何か我々にできることがあったら、なんでも言ってほしい。取って来てもらいたいものだとか、代わりに用事を済ますだとか。さあ、何かないか？」

まるでアラジンの魔法のランプみたいな話である。

「それは素晴らしい」と感心してはみるものの、頼むべき事柄は思い浮かばない。庵のライフは今のところ満ち足りている。

「なんか思いついたら、また次の時に」と言い残して颯爽と彼は出て行く。

閉まった途端にドアはまた開く。今度は若い女性だ。

「わたしは心理カウンセラーです」と彼女は言う。「ご機嫌はいかがですか？　あ、ドイツ語じゃなくて英語の方がいいかしら？」

聞けば入院患者を回って、精神的な面でのケアをしているのだと言う。

「いま、どんなお気持ちですか？　不安や恐怖、怒りや悲しみ……」

僕はまたしばしば自分の心のなかを覗きこむ。

「恐怖とか悲しみみたいなものはないですね」と僕は答える。「一応手術は無事に終わったということなので、ホッと安心しているところです。どちらかと言えば感謝の気持ちが強いですね。特に妻に対して。あと、主治医の先生や掛り付けのホームドクターや、ここで働いている看護婦さんとか、自分を取り巻く人たちの有り難さが、改めて身に沁みて感じられます。身体は大変だったけれど、精神にとって、そのことはむしろポジティブなことだと思っているんです」

その言葉に嘘はなかった。でも声に出して言ってみると、どこか綺麗事の響きがあるな。若い心理カウンセラーは微笑を浮かべて頷いている。彼女はもっと知っているのだろうか。僕の心のなかについて、僕以上に？

「あの、ちょっと訊いてもいいですか？　仮に僕に心理的な問題が生じたとして、例えば不安や鬱に悩まされるという事態になった場合、あなたはそれに対してどのように対応するのですか？」

「それが入院中のことであれば、この病院の精神科の医師にお繋ぎします。退院後は、お住いの近くの専門医をご紹介し、継続的に治療が受けられるように致します。その手続き一切を引き受けるのがわたしの役目です」

なるほど、と僕は頷く。結局のところ、心の問題も巨大なシステムのなかで取り扱われることになるのだ。彼女はそのプロセスの継ぎ目に遣わされたエージェントというわけだ。死の不安を訴える僕の手を握りながら、枕元で優しい慰めの言葉をかけてくれる彼女の美しい横顔を想像していた僕は、ひそかにがっかりする。

ソーシャルワーカーの女性もやってくる。こちらは退院後のリハビリ施設の紹介と障害者手帳の申請交付に関する話だ。

「障害者手帳？」僕はびっくりする。「僕は障害者になったってこと？」

「ガンの手術を受けた人は自動的に障害者として認定されるのですよ」

「へえー。じゃあ、これで街中で車を駐めるのに困らなくなるというわけだ」

障害者と聞いて、真っ先に僕の頭に浮かんだのは、道路脇の便利のいい場所に確保された車椅子マークの駐車スペースだった。

「障害者用の駐車スペースは対象外です」生真面目な口調で彼女は答える。「税金とか雇用保障だとかに関する優遇ですね」

つまりガンと闘う人々は、身体的弱者というよりも、社会的・経済的な弱者と見なされているらしい。彼女は記入すべき書類の束を残して出てゆく。僕はうんざり顔でそれを捲りながら、息子にやって貰おうと思う。

さらに千客万来。一階にある図書室の司書までやってくる。

「毎週一回新しい本の山が届くのよ。あなたはもう歩ける？　だったらぜひ覗きに来て。ご希望のジャンルを教えてくれたら、こっちで適当に見繕って持って来てもいいわ。あら、キンドルね。何を読んでるの？」

　僕はキンドルにスイッチを入れてＤＦＷの画面を差し出す。

「ふーん。その人は知らないけれど、英語の本も結構あるわよ」

　ようやく客足が途絶えて、ＤＦＷの短編小説を読み始め、それも束の間うとうとしているところでまたしても、そして極め付けとも言うべき勢いで、ドアが開いた。

　主治医のビール先生だった。後ろにお供の医師らを引き連れて、どやどやどやとベッドまで近づいてくる。

「順調、なべて事無し。すべてよし」素早く僕の寝着の前を捲って患部をちらりと見ただけで、彼は宣言する。後ろの医師たちはかしこまって突っ立ったまま黙っている。遠慮がちな笑みを浮かべてこっちを見守っている者もいるが、仏頂面の方が多い。ビール先生は寝着の裾を宙に掲げたまま、なにやら訓示めいたことを話しかける。医師たちが一斉に頷き返す。それからベッドの上の僕を見下ろして、

「手術で取り去った君の前立腺をいま検査している。どれくらいガンがあって、どのくらい広がっていたかを確かめるためだ。まあ、問題はないと思うがね。二、三日のうちに結果がでるだろう」

　あ、と僕は思う。まだそういう話が残っていたのか。なんとなく僕はこれですべてが完了、問題を根こそぎ取り去って、いわゆる「最終的解決」が齎されたようなつもりでいたのだが。言われてみれば、手術の前日若いイケメン医師が、紙に稚拙な絵を描きながら、ガン細胞が前立腺からはみ出していたなら追加の処置が必要だと語っていたことを思い出す。たしか放射線治療とか

言ってたっけ。

僕がそのことを口にすると、ビール先生は曖昧に笑いながら、

「うん、まあ、そういうこと。君の場合、リンパ腺に転移している可能性は極めて少ないと思うけどね。念のためにちゃんと調べておる。結果が出次第、伝えるから」

そう言い残すと、どやどやどやとお供を連れて出て行った。

部屋のなかは再びしーんと静かになる。でもその静けさはさっきまでとは違っている。耳鳴りがしてくるような、容赦ない静けさだ。

そうか、これで終わったわけじゃないのか、と僕は思う。だらだらと続いてゆくのだ。くだらない連続テレビドラマみたいに。一つの出来事から、また別の出来事へとのびてゆく因果の鎖。本当に片が付くのは、ガンではなく僕自身が消滅するとき？　それこそまさに「最終解決」。二十年以上前に書いた自分の詩が思い出される。もしかして、あれはこの日この瞬間の預言だったのか。

乾ききったカステラみたいに
崩れてゆくの
爪先でそうっと撫でるだけで
ぽろぽろ　ぽろぽろ

これが何だか知らないけれど

すごく大きなものがぐらぐらしてる
その付け根のところを引っ掻いてんの
怖いけど止められない

いつかどかーんとくるのかしら
そしたらあなたどうする
ふたりともぺしゃんこになると分かってても
わたしのこと庇ってくれる？

なあーんて脅かしただけで
もう浮き足だってる
男ってだめねえ
すぐに世界の終末だとか思うでしょう

違うんだなあ
終わんないのよねえ
じれったいほどゆっくり崩れてゆくのよ
ぽろぽろ　ぽろぽろ

（四元康祐「ぽろぽろ」）

冷たい静けさのなかで、ビール先生の言葉が反響している。リンパ腺。転移。その口調を思い出そうとする。何度も、反芻するかのように。あの気楽な口調は、患者を不安がらせないための演技に過ぎなかったのではないか。あの笑顔の裏側に、検体組織の顕微鏡写真を覗きこむ冷徹なまなざしが隠れているのだ。その眼が驚愕に見開かれることだってあるだろう。
自分の運命を手中に握る者の顔色を窺い、その一言半句に一喜一憂する病人がそこにいる。ああ、いやだいやだ。卑屈さを追い払おうとして、息を吸いこみ、深く吐き出す。

医者の顔色をぢつと見し外《ほか》に
何も見ざりき——
胸の痛み募る日。

思ふこと盗みきかるる如くにて、
つと胸を引きぬ——
聴診器より。

（石川啄木『悲しき玩具』より）

昼食が来る。パスタの横にゼリーの小皿。食後腹ごなしに散歩をする。と言ってもおしっこ袋のぶら下がった金属スタンドを引きずりながら、廊下を往復するだけだけど。廊下の端っこはテラスになっている。窓越しに覗くと看護婦が二人タバコを吹かしている。覗いただけで回れ右して、今度は逆の端へナースセンターの前まで歩く。一旦部屋に戻ってポットを取り、熱湯を注ぐ。

横になる。ベッドのボタンを操ってほんの少し背中を起こし、茶を啜る。DFWは飽きたので、スマホに入っているオーディオ・ブックを聴いてみる。『ワイルド』というノンフィクションで、アメリカ西部の山野をカリフォルニアからシアトルのあたりまで二千キロ近く歩き通した若い女性の手記だ。同名の映画にもなっている。内容もさることながら、英語がシンプルで素直でそれでいて力強い。朗読しているのは本人ではないけれど、文体の印象に合っていて聴きやすい。彼女と一緒に灼熱の荒地を歩きながら眠りに落ちる。

夕方妻が見舞いに来る。おしっこ袋を見て、

「あら、少し色が薄くなってきたじゃない、よかったわねえ」と声を弾ませる。

「がぶがぶお茶を飲み続けているからね」と僕は答える。

ベッドから降りて、カウンターに並んで妻と雑談を交わす。彼女の親友の息子が日本から泊りに来ることになったという。夏休みの一人旅行。その子が帰るのと入れ違いに仕事でイタリアに行く用が出てきたが、それがちょうど僕の退院と重なりそう。どうしよう、と言う。

行ってくればいいよ、と僕は答える。退院できるということは、ある程度良くなっているわけで、一人でも生活できるはずだし、もしもそういう状態まで回復していないんだったら、入院を延ばすことになるんじゃないかな。

そう言いながら、僕はビール先生の言葉を思い出している。もしも転移しているとなったら、

退院どころじゃなくなるんだろうか。そのまま別の病棟へ回されるんだろうか。それとも一旦家に戻ってから通いの治療が始まるのか。でもそういう疑問は口に出さない。

夕方から別の仕事が入っていると言って妻は慌ただしく去ってゆく。その後ろ姿を見送りながら、彼女の人生について考える。七年前に父を亡くした。数年前には母が脳梗塞で倒れて、まだ後遺症が残っている。その母を日本に残して自分は長年のドイツ暮らしを続けている。続けてはいるけれど、子供たちは成人して、娘はアメリカ。息子はまだ同居しているけれど手頃なアパートを探していて、早晩出ていくだろう。つまり家族は一つの役割を終え、次の段階へと移行しつつある。そんなとき、夫がガンを宣告される。今は手術を終えて入院している。股の間から管を垂らして、その先にロゼの尿を揺らしながら。彼女はいくつもの小さな仕事を掛け持ちしている。親友の息子がお土産をたくさん持たされてやって来る。彼女はとても忙しい……。

京都大原三千院
　鯉に突かれた女がひとり
　　流れのなかで足を踏ん張る

西日がさあーっと射しこんで部屋の奥まで照らし出し、向かいの病棟の向こうへ落ちてゆく。空はまだ明るい青だが、部屋のなかは谷間のように暗くなる。もう電気を点けようか、まだこのままにしとこうか。一人でお留守番する子供の気持ち。

夕食までのひとときを、映画を観て過ごすことにする。この時のためにわざわざ買い求めた携帯用DVDプレーヤーの出番である。持ってきたDVDをぱらぱら捲って、どれにしようか。コメディもロマンスもホラーも各種揃っているけれど、今はなぜかこれに心が惹かれる。

『ディープ・インパクト』。

巨大彗星が地球に衝突する話らしい。特撮使いまくりの紙芝居的なSF映画だ。彗星は実際にぶつかるんだろうか。地球は割れて、人間が億単位で死ぬんだろうか。その阿鼻叫喚を観てみたい。音もなく暮れてゆく群青の空の下、おちんちんから管を垂らして。

米合衆国の大統領役を演ずるのはモーガン・フリーマンだ。米国が率先して彗星を破壊するための作戦を展開するので、彼は全人類の大統領であるかのように振舞う。これはいつ頃作られた映画なんだろう。二十年ほど前なんじゃないか。オバマが出て来る前の、まだ米国が世界の覇権を握っていた古き良き時代。今だったらさすがのアメリカ人も、そんな図々しい真似は映画のなかとて出来ないだろう。

モーガン大統領は迫り来る彗星に向かって核爆弾ミサイルをぶっ放す。固唾を飲んで結果を待ち受ける全世界の老若男女たち。夜空に瞬く希望の閃光。だが作戦は失敗する。彗星はビクともしない。それでも人類は諦めない。今度は選ばれたヒーローたちが宇宙船に乗り込んで、彗星の表面に降り立ち、地底の奥深くに核を埋めこんでから爆発させる。彗星は見事二つに割れる。ところが割れただけで二つともやっぱり地球に向かって墜ちて来るのだ。

その度にモーガン大統領はテレビの生放送に現れて、全世界の人々に作戦の失敗を告げるのだが、その演技がなかなかいい。特に二回目の作戦が失敗して、もはや衝突を回避する術はありません、と潔く認める場面など、よくまあこんな陳腐なセリフを真面目に演じられるものだと感心する。

「みなさん、祈りましょう。あなた方に神のご加護を。アーメン」

　その悄然たる顔を見ているうちに、なんだか親しみが湧いてくる。いや、この映画自体が他人事ではないというか。近づいてくる彗星に、取り去ったはずの前立腺の姿が重なるというか。切ろうが焼こうが放射能を使おうが、我が彗星は軌道を変えることなく一路驀進《ばくしん》、猪突猛進、ついには衝突へと至るのではないか。ディープ・インパクト！

洪水は山頂へと及び　逃げ惑う
　七十余億のエキストラ　その片隅に
　　管靡かせたまま立ち竦《すく》む俺がいる

　夕食がやってくる。レバーケーゼ（肝臓チーズ）と呼ばれるドイツ風のミートローフ。手術後初めての肉食だ。ちゃんと専用の甘いマスタードもついている。旨い。すっかり平らげる。するとまだ食べ終わらないうちから、腸が動き出すのが分かる。前立腺なき空洞ゆえに、腸内の感覚が以前よりも敏感になっているようだ。同時に、あの尿意を伴った痛痒感が襲ってくる。僕は一滴でも管のなかに尿を垂らそうと膀胱のあたりに力をこめるが、隔靴掻痒《かっかそうよう》とはまさにこのこと。旗振れど兵は動かず、笛吹けど民は踊らず、ひたすら蟻の群れが右往左往するばかり。

　僕は思わず立ち上がる。地団駄を踏む。比喩ではなく実際に、管も抜けよとばかりになりふり構わず。それでも苦しみはおさまらない。どころかますます烈しさを増す。頭を抱え、よろめきながらトイレへ向かう。そんなことをしたって、カテーテルを使っている以上なんの変わりもないとは知りつつ、何かしないではいられないのだ。便座に腰かけて歯をくいしばる。やっぱり何も変わらない。頭のなかが白く濁ってくる。苦し紛れに物凄い速さで地団駄を踏みながら、それに合わせて激しく息を出し入れする。お産の時の、ラマーズ法の要領である。

思いがけず、これが功を奏する。息子を出産した時の妻の様子を思い出しながら、宙の一点を凝視して、素早い腹式呼吸を繰り返す。蟻たちは少しずつ、焦らすかのようにだらだらと、巣に戻ってゆく。

壁に磔《はりつけ》られた十字架
縋りつく無名のまなざし
祈りそめにし我ならなくに

日が暮れる。片手にポット、片手に金属スタンドを持って、外出。廊下はしんとして人影もない。三メートルほど散歩がてらに給湯室へ。

なかに先客。珍しく若い娘だ。僕の娘と同じくらいか、いやもっと若くてまだ十代か。こっちを向いてにっこり笑う。僕も笑いかえすが、その笑みは若干強張っていたかもしれない。なぜなら娘の首からは、おしっこ袋が下がっていたから。ちょうど胸のあたり。子供が定期入れを首からぶら下げるみたいな感じで、ビニールの袋が紐で吊り下げられていて、なかには黄色い液体が溜まっている。

僕は衝撃を受ける。たしかに合理的といえば合理的ではある。両手が使えるわけだし、管を引っ掛けたり踏んづけたりするリスクも少ない。でも若い女の笑顔のすぐ下におしっこが掲げられているという光景は、控え目に言ったとしても超現実的だ。

動揺を押し隠して、

「失礼。これにお湯入れたいんだけど」給湯タンクの前に立っている娘に言うと、

「貸してちょうだい。あたしが入れてあげる」

なんの衒《てら》いもなくそう答えて、僕の手からポットを受け取る。

彼女は真剣なまなざしでポットの中に溜まってゆくお湯の量を見守っている。そのお湯の音が、狭い部屋のなかに響きわたる。僕らそれぞれの静まりかえったおしっこ袋の言い分を代弁するかのように。

「はい、どうぞ！」

僕は娘の顔を盗み見る。ショートヘアに囲まれた、おっとりした、色白の丸顔だ。たしかレオナルド・ダ・ビンチが描いたどこかのお姫様の肖像に、こんな顔があったっけ。でも丸いのは、もしかしたら浮腫みかも。腎臓の病気で入院しているのだろうか。

満面の笑みを浮かべて彼女はポットを差し出す。月だ、と僕は思う。手術をした後の夜に経過観察室の窓から夢うつつに眺めた、あの満月だ。その下の袋のなかで、海はかすかに波立っている。

「ありがとう」僕はポットを受け取る。

「どういたしまして。おやすみなさい」月の光が波の間に降り注ぐ。

自室に戻ってからも、娘のことを考えている。胸元に晒し出されたおしっこと、その上の眩し

い笑顔について。

あんな風に生きてゆかねば、と僕は思う。あんな風に気取らず、ありのままに、なにもかもを晒け出して。カッコいい言葉で現実を飾らずにいられない自分の業を知りながら、言い聞かせるようにそう思う。せめてこれからは、どんな時でも、誰の前でも、胸の前におしっこ袋をぶら下げているつもりで生きてゆこう。

正直の野の果てに
どんな果実が生っているのか
馬の背越ゆる　虻《あぶ》の眼に虹

長いような短いような、それでいてひと夏丸ごとでもあったかのような一日の終わりに、最後の訪問者がやってくる。ドアの向こうから姿を現したのはモニカじゃない、また別の看護婦。小柄な赤毛で、僕と同じ歳くらいだろうか。

彼女はアネッテと名乗る。ドイツ語にかすかな訛り、というよりも声の出し方が微妙に違う。ピッチが高くて、鼻の奥から息が抜けているような感じ。訊けばアルザス出身のフランス人で、ミュンヘンに住み着いてもう三十年以上になるという。早口で喋りながらも、手際よく血圧と体温を測り、注射器を用意する。

「昨日はどっちだった？」と彼女は訊く。

「ええっと、どこだったっけ」思い出すのに時間がかかる。そうだ、右の腿だった。

「じゃあ、今日はこっちにしましょう」左の腿に針が刺さる。

彼女の仕草にはどこか鼻歌を歌いながらはたきを掛けたり、皿を拭いたりしている制服姿のメイドさんというところがあって、自分が埃をかぶった調度品の一部のように思えてくる。モニカが昨日したのと同じように寝着の前を捲り、管の付け根のガーゼをほどき、濡れティッシュでおちんちんの先をちょんちょんと拭いてから、新しいガーゼをぎゅっと固結びする。他の動作は軽やかなのに、そこだけはやけに力をこめて。僕は昨夜のモニカの奮闘を思い出す。さてはあれもアネッテの固結びだったのだ。

灯りを消して、アネッテが出てゆく。グーテナハトではなくボンヌイの夜。

入院生活に馴れてゆく。食事はますます固形になってゆく。脇腹からぶら下がっていた血膿の小袋は、もはや用なしとひっこぬかれる。腸が蠕動するたびに尿管を這い回る蟻の行列には相変わらず悩まされるが、それを紛らわせるための呼吸法にも長けてゆく。散歩の足は少しずつ伸びて、廊下の左端のテラスに出て陽を浴びたり、右側の別の病棟まで行ったりする。DFWを終えてスティーブン・キングの長編を読み通し、朗読の声とともにアメリカの西部を歩き（灼熱の砂漠はいつしか雪山に変わっている）、夕食前にはDVDでたわいないコメディやロマンスを観る。妻が来て、髪を洗ってくれる。

その間中、ずっと待っている。ビール先生がやって来て、取り出した患部の組織検査の結果を告げてくれるのを。ガン細胞がどこまで領土を拡張していたのか、リンパ腺の砦にまで達していたのか。

ビール先生は毎朝やってくるけれど、結果はまだ出ない。先生の背後にずらりと控える新米医師の群れに向かって寝着の裾をからげて、股間を丸出しにしてみせるのが虚しくなってくる。先生ご一行が引き上げて行った後の部屋の静けさ。

バタンと閉まったドアを見ながら、この次にあのドアが開かれる時にはもう結果が出ているのだろうか、と考える。もしかしたらその兆しがどこかに現れているのではないかと、ドアの内側をしげしげ眺める。退屈しのぎの冗談ではあるが、一抹の本気が混じっていないわけでもない。じっと見つめていると、ドアの表面に細かな粒子が浮かび上がってきて、それがゆっくりと渦巻くように蠢めき始める。この渦巻き模様こそ、運命というものの正体なのではないか。流氷の上のアザラシのごとくベッドに横たわったまま、絶え間なく変化《へんげ》する模様に見入る。ふと気がつけば、その上に落ちる窓枠の影の位置がすっかり変わって——。

降り注ぐパチンコ玉に
打たれながら突き出している
我は釘　玉の行方はヒラリーに聴け

巷では米国大統領の椅子を巡って、ヒラリーとドナルドがしのぎを削っているらしい。バーニーの目はもうないんだろう。常識的に考えればヒラリーしかないだろう。たとえ一部の人々の熱狂的な支持を得ていたとしても、ドナルドのような人物を大統領に選び出すほどアメリカ人の民度は低くないはずだ。でもまさかってこともないではない。選挙に勝って満面の笑みを浮かべるヒラリー。選挙に勝ってドヤ顔を晒すドナルド。今その二人は時の彼方に並び立っている。あと二ヵ月もしたならば、どちらかが消えてなくなる。

その結果というものは、もう決まっているのだろうか。どこかでとうに決まっていて、ただ僕らが知らないだけなのか。それとも行き当たりばったりに流動しながら、ある瞬間にパッと決まるのか。わずかな振動だけで一瞬にして氷結する過冷却水のように。

だがまだ凍りついていないとしても、その凍り方を決定する因子はすでにこの世にばらまかれているに違いない。無数の微細な因子の複雑極まりない配置、その微妙な変化によって、運命は決せられるのだ。世界の行方も、僕の未来も。

ふと、詩を書いてみようか、と思う。おちんちんに管をつけたままで、詩が書けるものだろうか、と考える。未だかつてそんなことを試した奴がいるのだろうか。まあたぶんいるだろうけど、それを堂々と名乗った詩は寡聞にして読んだことがない。史上初の尿道カテーテル詩と銘打てば、人目を惹き評判にはなるだろうかと浅ましい下心が頭を擡《もた》げる。外側だけでなく、中身のほうも、身を切り血を流した分、この際がらりと変わってはくれないものか。そう願う気持ちは結構切実で、これは自分の書く詩が、いくら手を替え品を替えたつもりでも、本質においては金太郎飴のごとく、いつも同じ面相を晒していることへの苛立ちの裏返しに他ならない。

思い立ったが最後、試さないではいられない。ノートパソコンは重すぎて、仰向けに寝そべった腹の上には痛そうなので、iPadで書いてみよう。つるつるの表面を触るだけでは、なんだか書いた気がしないのだが、この際弘法筆を選ばずだ。ベッドの背を起こし、腰の後ろに枕をあてがって、半眼と化す。心を鎮めて、指先に神経を集中する。カテーテルの刺さった膀胱のごとく、頭の中をからっぽにする。そうやって、そのからっぽに詩の羊水が溜まってくるのを待ち受ける。

手術前は毎朝のようにやっていたその作業が、どこかぎこちない。作業に没頭しつつも、そうしている自分を意識しているもうひとりの自分があって、ベッドの上で涅槃《ねはん》の仏陀さながら半臥《はんが》している男を冷ややかに眺めては、その股間から伸びる管の行方を追いかけている。

やっぱりこんなアホな真似は止めにしよう、病人は病人らしく、気楽にのんびり寝て過ごすのがいいのだと、身体の緊張を解いたとたん、不意にそれはやってくる。まだ言葉になる前の、詩の芯のようなもの。強烈な磁場に似たもの。そこへ向かって言葉が吸い寄せられてゆく。僕は指先を這わせてその後を辿る。リンゴが齧られてゆくのを逆回しに映したみたいに、少しずつ芯が太り、紡錘形が実ってゆく。

月が昇る。明るい満月だ。その下で海が揺れている。月光を浴びながら、イルカの群れが泳いでいる。その光景に重なる少女の顔。給湯室で会った、あの満月の娘だ。僕は詩のなかで、もう一度彼女と出会う。

最後の行を書き終わったあとも、鈍い充足感に浸りながらiPadの画面を眺めている。これがいい詩なのかどうかわからない。あとで読み返したなら恥ずかしくて捨ててしまうような代物かもしれない。けれどもこれらの言葉を書き付けていた半時ほどの間、僕がこの部屋から抜け出して、どこか遠いところ、この世の果てのもっと向こうを、ふらふらほっつき歩いていたことはたしかだ。尿道カテーテルをつけていることも忘れて。目の前に残された言葉の一掴みは、その束の間の自由の痕跡であるかに見える。

もしかしたら、前立腺もろとも輸精管を取り去られてしまった僕にとって、これからは詩を書くことが射精の代わりになるんじゃないか――下腹に詩を載せたまま、埒《らち》のない思いに耽る。

無意識のシーツを濡らす
　詩の無味無臭　潰《つぶ》せども
　　潰せどもなお渇く毛深き猿の手

また夜がやってくる。前の夜にモニカが結んだ蝶結びを、アネッテは事もなげに解いて捨てるが、アネッテが結んだ固結びは、モニカの指先には固すぎる。おちんちんの先に眼鏡を近づけて、唇の端を噛み締め、ドイツ人特有の研ぎ澄まされた真剣さで爪を立てても、結び目はビクともしない。こんな綺麗な金髪女性にまじまじと見つめられながら、指先で弄ばれることを、かつては愚息も夢見ていたかもしれないが、運命とは皮肉にして残酷なもの、今や深い眠りについたまま、ただなされるがままになり果てぬ。

モニカはついに諦めて、鋏を持ち出す。僕はひやりとする。たとえ性感神経は痺れていても、先っぽを切られりゃ痛いだろう。ついさっきまでのうっとりとした妖しさは消し飛んで、愛のコリーダ、ドイツの阿部定、首竦めようにも管を刺された目刺しの悲しさ、身動きできない。

そうやって命からがら結び直してもらったガーゼを、また次の夜はアネッテがやってきて鼻歌混じりに毟り取り、なぜかそこだけは親の仇のごとく容赦なく結んでゆく。必要なことは丁寧に説明するが、用が終われば足早に部屋を出てゆくモニカと違って、アネッテはいつも少しだけ残ってお喋りをする。生まれ故郷のストラスブールのこと、看護学生として初めてやってきた三十年前のミュンヘンのこと。

昼間はたんたら詩を書き続ける。詩は後から後から湧いて来る。麻酔の醒め際に見た不思議な物体のこと。経過観察室に翻る黄色いカーテンと窓の外のお月様、隣のベッドのヘルズエンジェルの罵りと鼾。手術後初めて飲んだ水の味。朝毎に部屋の内部に投射される宇宙の運行……。

夜にはまたアネッテの固結び、モニカの蝶結び、代わり番こに結び解かれ、解かれてはまた結ばれて、尿道カテーテルの日々が過ぎてゆく。

ここでの一日は娑婆の何年？
　海の底にいる限り
　　溺れられない浦島太郎

だが数日後その饗宴は中断される。乙姫ならぬビール先生が、勢いよくドアを開けてやって来て、生体検査の結果を告げたのだった。

先生は、運命を構成し決定づける無数の粒々が渦巻くドアを背に立っている。先生自身がその粒々によって構成された運命の化身であるかにも見える。化身の口から放たれたのは、果たして次のような宣告だった。

「良い知らせは、リンパ腺への転移は認められないということ」

先生はそこで言葉を区切った。僕はホッとした。けれども同時に身を強張らせもした。「良い知らせ」と来たからには、「悪い知らせ」が後に続くのが常ではないか。

「ただ切除した前立腺の中心部分だけではなく、周縁部にもガン組織が見つかった。従って完全に除去されていない可能性がある。念のため、その部分に放射線を当てておくべし」

なるほど、そういうことなのか、と僕は思った。完全に白黒がはっきりすることなど、この世界ではあり得ないのだ。僕はガンであり、ガンでない。いや何もガンに限った話じゃない。僕とは常に何物かであり、同時にその何物ではないものなのだ。曖昧な可能性の合間を歩いてゆくしかないのだ。相容れない二つの事象の境界線の上を、ふらふらと綱渡りするかのように。

ぽろぽろと　崩れてゆくのよ

頭の奥で昔書いた詩の一節がまた蘇った。けれども僕の口から出た言葉は別物で、

「つまりそれは、退院が延びるということですか？」

「いやいやいや」

冗談言っちゃ困ると言わんばかりに、ビール先生はかぶりを振った。

「まずはこの手術の跡をきっちりと治すこと。放射線治療はそれからだ」

「一刻一秒を争う緊急の話ではないと……？」

「全然。あくまでも念には念を入れるために駄目押しの治療を加えておくということだ。最低

三ヵ月は間隔を空けるべし。だいたい君、再発の可能性があると言ってもだね、何年もいや何十年も先のことなのだから」

ビール先生は笑いながら言い放った。その物言いの、やけにアバウトで楽観的なところが、僕にはむしろ気になって、

医者の顔色をぢつと見し外に――

耳元で啄木がぼそりと呟くのだった。

とにもかくにも結論は下されて、足踏みしていた時間は流れ始めた。おしっこ袋のなかの尿はクランベリージュースの深紅から、ロゼの薄桃色を経て、今や透明な梨の露と化していた。へその下の縫い目も順調に合わさっているようだった。僕はおしっこ袋を手に階下のロビーまで遠征を試みて、売店のアイスクリームを戦利品に持ち帰ったりもした。

そしてその時間に追われるように、詩を書き急いだ。もう五、六篇は出来ていたのだが、その頃になると頭の中で全体の完成像が浮かんでいて、この病院にいるうちになんとか最後まで辿り着きたいと思ったのだ。というか、尿道カテーテルを付けている間に。

目を閉じるたびになぜか瞼の裏一面に広がる麦畑について書き、昼間のうたた寝の間に見た恐ろしい夢について書いた。六、七名の中高年者が横一列に並んで、こっちに向かってにこにこ笑いかけているという夢だったが、その背景は宇宙の涯《はて》のような漆黒であり、正面には強烈な眩し

さの光が照りつけていた。彼らはほとんどが白髪あたまの老婦人で、なかに一人だけ僕よりも少し年上の男性が混じっていた。彼は痩せていて背が高く、列のなかでそこだけ頭ひとつぽんと飛び出していた。

ただそれだけの夢なのだが、とにかくみんないかにも嬉しそうな笑顔を浮かべて、こっちに向かって手を振ったり、会釈をしているのだった。そしてなぜかその光景は背筋の凍るような戦慄を僕に与えた。

飛び降りるように夢から覚めて、荒い息をつきながら、あの人たちは一体誰なのだろうと考えた。いやそれよりも、彼らは僕に向かって何を伝えようとしていたのだろうか。あんなにも喜びに満ちて。それとも別れを告げていたのだろうか。だとしたら、去ってゆくのはどっちだったのだろう。彼らか、この僕の方か。

午後には妻がやって来て、髪の毛を洗ってくれたり、身体を濡れタオルで拭いてくれたり。夕食は一人でDVDを観ながら食べるのが日課となったが、そのDVDも残りわずかだった。眠りの前にはモニカかアネッテがやって来て、僕は前をはだけたまま、緑の部屋の仔兎だった。

おやすみなさい　くしとブラシ
おやすみなさい　そこにいないひと
おやすみなさい　おかゆ
それから　おやすみなさい「しーっ」と
ささやく　おばあさん

夜更けに酔っ払って騒ぐ若者たちの声。なにごとかと目を覚ましたが、すぐに気づく。巷ではもうビール祭が始まっているのだ。僕は巨大な会場で酔いしれ踊りまくる夥しい群衆の姿を思った。彼らは遠い星の上の住人だった。

ようやくまた眠りに戻ったかと思ったら、今度は隣室から漏れ伝わってくる物音で目が覚めた。がんがん金属を叩く音。それが単調にいつまでも、しつこく続いている。獣のような叫び声も。どうやらベッドサイドの柵を手で打ち叩きながら、隣室の患者が騒いでいるようだ。看護婦が駆けつけて、宥《なだ》めるように声をかける。アネッテだろうか、モニカだろうか。叫びは止まない。老人の、怯えたような、それでいて威嚇するかのような咆哮だ。女の声はどこまでも優しく、忍耐強い。老人の狂乱が少しずつ弱まってゆく。かと思えばまた吼《ほ》える。荒れ狂う海のほとりで子守唄を聴いているようだ。嵐が収まって凪がやってくる前に、自分の方が慰められて、三度目の眠りに落ちる。

（マーガレット・ワイズ・ブラウン『グッドナイト・ムーン』より）

ついに抜く日がやってくる。尿道カテーテルの呪縛から解放されるのだ。それにしてもどうやって抜くのだろう。そもそも膀胱のなかで、管の先はどうなっているのか。風船を膨らませているという話を聞いたような気もするが、もしもそうだとすればどうやって尿を取り込んでいるのだろう。さっぱり見当がつかない。まさかまたメスでお腹を切り裂いて引っ張り出すわけではあるまいが、麻酔くらいは使うのだろうか。抜いてもらうのは嬉しいが、その過程というか工程というか、それに伴うペニス周辺の痛みを想像するだに恐ろしい。

それでも平静を装って入院生活の日常をこなしていると、介護士が入ってくる。あれ、医者じゃないのか。おしっこ袋の開け方を教えてくれたあの黒人の男だ。僕を仰向けに寝かして、寝着の前を捲り上げる。それからペンチのような工具を取り出す。僕はひそかに狼狽える。そんなものを使うのか？

「これで縫ったホッチキスを外すんだ」ニコリともせずに男は答える。

あ、カテーテルを抜くんじゃないのか。と訊き返す暇もなく、彼はペンチの先を臍のすぐ下のホッチキスにあてがって、ピン！　と弾き飛ばすようにホッチキスを抜く。思わず声が出る。爪先で思い切り抓《つね》られたような痛さだ。

「痛かったか？」と訊くだけで男の手は容赦ない。ピン、ピン、ピンと続けさまに弾いてゆく。尖った女の爪先が、おちんちんの付け根へと這ってゆく。黙って耐えるほか術がない。

ようやく女の怒りが収まったかと思ったら、

「じゃあ、大きく息を吸いこんで」と男が言う。「それで私がはい！　と言ったら、思い切り息を吐き出す。最後の最後まで、肺のなかが空っぽになるまで勢いよく。一回練習してみよう」

言われるままに僕は息を吸いこむ。なんのためなのかは分からない。身体をほぐす、一種のウォーミングアップなのだろうか。

「はい！」

肺活量を測る時の要領で僕は息を吐き出す。

「もっと勢いよく、一瞬にして全部吐き出すように。じゃ、もう一回息を吸いこんでぇー」

男の声に合わせて僕の胸郭が膨らんでゆく。

「はい！」

胸も裂けよと力をこめて息を吐き出したその途端、ポンと弾ける音がした。身体の奥を何かが素早く駆け抜けてゆく。なにが起こったのか分からない。目を開けると、男は満面の笑みを浮かべている。その片手からだらんとぶら下がった管と袋。僕は目を疑うが、紛れもない、我が尿道カテーテルではないか。

「それだけ？」僕は掠れた声を出す。「もう終わったの？」

「おしまい」男はカテーテルを、釣り上げたばかりの魚のように宙に掲げて、誇らしげにそう言うと、ゴミ袋のなかにぽいと放り捨てた。

彼は僕に巨大な生理用ナプキンのようなパッドと、網のパンツを渡した。

「これ付けて、その上からこれ穿いて。あんたの膀胱の括約筋はまだぼーっとしているからね」

僕は二週間ぶりに股間を覆う。おちんちんは棍棒で殴られたみたいに黒ずんで腫れているが、その先から管は伸びていない。その現実を嚙みしめる。解放された南部の奴隷のように、救出された銀行強盗の人質のように、おずおずと自由に手を差し伸べる。

「もう歩き回っても平気なわけ？」

「平気」

「飲むのは？」

「なんでも」

「ビールだって？」

「もちろん。下のカフェでビール飲んで祝福しなよ。明日はもう退院なんだから」

僕は男に礼を述べ、握手を交わす。男はさっさと立ち去ってゆく。

一人になった部屋のなかで、クローゼットの扉を開き、入院した日に穿いていたスウェットパンツを取り出す。ベッドの端に腰かけて、そろそろと脚を通す。立ち上がる。

手術の後には全身に絡みついていた幾つもの管がひとつずつ外されてゆき、ついに僕は元に戻った。

でも下腹はぼんやりと痺れたままだ。そのぼんやりの奥深くに、膀胱のなかのゴム風船の気配が残っている。おちんちんの先から伸びる管と、その先のおしっこ袋がなくなった代わりに、身体のなかの空洞を僕は感じる。

手術前にはなかった空洞、前立腺がふた房の胡桃のように鎮座していた場所。僕は前立腺を奪われ、代わりに永遠の空っぽを手に入れたのだ。

Tシャツをかぶり、長袖のシャツを羽織る。スウェットパンツのなかのごわごわを感じながら、僕はベッドを離れる。朝ごとに天体の運行を映し出し、昼下がりに運命の粒々を渦巻かせていたドアに向かって歩いてゆく。

真新しい空っぽを隠し持ったまま、外へ出てゆく。

糸ふりちぎって
　空の波間をゴム風船
　　他力の風さ　浮くも沈むも

3章　シェーデル日記

プロフェッソール・シェーデル・クリニックはガン専門のリハビリセンターである。治療そのものではなく、治療を受け終わった人がうまく元の生活に戻るための療養や訓練を目的とする。だからそこにはガンそのものは取り去った人もいれば、いままさに克服しつつあるその途中という人もいる。克服はできないけれど、共存していこうと努力している人もいるだろう。一見健康そのものの人と、痛々しげに身体を引きずっている人、髪の毛の抜け落ちた頭にスカーフを巻いている人（なぜか女ばかりだ）が入り交じっている。誰が現役ガン患者で誰が元ガン患者なのか、見ただけでは分からない。当人にだって分かるとは限らない。細胞レベルで、ガン再発の可能性を百パーセント排除するなんてことはできないのだから。いったんガンを患った者は、程度の差こそあれ、白と黒の間の灰色の可能性を生きてゆく宿命にある。今はまだガンを患っていないと思っている人だって、可能性ということであれば同じことだろう。僕自身はその灰色のグラデーションの、どのあたりにいるのだろうか？

Ｓ２棟とＳ３棟をつなぐ
渡り廊下の
ガラスの向こうで
牛たちが残照を浴びている

眼の前の
ガラスの面には
黒々と翼を広げた鳥の
ステッカー

シェーデル・クリニックはドイツとオーストリアとチェコの国境が接しあう、ドナウ川のほとりの丘の上に位置している。村には僅かな数の民家と、ここへ見舞いに来る人を目当てに開かれた小さなホテル（というよりも旅籠屋《はたごや》）が二軒あるきりで、五分も歩けば木立かトウモロコシ畑になってしまう。まるで絵に描いたような牧歌的な風景だ。建物の裏側には広々とした庭があり、背の高い木々の合間に噴水と小さなチャペルと石灯籠と銅板をくりぬいた彫刻（羊をつれた牧童？）が配されている。天気がよければ患者たちはそこに三々五々デッキチェアを並べて日光浴を楽しんでいる。日が暮れるときちんと自分で片付けて物置小屋まで仕舞いにゆく。人々は（ほとんどが老人だがまれに若い人もいる）ゆっくりと歩く。そしてふだんドイツの街中では見かけないようなやさしい笑顔を浮かべている。そこには同じ衝撃を潜り抜けてきた人々が共有する余韻のようなものが漂っている。

どこからか
竪琴の音が聞こえてきそうな
快晴の昼下がり
誰もが点景と化している

まるで天国そのものだ
この秋空のはるかな高みに
掃き捨てられた
悲鳴の数々

夕食は六時からだ。最初の日、新参者は早めに集合して食堂の使い方の説明を受ける。手前にサラダバーがふたつ並び、奥の部屋にメインディッシュ（五種類ほど）。パンとデザートは一番突き当たり。飲み物は水、コーヒー、お茶各種。食堂の入口手前には自販機、ビールも売っている。自室での湯沸かし器の使用は禁止されているため、お湯を持ち帰りたい人はポットを持参のこと。ポットはレンタル可。特製コップは販売のみ。各人の席は予め決められて入院中ずっと固定。六時になり、入口のドアが開かれる。と、怒濤のごとく押し寄せてくる患者達。サラダバーに群がる者、いきなりメインディッシュに直行する者、あてどなくうろうろする者、両手に皿を持つ者、車椅子の膝の上に器用に皿やコップを載せる者……。思わずたじろぐほどのエネルギーだ。生きている、私たちは生きている、と彼らは主張している。食べるのだ、食べて食べて生き延びるのだ、と無言のうちに叫んでいる。

殺生が罪だなんて
口が裂けても言わぬこと
ここでは生が
最終目的なのだ

衆生、修羅、
餓鬼、畜生、
礼儀正しく列に並んで
肉を貪る私たち

僕が指定されたテーブルには、中年の男女が座っていた。女はエヴァ、男はジーグベルト・ミューラーと名乗り、ふたりは夫婦であった。夫婦そろって同時にガンになったのかとびっくりしたが、ガンを患ったのはジーグベルトだけで、エヴァは夫のリハビリに付き添ってここで同居しているのだという。そういえばパンフレットにそんな説明があったようだ。希望すれば比較的安い追加料金で、パートナーと広い部屋に滞在することができるのだ。ちなみに僕の場合ここに滞在するすべての費用はドイツの年金が支払ってくれている。手術と入院の費用は健康保険の負担だが、リハビリは一日も早く仕事に復帰して年金を納められるようになるための必要経費だからだそうだ。ミュンヘンからここへ来るタクシー代の二百六十ユーロ（約三万円）まで即座に現金で払ってくれた。まことにいたれり尽くせりである。

ジークベルトは実直そうな笑顔は見せるが無口でほとんど喋らない。エヴァは学校の先生か、図書館の司書といった感じの落ち着いた女性で、もっぱら話し相手を引き受けてくれる。だが話が具体的なリハビリの内容に及ぶと、ジークベルトが身を乗り出して「骨盤底筋体操ばっかりだろう？」と話しかけてきた。

手術で前立腺をとった男は、オシッコのコントロールを取り戻すためにこれをやらされるのである。深く息を吐きながら会陰部に力を入れてぎゅっと引き締め下腹のほうへ持ち上げるようにする。だがどうして彼は僕が前立腺ガンだと決めてかかったのだろう。ここにいる男はほとんどみんなそうなのだろうか。

「あなたもそうですか？」と問い返すとジークベルトは、

「いや、ぼくは電流刺激療法もやっている」

どことなく誇らしげに答えるのだった。

病院よりは
自由

でも世間からは
遠く流され

自室に戻ると
WiFiが点いたり消えたり……
タマシイの
不知火

入院患者には専用の郵便受けがあてがわれて、週に一度そこに予定表が配られる。一般的な入院期間は三週間である。僕の場合——ほかの前立腺ガン男たちも似たようなものだと思う——骨盤底筋体操が毎朝一回、大体三十分程度、午後に講義が一回、これは一時間、あとは週に一回医師による採血と問診があるだけで、ほかはなんにもすることがないのだった。シェーデル・クリニックには立派なトレーニング設備や温水プールもあるので、ここへ来る前の僕はなかば楽しみにし、なかば猛烈な特訓に音をあげることを恐れてもいたのだが、実際にはそのどちらも使わせてもらえなかった。バーベルを持ち上げたりランニングミルを走るほどにはまだ僕の下腹の内奥は回復していなかったのだろう。プールに関していえば、前立腺ガン男たちは全員がオシッコを漏らさない訓練を受けている最中なわけだから、そんな連中を入れては水が汚れてしまうという、至極当然の理由もあったのだ。

　オシッコ漏れに関していえば、僕は手術前に次のような説明を受けていた。通常オシッコを堰《せ》き止めるゲートは二箇所ある。ひとつは膀胱の出口で、もうひとつはその先のおちんちんの付け根あたりにある前立腺のなかである。手術をすると前立腺ごとこの第二のゲートを取ってしまう。いまや膀胱のゲートただひとつでオシッコを堰き止めなければならない。そのためには周囲の筋肉をトレーニングして、筋力を強化しなければならない、云々。

手術直後はその膀胱の出口まで尿道カテーテルが差し込まれているため、コントロールのしようもない。尿はひたすらカテーテルの先のビニール袋へ垂れ流しである。だが退院の前日これを引っこ抜いた瞬間から、僕はその説明の意味を身をもって実感することになった。それはいかにも「紙一重」という言葉がふさわしい、危うく、心細い感覚だった。じゃじゃ漏れになるわけではないのだが、笑ったり、ふとしたとき、たらりとというよりもじくっと、一滴二滴が蛇口の先に溢れる。退院のときは股間に尿パッドをあてがい、それを網のパンツで押さえるといういでたちだった。シェーデルへやってきて数日後、僕はもう普通のパンツを穿き始めていたのだが、朝の骨盤底筋体操のときだとか、夕食の後には（骨盤底筋体操の教師は、括約筋も筋肉のひとつには違いないのだから、一日の終わりには疲れてくるのですよと得意げに説明し、僕らは素直に頷いてみせるのだった）用心のためにパッドを使った。

タンポポの花のように
輪になって
横たわる
仰向けの男たち

眼を閉じ
息を合わせて
佇んでいる
内なる泉のほとり

午後の講義は栄養士による食事の心得から、ガンの専門医による「リンパ腺の仕組み」「ガンとともに生きる」といったようなものまで多岐にわたるが、そのなかに男の患者だけを対象とした、その名もずばり「Männer Gruppe（男達の集い）」なるものがあった。

窓のない地下のだだっ広い部屋にあつまった十名足らずの男たち全員が前立腺ガンの手術を経験している。ハンガリー人の小柄だが精力的な医師、スザッボ先生（Dr. Szabo）を囲んで座り、互いの病歴を語り合う。みんな驚くほどの率直さで、いつどんなきっかけでガンを発見したか、そのときのPSAマーカーの値はどれくらいだったか。超音波の画像検査で確認できたのか。それとも生体検査までする必要があったのか。グリソンスコア（前立腺ガンの悪性度を示す数値）はいくらだったか。手術はどこで行ったか。通常の開腹手術だったか最新式のロボットによるミニマム創手術だったか。現在はどんな回復状態にあるのか。このあとはどんな治療をする予定か、といったようなことを、ひとりひとり、淡々と、だが情熱をこめて話してゆく。残りの男たちは実に真剣にそれを聞き、頷いたり、質問を返したりする。スザッボ先生が、時折さりげなく口を挟んで、それぞれの抱えている不安や恐怖や疑問を引き出す。

洗いざらい
語りあい
ありのまんまを
曝け出して

かりそめの
部族の午後
女たちの
知らない戦場

だがひとしきり生き死にに関わることを話してしまうとあとはもっぱらオシッコと勃つ勃たないのおちんちんの話題ばっかり。この落差が前立腺ガンという病気の特徴かもしれない。再発・転移という可能性は常にあるのだが、結局のところそれはこまめにPSA値を測って保護観察下におくしか術はないので、運命論とか宗教観といった観念の次元に押しやられ、当面目下の課題としてはひたすらシモの形而下的現象に向き合うことになる。なかでも男たちが我先に語りたがるのは勃つ勃たないの方だ。

前立腺摘出の手術が終わって麻酔が醒めた直後、まだぼうっとした意識の僕に向かって、執刀医のビール先生が開口一番告げたのは「手術は成功。神経はちゃんと残しておいてやったよ」

だった。神経とは脳とペニスを繋ぐ性感神経のことで、これを切除するとどれだけバイアグラを飲んだって勃たなくなるのだそうだ。いきなりその話か、もっとほかに大切なことがあるんじゃないかと訝りながら、僕は再び麻酔の眠りの中へ引き戻されていったものだ。

「わしは手術から半年ほどで自律的な朝立ちをした」

グルッペの最長老の、七十半ばと思しき男がそう言うと、僕らは賛嘆のどよめきを漏らし、思わず拍手していた。みんな照れもせず、ふざけもせず、真面目そのものの態度で自らの勃起の回復度合いについて語り、切実なる問いを投げかける。かく言う僕もスザッポ先生に質問する。

「手術してまだ一ヵ月も経っていないので、そもそも勃つか勃たないかも分からないのだけど、これは自ら刺激を与えて試してみても術後の回復に差し支えないのでしょうか?」先生は力強く頷き、グルッペの男たちは励ましに満ちた目を僕に向けるのだった。

ゆっくり
夜の底から
浮かび上がってくる
亀の甲

つかの間
茫然と
〈我〉を見上げ

再び闇に沈んでゆく

この問題に関してはほかにも「性機能改善」と名づけられた講義や、その方面を専門とする医師との個別面談もあった。普段は空席の目立つ教室に、その講義のときばかりは大勢の男たちが詰めかけて、立ち見もでるありさまである。初老のドイツ人のいかにも厳格そうなシュテール先生（Dr. Stöhl）が、パワーポイントを使って勃起のメカニズム、手術や治療による影響、そして性機能を回復するためのさまざまな手立てを紹介してゆく。

薬だけでもバイアグラ以降さまざまな新薬が開発されている。物理的に勃起を促す器具もある。といっても実に単純なものでプラスチックの筒にペニスを入れ、なかの空気を吸い出すというものだ。先生は実物を持参していて高々と手に掲げてみせる。男たちは背筋を伸ばして仰ぎ見る。手動式と電動式があって、前者は五ユーロ（約六百円）程度だが、後者は数百ユーロ（数万円）もするらしい。「健康保険は利くのか」と誰かが訊く。「ナイン」シュテール先生が答える。ほかにはペニスに注射を打つ方法もある。性行為に及ぶ三十分ほど前に注射するとちょうどいいのだそうだ。それならいっそアマゾンの男たちのように固くて長大なペニスケースを付けてみたらどうか、と思うがとてもそんな軽口をたたける雰囲気ではない。

だがなんとも哀しくそして滑稽なことに、ここに集まっている男たちは誰ひとり射精というものが出来ないのだ。前立腺とともに輸精管も取り去られているのだから。したがってそこに生殖という要素の入りこむ余地はない。ただひたすら快楽のための（自分の快楽だけではなくパートナーのためにも、と言うのだろうか）努力と情熱なのである。果たしてその熱心さは、五年生存率とどんな相関関係を持つのだろう。

臍下三寸ほどに
空がある
鳥影はない
雲の端がほつれ縺れて

紅く
染まっている
とうに滅び去った
星々の犇《ひしめ》く音が聞こえる

というわけで、時折の賑やかさはあるものの、基本シェーデルでの療養生活は退屈である。その退屈さこそが一番の療養なのかもしれないが。最初の数日間こそ夏の陽気だったのだが、その後は空には雲がたちこめ、気温もぐっと下がってしまう。時折雨が降りつける。一夜にして秋が来たのだ。雨の晴れ間を見計らって散歩する。最初は裏庭を行ったり来たり。端に池があってアヒルが泳いでいる。鉄条網で隔てられた牧草地の、手を伸ばせば触れそうなところに牛が寝そべっている。その向こうの丘の斜面に大きなリンゴの木が生えていて、農家の家族が梯子に登って実をもいでいる。まだ陽は長いので、夕食後には隣の村まで遠征を試みる。ケルベルクという集落、道端の地図で見ると、片道三十分というところだろうか。体力的には大丈夫だ。でもオシッコが我慢できるかどうか。まあいいや、まわりはトウモロコシ畑ばかりだから、と歩き始める。

犬を連れた娘と
すれ違う
通りがかりを装って
会釈をかわす

夕空は
途方もない
根元の黒い土には
金の泡

トウモロコシ畑の隅で用を足して晴れ晴れとケルベルクをうろつけば、教会がある。第一次大戦と第二次大戦の戦没者慰霊碑が並んでいる。ピザ屋がある。お持ち帰り用5ユーロの看板。旅籠屋が一軒と、こちらは旅館と呼べそうなホテルがもう一軒。Fischと書かれた小さなスーパーマーケット。こんな村でも魚屋があるんだろうか。あたりは静まり返っていて人の気配が感じられない。だが閉ざされた牛舎のなかから糞の臭いは流れてくる。辻角に行く先を知らせる表示板。こっちの小道を辿ればドナウ川を見下ろす展望台へと続くらしい。空がだんだん暮れてくる。だらだら坂を下ってシェーデルへの帰路につく。

イースター島の
石像のように仲良く並ぶ
一組の農夫と農婦の
巨大藁人形

こっちには一瞥もくれず
まっすぐ前を向いて
嗤っている
今日の我が神

シェーデルに戻ってくると、受付のすぐ後ろのカフェレストランに大勢の人が集まっていて、音楽が鳴り響いている。何事かと覗きこむと、なんとファッションショーが開かれているではないか。もっとも観ているのはもっぱら年配の女性患者で、その前を行ったり来たりするモデルも垢抜けない中年女である。受付ロビーには、ショーの後で即売でもするのだろう、ハンガーにかけられたドレスやブラウスが並んでいる。なるほど考えたものだ。入院患者にはいい気晴らしになるし、ほかにショッピングを楽しむ機会もなければ財布の紐もゆるむだろう。売る側にしてみればいい営業になるはずだ。

患者たちはお茶を飲みケーキを食べながら、さほど楽しそうにでもなく、どちらかというと真剣なまなざしでショーを観ている。なかにはビヤジョッキやワイングラスを傾けている者もいる。その顔ぶれの半分くらいは僕にも見覚えがある。食事や、朝の骨盤底筋体操のときに挨拶を交わした人も何人か。ショーシャの姿もみえる。自分の母親くらいの女たちに囲まれて座っている。ドイツには珍しい明るい赤毛で、顔じゅうにそばかすがある。もしかしたらアイルランドあたりの血が混じっているのかもしれない。彼女とはまだ口を利いたことがない。名前も知らない。僕が勝手にショーシャと呼んでいるだけだ。

エレベーターを使わずに、階段を上って自分の部屋に戻る。三〇一号室だ。

シーツと
鼻先の
僅かな隙間だけが
僕の領土だ

歴史から逃げ出して
死の間際まで
守り抜く
僕だけの自由だ

最初の一週間が終わりに近づいた頃、朝食の席で珍しくジーグベルトが自分から話しかけてくる。

「君は詩人なんだってな」

一瞬、あっけにとられる。このシェーデルという場所と、ジーグベルト・ミューラーという男と、詩という言葉が結びつかない。エヴァが横から口を挟む。

「インターネットで観たのよ。あなたはどこか南米の学校みたいな場所で詩を朗読していたわ」

ようやく話に追いついてゆく。

「ああ、それならきっとニカラグアでしょう。二年前だったかな、詩祭に出かけて、土地の高校で朗読したことがあったから」

「英語に訳された君の詩をいくつか読んだが、ドイツ語訳はないのかね」

「いくつかは訳されていますが、本にはなっていません」

そこで話はぷつりと途切れて、僕たちは黙々とパンにバターをなすりつける。それにしてもなんだって、この夫婦は僕の名前をネットで検索したりしたのだろう。その心理が想像できない。なんとなく薄気味悪くもある。

自律的な勃起を成し遂げた老人が悠然とパン皿を手に歩いてゆく。黒いドレスに身を包んだ魔女のようなおばあさんが歩行器に縋り付いてやってくる。眼が合うとにっと笑う。ミュンヘンの大学で工業エンジニアリングを教えているという僕より一回りくらい若い男が、スポーツウェアに身を包んで颯爽とやってくる。後ろからその細君も付いてくる。ミューラー夫妻同様、彼らもここで同居しているらしいが、この細君はちょっと冷たい感じの、小股の切れ上がった美人である。夫とそろいのスポーツウェアに包まれた、引き締まった尻が小刻みに動くのを、男の患者たちが見送っている。その後からショーシャがやってくる。奔放に広がった赤い髪に夢の名残を纏わりつかせて、まだ夢見心地の顔で僕らの横を通り過ぎてゆく。

窓いっぱいに
庭の木が
枝を広げている
朝の光に揺れている

額縁の中の
名画のように
触ることを禁じられた
「現実」という幻

週末が来る。妻がミュンヘンから二時間車を飛ばして見舞いに来る。タッパーのなかのおにぎりは冷たくなっているけれど、ポットの日本茶はまだ熱々だ。部屋で昼食を済ましてから、パッサウの町に繰り出す。手術のあと初めてみる一ヵ月ぶりの雑踏だ。車を停めたところでオシッコをし、大聖堂を覗いてカフェに入って、またオシッコをする。まるでオシッコをするためにやって来たみたいだ。パッサウはドナウ川の真ん中の砂州に聳えるバロック風の古都だ。何十年かに一度は洪水にやられて町中の道が運河と化す。水位がここまで上がったという印が、建物の壁に書き込まれている。一番古い日付は十六世紀だ。

駐車場に戻り、オシッコをして、ケルベルクの村まで車を走らせ、例のピザ屋で早めの夕食をとる。僕は赤ワインをグラスに半杯。店の中にはキッチュな人形やらバラの造花がごてごてと飾られ、給仕のばあさんはいまにも倒れそうな足取りだが、久しぶりのピザは格別にうまい。

日が暮れて、妻は僕を車でシェーデルの前でおろしたあと、自分は別の村のホテル（やっぱり大きな古い民家を改造した旅籠屋だ）で夜を過ごす。シェーデルの向かいの旅籠屋や隣町のホテルは軒並み満室だったのだそうだ。

真っ暗な山道のなかへ消えてゆく妻のゴルフを見送る。

女ありて
で始まる
千年前
の歌物語にも

妻に似た女
がいたことだろう
ヘッドライトさながら

爛々と闇に眼を光らせて

朝起きて、ポットの残りの生ぬるい湯で紅茶を淹れる。食堂に行ってジーグベルトとエヴァと向かい合ってパンを食む。九時から骨盤底筋体操が始まる。その後また部屋に戻ってシャワーを浴びる。身体を洗いながらついでに下着と靴下も洗ってしまう。もうパッドはつけていないけれど、ふとした拍子にオシッコが、漏れると言うか滲むことがあるのでそのたびにパンツを穿きかえる。足の裏で踏みつけ洗面台で濯いでヒーターの上に載せて乾かす。それが終わってもまだ十時をすぎたばかりだ。相変わらず天候は落ち着かない。散歩に出かけようかと思ったら雨が降る。ベッドに寝っころがって、本を開く。点いたり消えたりのWiFiを試してみる。部屋の扉の蝶番《ちょうつがい》のある角に立つと比較的繋がりやすいことを発見する。久しぶりに万年筆で手紙を書く。僕は退屈しているのだろうか、それとも案外こういう生活が性に合っているのか。死ぬほど退屈しながらその退屈そのものを楽しんでいる？

この部屋には
過去がない
未来は
検査の結果まかせだ

俺のような

シンプルライフ
丸い窓の外に見えるのは
だれの惑星？

わけもなく恥垢について考える。毎日包皮をきっちりと根元のほうまで引き剥いて、丹念に恥垢を洗う男のことを考える。その男のかがみこんだ背中と、広げた股の間の空ろな洞を思い浮かべる。男の指先が、亀頭の表面から薄い恥垢の膜を剝がしてゆく。湯葉のような白い薄さ。かすかな粘着。その刹那男を襲う理不尽な衝動について考える。どんな味がするのだろう。鶏の薄皮のような歯ごたえがあるのだろうか。それとも雪の切片のように淡く舌先に溶けてゆくのか。もちろん彼はそれを口に入れはしない。匂いを嗅いでみるほどのことすらしない。彼は変態ではない。ただ自らのよしない想像力に忠実であるだけだ。だからといって、指に掬いとった僅かな恥垢を、あっさりと湯に流してしまうのは忍びない。彼にはそれが彼の生きた時間からの分泌物であるかに思える。いわば彼の生の抜け殻、彼自身の滓であると。どうしてそれが捨てられようか。この世の果てで掬った恥垢は、胸に染み心に染みる。いっそ毎日つけてきた日記帳の、ページの端にでもなすりつけるか。

色彩のない
部屋で育ったマリーが
生まれて初めて

外へ出て

赤の赤たる

赤さを知った時の赤い絶句!

その背後に残された

膨大な日記

週に一回は医師との面談がある。僕の担当医はカザフスタン出身の女医さんである。デル先生(Dr. Derr)。ずんぐりした体格で、髪の毛を短く切った、小熊が白衣を纏った印象の中年女性。ドイツ語には訛りがあるが堪能だ。英語は全く解さない。

「尿パッドは使ってる?」

「オシッコは一日に何回?」

「流れは? 勢いある?」

「途中で止めることできる?」

簡単な質問をするだけで面談は終わる。血圧も測らなければ脈もとらない。ずっと仏頂面だが、こっちが下らない冗談をいえば少し間を置いてからにやりと笑う。退院日の取り決めにあたって、金の支払いやら診断書の作成やら話がややこしくなってくると、僕のドイツ語力では不安だと思ったのだろう、隣の部屋から別の女医さんを呼んでくる。ほっそりとしたアイルランド人のドイル先生(Dr. Doyle)だ。間に入って通訳をしてくれる。もちろん英語は上手だが、その話しぶりはどこかおどおどしている。愛想はいいがなんとなく寂しげだ。お医者さんというよりも、近所から手伝いに来ている奥さんという感じなのだ。
考えてみればハンガリー人のスザッポ先生といい、彼女たちといい、この療養所で働いているのは外国から来た医師が多い。それもヨーロッパの辺境の小国ばかりだ。そういう出身だと、ミュンヘンやベルリンなどの大都市の病院で職を見つけることは難しいのだろうか。そう思って彼らの立ち働く姿を見ると、政治や経済の動きに押し流されて、大陸をさまよってきた者の哀愁が滲み出ているようでもある。とりわけ宿直の夜などに、ドイツ人の患者たちに混じって列に並び、トレイ片手に料理を取り、食堂の片隅でひとり食べている姿は物悲しい。吹き溜まり、という言葉が浮かぶ。患者たちはだれもが遅かれ早かれ（そして治る治らないにかかわらず）ここから出てゆくのに、彼らは引退までの長い歳月をずっとここで過ごすのだろう。

民族の国家的優勢と
個人の職業的優勢が
無言で鬩《せめ》ぎあう
生物学的な秋の夜

二十一世紀の『魔の山』に
若き主人公の姿はない
ただ昂然とガウンを引き摺る

老いた脇役ばかり……

雨が続く。その晴れ間を縫ってケルベルクまでの遠征を繰り返す。もう行って帰ってくるまでオシッコは我慢できる。教会のなかへ入る。誰もいない。十字架のキリストよりも、それを見上げる聖母マリアの方が目立つ典型的なカトリック教会だ。バロック様式だけれどさほど派手ではなく、むしろ小さくて慎ましい。祭壇の脇には1615という年が刻まれている。なんとなくそれが押し付けがましく感じられる。どうして人間は時を刻みたがるのだろう。僕の寿命も誰かに計られているのだろうか。透明なティースプーンの一杯で。

僕は会衆席の端に腰を下ろす。眼を閉じる。凄まじい静けさ。祈る代わりに、座ったまま深呼吸して骨盤底筋体操を行う。

教会を出る。入口の扉に嵌《は》め込まれたステンドグラスがとても美しい。地元のガラス職人だろうか。前の石段には真っ赤な蔦の葉っぱが落ちている。石が染まるのではないかと思うほどの鮮烈な色。灰色のマリーが初めて見る赤。となりのピザ屋はしんとしているが、スーパーは開いていて人が出入りしている。中へ入る。小さな店舗だが、日本のコンビニに負けず劣らずなんでも一通り揃っている。ただ鮮魚だけがない。Fischとはどうやら店主の苗字だったらしい。紅茶とチョコレートを買う。旅行者の顔をして金を払う。

店を出たところでばったりショーシャに会う。僕らは初めて言葉を交わす。

日々が

捩られて
一本の紐
夕日を垂らす

心が
解かれて
ひとすじの線
風にゆらいでいる

夕食後のネットサーフ。「マリーの部屋」とは、一九八二年に哲学者フランク・ジャクソンの行った思考実験である。すなわち、マリーは聡明な科学者であるが、なんらかの事情により、白黒の部屋から白黒テレビの画面を通してのみ世界を調査させられている。彼女の専門は視覚に関する神経生理学である。次のように想定してみよう。彼女は我々が熟したトマトや空を見るときに生じる物理的過程に関して得られる全ての物理情報を手にしており、また「赤い」や「青い」という言葉の使い方も知っている。例えば、空からの特定の波長の光の集合が網膜を刺激するということを知っており、またそれによって神経中枢を通じて声帯が収縮し、肺から空気が押し出されることで「空は青い」という文が発声される、ということをすでに知っているのである。さて、彼女が白黒の部屋から解放されたり、テレビがカラーになったとき、彼女はなにかを学ぶだろうか？（ウィキペディアより）

色彩や匂いや痛みなどの感覚がどのようにして生じ、どのような反応を引き起こすかという物理的なメカニズムは解明できたとしても、その感覚そのもの、赤ならば赤の「赤さ」そのものの質感（それをクオリアと呼ぶ）がどこからやってくるのかという問いに対して、僕らはまだ何も知らない。だがまさにそのような意識のクオリアこそが、僕なら僕という存在の本質ではないか。〈僕〉とは束の間の、だが鮮やかに生々しいクオリアに宿り、刻一刻新しいクオリアとともに生まれつつある存在なのだ。

我、クオリアを知る。ゆえに我あり。

クオリアは孤独だ。〈僕〉が青空を見上げるとき、その青のクオリアが、僕の隣で同じ空を見上げている人の青のクオリアと同じかどうか、確かめる術はない。そのことに最初に気づいたのは、小学校の低学年の頃だった。彼が見ている空を、もしも僕が覗きこめたとしたら、もしかしたらそれは真っ赤かもしれない。だが彼にとってはまさにそれが青と呼ばれる色なのだ。生まれたときから、彼はずっとそう教えられてきた。だから彼は真っ赤な空を見上げて青いという。そしてもしも彼が僕の見ている青空を覗きこんだなら、その「赤さ」にびっくりするかもしれない。いや、ひょっとしたらそれは「黄色」でさえあるだろう。だがそれを確かめる術は永遠にないのだ。そのことに気づいた少年の僕は、同級生たちと一緒に校庭の片隅に座って空を見上げたまま、なんとも言えない不思議な孤独を味わったものだ。

もしも人間の存在が意識のクオリアにあるとすれば、意識の消失と共に僕もまたいなくなるということになる。つまり、それが死ということなのだろうか。

オーストラリア国立大学の哲学教授であり、同校の意識研究センターのディレクターを務めているデイビッド・チャーマーズによれば、人間の意識が持続する時間は平均1／40秒だという。つまり目覚めている間、意識は一秒間に四十回ほど点いたり消えたりしているらしい。そのように明滅しながら引き継がれてゆく〈僕〉という存在……。

というあたりまで読んだところでWiFiが途絶えてiPadは立ち往生する。僕は歯を磨き、パジャマに着替え、カザフスタンの女医さんに処方された血栓予防剤を自分の腿に注射する。昨夜は左だったから今日は右だ。電気を消す。暗がりに横たわる。眠りはすぐにやってくる。大した運動もしていないのに、身体は疲れ果てているらしい。

意識が眠りの底に沈んでいる間、〈僕〉はどこにいるのか？

夜中に一度は眼を覚ます
黄色い尻を剝きだして
女のように尿をする
便座の冷たさが身に沁みる

底に溜まっている
名もなきをとこ
うっすら血を纏っている
水に流す

ミューラー夫妻は今日で退院。最後の朝食の席で、ジーグベルトは僕の英訳詩集を買いたいのだが、注文先がみつからないと言う。だったらお送りしましょう、退院してからになりますが。彼は自宅の住所を紙片に書きつけて差し出す。僕らは握手を交わす。昼食からはひとりで食事だ。

午後、性機能回復のための個別診断を受ける。担当は講義で勃起薬やら真空吸出し器やらを紹介したあのシュテール先生だ。

前立腺摘出の手術のあと、脳とペニスをつなぐ神経は、切除を免れたとしてもある種のショック状態にあって、まあ眠っているようなものだ、と彼は言う。

「いつごろ眼を覚ますのですか」と僕。

「まあ半年。場合によっては数年かかって少しずつ」

「へえー」僕は驚いてみせる。でも内心では、ほとんど他人事のように思っているのだ。

「君の場合はこのあとでまだ放射線治療を受けるのだね」と彼は言う。

「ええ。十二月頃から始まる予定です」

「放射線治療を受けた患者の二割から三割は、勃起不全になる」

「それは一過性のものですか、それともずっとですか」

「ずっとだ。永続的で不可逆的な不能だ」

さすがにぎくりとする。呼びかけてやると、夜の底からゆらゆらと浮かび上がってくる亀の姿が蘇ってきて、痛々しくもいとおしい。

「シアリスの５㎎錠を処方しよう」と彼は言う。「これは本来一粒で三日間効果が持続するのだが、君の場合はこれを毎日飲むべし」

「毎日ですか」今度は本当にびっくりする。

「然り。そうすることによって、放射線による神経組織への損傷を軽減することができるかもしれない」

「どれくらいの期間、服用すればいいのでしょうか」

「このサンプルをあげるから今日から飲み始めなさい。退院したらかかりつけの泌尿器科医師に処方箋を書いてもらって、放射線治療の間も、その後もずっと続けた方がいい」

僕は頭の中で薬代を計算する。保険が適用されないと講義で聞いていたからだ。ここから出て行った近い未来の自分が、そういうことに金を払おうとするのかどうか、自分でもよく分からない。その自分とこの自分とは別の意識に属する別の存在のような気がする。ふたつの〈僕〉の間には、いったいいくつの1／40秒の壁がはだかっているのだろう。

目覚める直前
魂が引き戻されて
体に嵌《はま》る音がきこえた
カチリと

指先とつま先で
環をつくり

爪を切る
午睡の後の海鳴りの底

S2棟とS3棟を繋ぐ渡り廊下のガラスにびっしりと雨粒がこびりついている。黒い鳥の翼もびしょぬれだ。そこを通って食堂にゆき、ひとり黙々と夕食。ほかのテーブルでは話に花が咲いていてかしましい。男も女もよく喋る。いちばん奥の窓際のいつもの席で、ショーシャもしきりと相槌を打っている。僕は魔法使いの黒衣のおばあさんと目礼を交わす。自律的勃起の老人の姿は見えない。もう退院したのだろうか。青年の面影を残したエンジニア教授とその色っぽい細君が連れ立ってサラダバー。彼らの姿を見るたびに、条件反射的に力なく垂れ下がるペニスを思い浮かべてしまう。仏像だ、七面鳥のクリーム煮を噛み締めながら不意に僕は気づく。包茎男は毎日湯葉の薄皮を掬い取るように自らのペニスの亀頭から引き剝がした恥垢で、仏像を作るのだ。恥垢像。何年もかかって、それは少しずつ大きくなってゆくだろう。いつの日か、彼の等身大へと育つだろう。彼の生きたすべての瞬間の残滓が、半跏趺坐《はんかふざ》の姿勢でまっすぐ彼と向かい合い、彼の眼を覗きこむ。男は手を合わせて祈るだろう。

大勢の
人々の顔の
眼の穴の向こうから
こっちを見つめている

ひとつのまなざし
うなだれて
スマホを弄り
黙秘を貫く

二回目の週末がやってきて、ふたたび妻がミュンヘンから車で駆けつけてくれる。もう十日も経ったのかと驚く一方で、振り返ればその長さに途方に暮れるようでもある。そのまま車に乗り込んでパッサウの町へ。ドナウの川辺のクロアチア料理店で昼食をとり、前の週よりもゆっくりと市内を散策。土曜日の午後なので買い物客がいっぱい。大学都市らしく若者の姿が目立つ。難民の一家が道端で音楽を演奏している。小学生くらいの姉と弟が、両親に挟まれて縦笛とパーカッション。その愛らしく一所懸命な姿にみんな次々と小銭を投ずる。僕は新しい靴を買う。療養所の周囲の泥道を歩き回るための靴が欲しかったのだ。妻もつられて靴を買う。

リンパ腺のほとりを
歩いてゆく
手をつないで
気遣われて

並んで空を見上げる
雨の気配を窺う
足元でかすかな水音
波紋の広がり

サンドイッチを買って妻とシェーデルに戻る。妻はお茶を淹れ、僕はカフェからレモネードで薄めたビールを買ってきて、部屋で食べる。部屋は六畳くらいの空間、ベッドと机、事務椅子と背凭れが傾く一人掛けのソファ、テレビと洋服用キャビネット。隣にシャワーとトイレと洗面台。二つの部屋をつなぐ玄関のような空間が入口を入ってすぐのところにある。

ひとりなら十分な広さだが、ふたりだとちょっと窮屈。その窮屈さに身を委ねるようにして、机の前に椅子を引き寄せて並ぶ。机の上には家から持ってきたポータブル・DVDプレーヤー。まだ封を切っていないパッケージから、ロイ・アンダーソンの『一羽の鳩が枝にとまって存在について思索していた』を出して装着。サンドイッチを齧りながら鑑賞する。

殺風景な室内。恐竜の骨格や鳥の剝製が立ち並ぶ博物館。うだつの上がらない中年二人組のセールスマン。さっぱり売れないパーティ用の出っ歯の義歯やゴリラのマスク。飛行機の座席の液晶画面ほどの小さな画面のなかで、淡々とドラマのない物語が進んでゆく。ばたりと倒れて男が死ぬ。誰も騒がない。黙って床を見下ろしている。僕と妻は小さく声を合わせて笑う。

男がガンを宣告されたとき

女は海の向こうにいた
電話口から
短い悲鳴が零れた

あれはどんな
劇の一齣《ひとこま》だったのだろう
まだ続いている
ふたりだけの観客のために

この週は無事向かいの旅籠屋に部屋が取れた妻が帰っていったあとで、DVDプレーヤーに別のDVDを装着。これはあくまでも医学的な生体実験のために、病院からいったん自宅へ戻った際、ひそかにこのシェーデルへの荷物のなかに忍び込ませたものである。「男達の集い」においてハンガリーのスザッボ先生からは、「刺激を与えて反応を観察する」ことについての許可をもらっていたし、ドイツのシュテール先生からもらった最新型性機能改善剤シアリスを服用しはじめていたので、機は熟したり、わが勃起神経の眠りの深さ、目覚めの近さを探ってみようというわけである。選ばれた作品のタイトルは『東京五反田ワケあり人妻風俗店長中ダシ面接』。

反応は鈍い。だがないわけではない。非常にゆっくりと、のっそりと、歴史の彼方に忘れられた恐竜が、頭を擡げようとする気配。だがその気配はどこか隔靴掻痒、他人行儀でもどかしい。

通常自慰をするとき、人は性器の側に感情移入するものだ。手はあくまでも性器を刺激する道具に過ぎない。つまり自慰における〈私〉の主体はちんちんにある。しかるに僕の場合、そいつはまだうつらうつらしている。これに対して手の方ははっきりと目覚めている。だからどうしても意識はちんちんではなく手に宿ってしまう。それでは駄目なのだ。僕は神経を研ぎ澄まし、精神を集中させて、意識を手からちんちんへと移動させる。〈我〉をその先端へ追いやろうとする。

どこかやる気のない、義務的なそぶりというか、とってつけたようなわざとらしさというか、ほとんどいやいやながらの緩慢さで、〈我〉は目覚めてゆく。覚束ない足取りで立ち上がる。おやおや、と僕は眼を細める。その途端〈我〉はちんちんから引き戻され、かと言って手にまでは到らず、その中間の斜め上あたりに宙吊りにされる。だめだ、だめだ。ちんちんを客観視した途端それはもう僕自身ではなくなってしまう。ほら、また寝転がってしまったではないか。

なだめすかし、叱咤激励し、文字通り手助けをするうちに、不意に絶頂がやってくる。恐竜は茫然と立ち尽くしたまま口を開き、天を仰ぐ。だがその喉からは何も出てこない。火炎も放射されなければ、雄たけびも放たれない。僕は思わず眼を凝らす。穴の淵から、せめてかすかな煙くらいは立ち昇らないものかと。

あたりは静まり返ったままだ。虚空のなかに〈我〉はひととき身を仰け反らせ、再びゆっくりと膝を折り、頭を垂れる。重力に引き寄せられ、大地に崩れ落ちてゆく。〈我〉は離脱し、それはちんちんと呼ばれるただの物体と化す。

だが地底ではまだ勃起神経がのたうちまわっている。絶頂の感覚はむしろ手術の前よりも深く鋭く、かつ小刻みに反復しながら持続する。まるでポータブル・DVDプレーヤーの小さな画面のなかで、いまだ悪徳風俗店長に弄ばれて、腰をびくびくさせているワケあり主婦のように。射精というケジメを失ったふしだらな惰性のように。新しき〈我〉は女となりしか？

我を張らぬ
言葉は美しい
たとえそれが
「おちんちん」でも

夜が明けて
濡れた土
乾いた足音
「おはよう」

数日間ひとりで過ごした食卓に、新しい顔が加わる。エルヴィンとウルシュラ。どちらも七十前後だろうか。ふたりは夫婦ではない。同時に入所してきただけだ。エルヴィンの方が若々しく、すらりとしている。ウルシュラは太った身体を歩行器に預けるようにして食事を運ぶ姿が痛々しい。彼女が立ったり座ったりするたびに、エルヴィンと僕が交互に身体を支えたり椅子をずらしたりして手助けする。

ふたりともこの近くに住んでいるそうだ。エルヴィンはパッサウ大学で哲学を学んだという。
「この前の週末妻とその前を散歩したばかりですよ」と僕は言う。ウルシュラは大人しい。新しい環境に緊張しているのだろうか。「週に何度かは夕食後にちょっとした催しものがあるんです」いっぱしの先輩気取りで僕はふたりに説明する。「ダンス教室だったり、ファッションショーだったり、外国旅行のスライドショーだったり……。よかったらそのうち一緒に踊りましょうか?」僕がそう言うとウルシュラは儀礼的な笑みを浮かべて自分の膝をさすってみせる。「今週は音楽の演奏会があるみたいだね」エルヴィンはもうプログラムをチェックしているようだ。「パッサウの音楽学校の学生たちが来るらしい」

我が生は
いつも行きずり
人も土地もハロー
グッバイ

永遠よりも
今ここに
辿りつきたい
ああ、岸辺の眩しさ!

最低気温が五度を割り、窓の外の山野が一転して冬景色と化す。晩夏からいきなり初冬になったかのようだ。まるで五十代後半で前立腺を全摘した男の人生みたいだ。

朝の骨盤底筋体操のあと、天井の照明を付けっぱなしにしてベッドでiPadをサーフする。今日はWiFiの調子がいいから、玄関の隅の角に身をくっつけて立たなくてもいい。

カトリック教会が「よい死に方」についてのホームページを開いている。死に際して大半の人が、もっと友人たちとの付き合いを大切にすればよかったと後悔するのだそうだ。あらかじめ先輩たちの忠告を聞いて「悔いのない死」を迎えようというわけだ。中世のヨーロッパにも「よい死に方」を指南する書物があったという。

だが死後の世界を信じていない者にとっては、それはあくまでも死に到るまでの「生き方」の問題だ。自分というものが意識のクオリアに宿ると信じるならば、死とは意識の消滅に他ならないが、消滅したその意識はどうなるのだろう？　その問いに答えるためにはそもそも意識がどうやって発生して、どこにどう存在しているかを明らかにする必要がある。だが古典的な物理学に頼る限り、意識そのものは物質レベルでは観測されない。痛みひとつとってみても、それが発生するメカニズムや、それを引き起こす原因物質は特定されたとしても、痛みそのものは測定も抽出も保存もできない。たとえ分子のレベルまで切り刻んでいったとしても、痛みのクオリアを見ることはできないのだ。ほかのすべてのクオリアも然り。だとすればそれは存在しないということになりはしないか。私を私たらしめている意識がそもそも物理的に存在しないとしたら、肉体が消滅したとき、意識はどこへ行くのか？

昨日は
ここにいた女

今はどこで
なにするひとぞ?

床の上に
一本の細い髪
目には見えない
その揺らぎと縺れと

いつの間にか僕のネット・サーフィンは、教会を抜け出して沖合いの海に繰り出し、気がつけばフィリピンの港に辿りついている。時は一九四五年二月上旬。マニラ市街を占領した日本軍とそれを圧倒的な兵力で包囲する連合軍。一ヵ月にわたって繰り広げられ、約十万人の一般市民が犠牲になった壮絶な市街戦の皮切りである。僕はそこで「ベイビューホテル事件」なるものに出くわす。マニラ湾を見下ろす高級ホテルに、日本の軍隊が、市の中心部で各国大使館が立ち並ぶ国際色豊かなエルミタ地区から、女子供ばかり数百人を強制連行、監禁し、数日間にわたって強姦を繰り返した。被害者にはフィリピン人だけでなくアメリカ、イギリス、スペイン、ロシア、イタリアなど欧米諸国の女性が含まれ、その多くは二十代以下の女性、最年少者は確認されているのは十四歳だが、さらに年少の少女が含まれている可能性が高いという。(http://www.geocities.jp/hhirofumi/paper101.htm 「マニラ戦とベイビューホテル事件」林博史 関東学院大学経済学部総合学術論叢『自然・人間・社会』第52号、2012年1月)

第二次大戦末期のマニラに白人の家族が数百名規模で住んでいたとは知らなかったが、彼らは四年前の開戦直後、マッカーサー率いるアメリカ軍が、侵攻してきた日本軍に対してマニラを「無防備都市宣言」して引き渡したように、日本軍も負けると分かっている戦いを避けて無血のうちに撤退するものと高を括っていたらしい。これは地元のフィリピン人も同様で、実際にはそれが仇となって大量の犠牲者が出ることになった。だがそれは日米両軍の間で交わされた熾烈な砲撃戦のせいばかりではない。日本軍による残虐な大量殺戮行為による結果でもあった。「ベイビューホテル事件」が特異であるのは、ここに監禁された女性たちがひたすら性暴力の対象となっただけで、誰一人殺されることはなく解放されている点だ。その結果彼女たちを保護したアメリカ軍によって、事件直後に詳細で生々しい証言報告書が作成されている。林氏の論文はこれらの証言に基づき、事件の現場をさまざまな角度から再現してみせる。

シェーデルの部屋のベッドに横たわって、窓を打つ雨の音を聞きながら、読み終わった僕はいくつもの疑問にとらわれる。日本兵たちは、片方で一般市民を男女や国籍の見境もなく虐殺しておきながら（日本の同盟国だから大丈夫だろうとドイツクラブの施設に逃げ込んだ住民や、赤十字ビルに入院していた患者や医師たちも犠牲になっている）、どうしてベイビューホテルの女たちは殺さなかったのだろう。どうして最後の最後で自らホテルの扉を開いて逃がしたのだろう。彼女たちが白人だったからか。金髪と青い目のせいなのか。それとも始末する暇も力も尽き果てたのか。それは組織的な決定だったのか。混乱のさなかにおける一握りの個人の決断だったのか。いやそもそも最後の決戦と絶体絶命の全滅を目前とした極限状況で、ミス・ユニバースじゃあるまいし、世界各国の美女を選りすぐり、高級リゾートホテルに監禁して集団レイプを続けるなどという猟奇的な行為が、どうして、どうやって出来るものなのか。その心理メカニズムが分からない。自分がもうすぐ死ぬと分かっていながら、性交なんてできるのか。いやむしろだからこそ、娑婆の思い出、冥土への土産代わりにちんちんをおったてるのか。たとえ前立腺を切らなかったとしても、僕には到底出来そうもない。

だがまた考えてみれば、男たちが寄ってたかって手足を押さえて集団レイプ、母親の前で、あるいは母娘同時に犯す鬼畜の行為は、日本が世界に冠たるアダルトビデオの一大ジャンルとして、戦後七十年をへた現代にも綿々と受け継がれているではないか。泣き叫ぶ女を見下ろして嘲笑うその顔つき、もどかしげにベルトを外しズボンを下げるその手つき、そして無理やり広げた女の股の間でひょこひょこ振りたてる尻の黄色さは、今も昔もなにひとつ変わっていないのではないか。

僕は「ベイビューホテル事件」についてもっと知りたくてネットを検索する。だが林氏の論文以外にまとまったものはほとんど無い。ウィキペディアの「マニラの戦い」や「マニラ大虐殺」の項にも一切書かれていない。その不気味さがいっそう好奇心を掻き立てる。こんなところで、オシッコにまだ血を滲ませながら、自分はいったい何をやっておるのかと半ば呆れながらもやめられない。そして英語での検索に切り替えたとたん、僕は膨大な資料の山を見つける。

垂れこめた雲の帳《とばり》
山の端だけが
ほんのりと

白い
彼方から
舞い降ってくる
死者たちの
記憶の花びら

集団暴行が始まる前に、二十数名の娘たちが選び出されてホテルに隣接するレストランCoffee Potへ連れて行かれる。そこには日本軍の将校たちがいて、娘たちにウィスキーやタバコを勧める。ホテルの部屋では年上の女たちが幾重にも円陣を組み、その中心に処女たちを押しこんで匿う。女たちのなかにはロシア人の売春婦がいる。彼女は少女の身代わりに自らを差し出す。オランダ人の母親は娘たちを傷つけないよう日本人将校に直談判を試みる。彼女らは食事や水も与えられず、水洗トイレのタンクの水で渇きを癒す。ホテル内の電気や水道はとうに止まっているのだ。日本兵は前線での戦闘を終えると三々五々ホテルにやってきて、部屋に押し入り、銃剣で脅したりこぶしで殴りつけたりしながら物色し、気に入った女を別室に引きずりこんで暴行する。それが三日三晩昼となく夜となく延々と続く。スペイン人、スペイン人と喚く将校がいる。

だが日本兵のだれもが鬼畜であったわけではないらしい。ウメムラという台湾人の現地徴用兵は、もともとエルミタ地区に住んでいたのだが、知り合いのフィリピン人の家族をホテルから逃がしてやっている。一家の主、モーリシオ・ババサ氏がウメムラのかかりつけの歯科医だったのだ。ババサ氏自身はいったん拘束を逃れて身を隠すが家族を救うためにホテルへ戻ってくる。米軍の事件報告書にキャプテン・アカシとして登場する将校も、このババサ氏の患者である。アカシは、撤退する場合にはすべての民間人を射殺すべしという上級司令部からの命令に異議を唱えて、上官から激しく叱責されたと伝えられている。最後の最後に、米軍から撃ち込まれた砲弾によって火の手の広がったホテルの扉を開け放ち、人質たちを逃げるに任せたのは彼だったのかもしれない。

テラモトという後方部隊の施設担当将校は、ホテルの女たちに食糧、茶、砂糖、ビタミン剤などを差し入れている。彼はまたある母親の嘆願を受け入れて、その娘を別の部屋につれて行き日本兵から匿ってやっている。彼もまた人質の生還に一役買っているらしい。だがその一方でこのテラモトという男、自分が助けてやった娘の母親に「米軍と戦って死ぬ前に娘と関係を持ちたい。そうすればふたりを釈放する」とも頼んでいる。それでいて母親がその要求をはねつけるとあっさり引き下がるのだ。いったいどういう人物なのか。

キトまたはキドと記載されている将校がいる。「異様に背が高く、約百八十センチあり、がっしりした体格で、三十二歳くらい。顔立ちはよく、色白である」。流暢な英語を喋り、ドイツ人と日本人の混血だったらしい。左手には包帯をまいており、親指以外はなくなっていた。彼もまた、若いフィリピン人女性から赤ん坊を奪いとり、抵抗する母親を平手打ちにし銃剣を突きつけた日本兵を制止したり、人質を別室に匿って水や食料を差し入れたりしている。

だがウメムラもキャプテン・アカシもテラモトもキトまたはキドも、助けを訴える女たちに対してはロを揃えて「自分たちにできることはなにもない」と繰り返した。兵士たちは命を懸けて戦っている。彼らはここで死ぬだろう。だからなんでも好きなことができる。自分たちには兵士を止めることができないと。

昼食を挟んで「ベイビューホテル事件」の記録を読み漁る。午後の講義（「ガンの再発を防ぐための食生活」）もすっぽかして、フィリピン政府のアーカイブを見つけ、メモをとりながら公文書を読み、夥しい白黒写真の画像を開く。ググールマップで現在のマニラの市街地図を拡大し、エルミタ地区の道路や公園の名前を確かめ、ベイビューホテルのあった位置を特定する。戦後近くに建て直された現ベイビューホテルのホームページを訪れてロビーや客室の様子を覗く。つい最近滞在した日本人観光客のレビュー。

「アメリカ大使館のお向かいで、ロハス通りに面してます。セブンイレブンやスタバが近くにあり、立地はいい。マニラ湾に近くてベイビューとあるが部屋から海が見えなくて残念。部屋は古いがきれいで、広い。ベッドも大きくて使いよかった。バスはシャワーだけで、バスタブなし。ミネラルウォーターは二本無料でおいてあります。星四つ」

気がつくと窓の外は真っ暗だ。一瞬、自分がどこにいるのか分からなくなる。

兎追いかけ
生きる死ぬには
上の空
野原をよぎる

小鮒釣って
見渡せば誰そ彼
行方も知れぬ
水の足音

アフリカ風の太鼓を叩く初老の男がパッサウの音楽学校の先生で、ギターやバイオリンを手にした三人の娘と一人の青年が生徒だろうか。娘ふたりがギターを弾きながら歌い始める。みんな地味ないでたちでちっともアーティストっぽくないが、音楽はアイルランドや北欧の民謡と現代的なポップスをミックスしたような感じでなかなかいける。こんな音響の悪いカフェで演奏してもらうのがもったいないぐらいだ。

観客たちすなわち入院患者たちはにこりともせず聴いている。音楽に合わせて身体を動かすものもごく僅かだ。それでいて一曲終わった途端、破顔一笑という感じになって盛大な拍手を送る。いかにもドイツである。

そんななかでひとりだけ場違いに身体を揺すっている女がいる。薄暗い照明のなかで人魂みたいに動いている赤い髪の毛。僕と目が合うと彼女は小さく手を振る。隣の席が空いているのか、と僕は手振りで尋ねる。彼女が頷くのを確かめてからバーへ行って赤ワインを注文し、それを手に彼女の隣に座る。ちょうど一曲終わって拍手が湧きあがる。

ショーシャは僕がつけた暗号のようなもので、本名はレナ、ヘレナの省略形だ。デンマーク人である。ミュンヘンの大学を出て、いまはパッサウの建築事務所で働いている。年の頃は三十代半ばだろうか、この療養所で一番若い入院患者であることは間違いない。いつも溌剌《はつらつ》とした表情を浮かべているし、歩き方なんかも軽やかなので、健康そのものに見える。でもそれは僕だって同じことかもしれない。どんなガンを患って、どんな治療を受けたのか、僕らはまだ明かしあっていない。

ショーシャ／レナは白ビールを飲んでいる。曲と曲の間に短い言葉を交わすだけで、あとは黙って並んで音楽に身をゆだねている。彼女が身体を揺するたびに、もじゃもじゃの髪の毛の先が僕の頰を掠める。僕は音楽よりもそのかすかな風と匂いに気を奪われる。

演奏会は小一時間ほどで終わる。先生と教え子たちはにこやかに会釈すると、てきぱきと楽器をケースにしまってさっさと帰ってゆく。学校の帰りにちょっとだけ立ち寄りました、これから遅めの晩ごはんです、という感じだ。僕のグラスにも、ショーシャ／レナのジョッキにもまだ飲み物は半分ほど残っている。僕はコペンハーゲン空港の沖合いの海に立ち並ぶ風力発電機の巨大な回転羽根と、ヴィルヘルム・ハンマースホイの絵と、ユトランド半島の泥炭地から発掘されたトーロンマンのミイラについて語る。彼女はロイ・アンダーソンはデンマークではなくてスウェーデンの監督だけれど、どっちにしてもあんまり好きじゃないという。『マッドマックス』みたいなのが好みなのだそうだ。

それぞれのグラスが空になって僕らはそれぞれの部屋へ引上げる。ふたりともあと一週間足らずで退院の予定なのだと分かる。それまでに一度ドナウ川を見下ろす展望台まで行ってみようと約束する。明日もし雨があがったら……。僕は階段をあがり、彼女は渡り廊下のほうへ歩いてゆく。

過去は
おびただしい
未来の屍
時の泥人形

心なお
溢れだす
無色無臭の
夢の失禁

翌朝も雨。おまけに風も吹き荒れている。ほとんど嵐だ。

終日「ベイビューホテル事件」についての資料を読み漁る。戦前のベイビューホテルの写真にもたどり着く。日本軍に占領される前の豪奢にくつろいだ白亜の佇まい。陸軍の軍服に身を包み編み上げの長靴を履いた暑苦しい格好の日本人将校たちが二列に並んで記念写真を撮っている玄関ポーチ、沿道沿いに並んで日の丸の旗を振らされている土地の子供たち、青空市場で屋台にならんだ雑貨を見下ろす、背の高い、知的な風貌をした、休日の日本人下士官。商店街の路面に散らばる住民の死体。修道院に突っ込んだまま燃やされた戦車。二本の竿の両端に括りつけられた四つの生首（キャプションによれば日本兵のもので、住民に紛れ込んだゲリラの「抗日」活動とある)、骨と皮だけに痩せた姿で連合軍に救出される捕虜の米兵、投降して炎天下の広場を歩いてゆく日本兵。窓の周囲がことごとく黒く焼け焦げた解放直後のベイビューホテル。

その写真と文章のなかに、僕は妻子を求めてホテルの周りを行ったり来たりするフィリピン人歯科医の姿を探す。戦時中でも南国特有の鷹揚さを失わずに日常生活を続ける人々のスナップ写真のなかに、ウメムラの顔を探す。テラモトの行方を追う。テラモトはある十八歳の娘を匿ってやりながら、翌朝になってその母親に当の娘を犯す許可を求めたという後方施設担当の中年将校だ。母親に断られてあっさりと引き下がるその顔を見てみたい。ドイツ人との混血で、異様に背が高く、英語が流暢で、整った顔立ちをしたキトまたはキドを探して、捕虜の写真のなかに目を凝らす。彼は指を失って包帯を巻いていたというからそれが手がかりだ。地元住民皆殺しの命令を拒んで上官に激しく叱責されたキャプテン・アカシの名前は、捕虜の名簿には見つからない。ベイビューホテルで戦死したのか。ゲリラにつかまって報復のリンチの末に首を刎《は》ねられたのか。それとも米軍の包囲をかいくぐって逃走し、南部の山中に消えうせたのか。

なによりも僕は、娘の母親たちに向かって「自分たちにはどうすることもできない。兵士たちは止められない。彼らは命を捨てるつもりでいるから、好きなことができる」と告げるときの彼らの胸の中を覗いてみたい。

死ぬつもりなら
何でもできる
のだろうか?

死と向きあって
鬼になる人
仏になる人
身じろぎもせず
風を聴く人

個室の中も、ロビーも、渡り廊下もしんとしているのに、食堂だけはいつもわーんと人語の残響が鳴っている。まるで人々の口から吐き出された言葉が蜂にでもなって飛び回っているみたいだ。そこに身を浸すたびに煩わしさと懐かしさが混ざりあう。一九四五年二月九日、エルミタ地区の住民たちがファーガソン広場に集められ、そこから女子供ばかり数百名が選ばれて隣接するベイビューホテルに連れて行かれたとき、ホテルのロビーにはどんな音が響いていたのだろうか。

エルヴィンとウルシュラはもう先に食べ始めていて、バイエルンの方言でなにやら話しこんでいる。二人そろって僕を振り返ると、にっこりと笑顔を浮かべて、優しい口調で挨拶の言葉をかけてくれる。今日の調子はどうだね、とエルヴィンが訊く。僕が料理を皿に運んできて食べ始めると、ふたりは再び額を突き合わせて、抑揚のある早口で話の続きをする。子供の頃ふすま越しに聞いていた祖父母の声を思い出す。

食堂の一番向こうの窓際にショーシャの姿が見える。相変わらず女ばかりの六人のテーブルで、みんな賑やかな身振り手振りで話に花を咲かせている。僕に気づくと彼女は振り返って窓の外を見上げ、大げさに顔を顰《しか》める。雨と風は衰える気配を見せない。僕も肩を竦めてみせる。

僕という個体は
血と遺伝子と言語を
運ぶだけの
使い捨て容器

嵐のあと
月を浴びる廃墟の
澄みきったがらんどう
幽かな残響

デル先生と最後の問診。オシッコの回数、流れの勢い、途中で止めることができるか。ほかには特に質問もなく、退院の日が確定する。全部でちょうど三週間の滞在となる勘定だ。

なぜかそうと決まったとたんに圧倒的な退屈さが押し寄せてくる。軟禁状態の息苦しさに襲われる。療養所の前にぽつねんと立っているバス停の姿が目に浮かぶ。一時間に一回、パッサウへ行くバスが出ているのだ。三十分も乗っていれば、駅に着く。そこからどこか遠いところへ旅に出てゆく自分を想像する。

想像するだけで実行には移さない。外にはまだ秋の長雨が降りしきっている。僕は一日のほとんどを狭い部屋のなかで過ごす。三度の食事と、骨盤底筋体操の訓練の時だけ外へ出てゆく。巨大な宇宙船のなかで暮らしているような錯覚に襲われる。宇宙船は果てしない広がりのなかを横切っているはずなのだが、自分自身は水も漏らさぬ密室に閉ざされて過ごす皮肉……。

午後の体操の帰り、廊下の彼方にショーシャを見つける。壁沿いに並べられた椅子に腰かけている。心がぱっと晴れあがる。退屈さの底から、炭酸ガスの泡みたいなものが湧き溢れてくる。希望といおうか、好き心といおうか、単なる助平心というべきか。近づいてゆきながら、僕は大急ぎで考えている。散歩が雨で流れたならば、お茶に誘ってもいいのではないか。そのあと部屋で一緒にビデオなど観るというのはどうだろう。僕のポータブル・DVDプレーヤーは小さいから、いきおい肩を寄せ合って覗きこむことになるだろう。外が風雨で荒れれば荒れるほど、そして昼下がりが退屈であればあるほど、ふたりの距離は縮まるだろう。ベッドの上に並んで座って、膝の上からすっぽり布団をかけちゃったりして。その布団のなかの温もりを想像する。スポーツウェアのつるんとした生地越しに触れ合う腿の感触。頬に当たる赤毛の先のくすぐったさ。観るのはやっぱりコメディだな。僕らは同じ場面の同じ瞬間で笑い出すだろう。一対の呼びリンみたいに、互いの身体をぶつけ合い、喉の奥を震わせて……。

廊下に響きわたる僕の足音が聞こえるくらいの距離になっても、ショーシャは前を向いたままこっちを振り向かない。呼びかけようとして、僕はどきりとする。近づいてくる彼女の横顔が、別人のものだったので。磨り減った石のような無表情。若さや愛らしさがこそぎ取られて、ざらざらの石肌が剝き出しになっている。そこに彫りつけられた何かが、僕を脅かし、黙らせる。僕は速度を変えぬまま、けれど足音を忍ばせて歩き続け、彼女の手前の角を折れる。怯えた魚みたいに。早足で階段を上がってゆく。

ショーシャは何を待っていたのだろう。医師との面談だろうか。検査の結果だろうか。分からない。そもそも僕は彼女がどんな病気なのかも知らないのだ。それがガンの一種であるということ以外は。でも僕は知っている。彼女があそこで待っているものが何であれ、彼女はそれを待ち続けることになるのだと。たとえこの場所を離れてどこかへ行こうと、今彼女が座っているひとけのない廊下は、常に彼女の前にあるだろうと。ショーシャへの軌道を外れて遠ざかりながら、僕は思う。彼女の横顔に彫りこまれていたあの石の表情は、もしかしたら僕自身だったのではあるまいか?

雨の日を自室で過ごす。窓の外に見えるのが、寂寥たる野ではなくぎらぎらと輝く海だったらと考える。港の見晴らし。Bay View。僕は訪れたことのないマニラの海を想像する。誰もいないホテルの窓から、湾を見下ろしているひとりの兵士の背中。その真昼の静寂。顔も名前も分からない。ただひとつだけ知っているのは、彼がいま鈍い歯の痛みに耐えているということだ。不意に駿河湾が現れる。背後に富士も聳えている。だとすれば、見ている僕は伊豆半島の西側あたりか。海はねっとりと凪《な》いでいる。まるで巨大なゼリーにサランラップをかけたかのようだ。サランラップがなにか濡れたものの上に密着している光景は、いつも僕をぞくぞくさせる。その透明で、つややかに光りながらもつるんと乾いている皮膜の表面に指先を這わせたい誘惑に駆られてしまう。なぜかふと自らの恥垢で仏像を作り続けている男のことが思い出される。一瞬、サランラップの下の海が波立ち、マニラでも駿河でもないどこか北方の、たわわに実って風に揺れる稲穂の広がりへと変身する。そのとき僕のなかでなにかが生れる。ばらばらな破片がひとつに繫がる。ある構造体が立ち現れてくる。それが何だかは分からない。どこかへ通じている入口なのか、それとも結晶みたいにそれだけで完結している行き止まりなのか。それは僕のなかに浮かんでいる。僕はそのなかへ入っていけると思う。つまり僕にとってそれは外部なのだ。僕は窓辺に立って海を見下ろす男のように、僕の内部にあるその外部構造体を眺めている。

毎月第三火曜日は
豪奢な晩餐会
花火を手に並ぶ給仕係
喝采を浴びる料理長

またたくまに
食い尽くされるロブスター
身を求めて殻を割る
血まみれの指

賑やかながらもどこか哀しいシェーデルの夜が明けて、雨も上がる。だが風の勢いはむしろ強まっている。雲がびゅんびゅん吹き飛ばされて、その隙間から砕かれた鏡の破片のような青空が顔を覗かせる。待てば海路の日和あり、ドナウを見下ろす展望台へ。僕は野を歩くショーシャ／

レナの赤毛が、荒れ狂う蜂の群れのように風に乱されるさまを想像しながら食堂への階段を駆け上る。

だが朝食を終えた彼女はいつもの食事仲間と記念写真を撮り合い、手を握り合ったり肩を抱き合ったり、別れの挨拶を交わしているではないか。写真の真ん中に収まっているところを見ると、出てゆくのが彼女なのは明らかだ。

パンにバターをなすりつけている僕の席にやってきて、彼女は笑みを浮かべる。はにかむような、それでいてどこか揶揄っているような表情だ。僕はあの石の横顔を思い出してしまう。

「今日で退院なのよ」と彼女は言う。それから窓の外を指して「せっかく晴れたのに、残念ね」

エルヴィンとウルシュラが儀礼的な笑顔を浮かべて見上げるなかで、僕らは英語で互いの健康と回復を祈り合い、別れを告げる。もじゃもじゃの髪の毛が朝陽に染まった浮雲みたいに遠ざかってゆく。僕は椅子に座ってバターの上にジャムを重ねる。

いつどこで
終わってもいい
意識の映し出す
この映画は

すべての場面が
ラストシーン

照明がつく直前の
闇の輝き

昔をとこありて、やまいを得るも、命とりとめて山を登る。エルヴィンにも声をかけたのだが、彼はまだそれほど調子がよくないらしい。何種類も薬を飲んでいて、食事にも細かな制約がついているようだ。療養所の裏庭へ出て、ケルベルクの村の方へ野の斜面を横切ってゆく。地面は昨夜までの長雨をはらんでぬかるんでいて、パッサウの町で買ったばかりのブーツはたちまち泥まみれと化す。

フリースの上からダウンジャケットを着こんでいてちょうどいいくらいの寒さだ。手袋をしてきてよかった。木々が揺れ、頭上で枝が騒ぎ、雨の雫を撒き散らしながら落ち葉が降ってくる。耳元で風が鳴る。毛糸の帽子があればよかった。全身が風に揉みくちゃにされているのに、なんとなく空気が希薄な気がして、なんども大きく息を吸いこむ。心細いけれど、嫌な感じじゃない。どこか破れかぶれな、無頼な気分だ。「どうなるのだろう?」と「どうなったって構わない!」が、腕を組んで歩いてゆく。

空気は澄み渡っている。雲の流れを貫いて墜ちてきた光は、細かな粒となって大気中にばら撒かれ、地上のすべての細部を浮き立たせている。鳥が危なっかしげに翼を動かしながら宙を横切る。風が眼球に当たる。牛たちは牛舎へ戻されたらしく姿は見えない、ただその臭いだけが鼻を掠めてゆく。さまざまな五感のクオリアが一斉に襲いかかってきて、僕は思わず立ち竦む。

そして気づく、僕自身が一個のクオリアなのだと。僕はあたりを見まわす。時に世界とよび、時に風景とよび、時に自然とよびながら、その実曰くいい難く捉えどころのないこの広がりと奥行きを。それはいま剝き出しになっている。サランラップの薄い透明が引き剝がされたのだ。僕ははっきりと気づく。それはひとつの巨大な意識であり、僕とはその内部に生じた一瞬のクオリアなのだと。何かが今、この瞬間、僕を感じている。

僕は眼をつむる。天を仰いで、風を嗅ぐ。僕を感じている意識に耳を澄ます。無限大の辺を持つ透明な三角錐の底辺の、その中心に僕は立っている。眼を閉じたまま、ふたたび斜面を登り始める。

（2016・9・28—10・19 Klinik Prof. Schedel にて）

付記

1. 退院したあと、十二月になってようやくジーグベルト・ミューラーに英訳詩集を送った。するとクリスマス直前に小包が届いた。木箱に入ったワインだった。添えられていたカードによれば、エヴァはパッサウの近くで書店を営んでいるらしい。だから僕の詩にもアンテナが働いたというわけか。それにしてもなお疑問は残る。彼らはなぜ会ったばかりの僕の名前をネット検索しようなどと思い立ったのか。ワインはオーストリア・ブルゲンラント産の年代物で、びっくりするほど旨かった。

2. シェーデルを出る少し前から書きはじめた小説を、年末年始を跨いで書き続け、一月末にどうにか仕上げた。『ニッポンの稲田』という題名。あらすじは以下の通りである。

森嶋常治は百歳に近い老人で、高齢者用マンション「ゼフィルス伊豆」に入居している。医療施設と介護サービスの整った、実質は老人ホームである。窓から駿河湾とその向こうに聳える富士を眺めて日々を過ごす。彼はその年代にしては異様に背が高く、際立った顔立ちで、流暢な英語を操る。母親がドイツ人だったせいである。

森嶋真治はその孫である。彼は祖父とその戦争の記憶、そして祖父を介護するフィリピン人の看護婦プリシーラ、さらには「ゼフィルス伊豆」に入居して海の向こうの富士の影を拝みながら死を待つ老人たちを題材としたドキュメンタリー映画を作ろうと思い立つ。

だが常治は戦争中のこととなると固く口を閉ざしてしまう。真治は緘黙《かんもく》する祖父の横顔を延々とビデオに撮る。祖父が海軍飛行兵曹長として、戦争末期に北海道美幌《びほろ》の航空基地からフィリピン方面に派兵されていたことは確かだ。彼は「マニラの戦い」の資料の山を漁り、厚労省に問い合わせる。常治はマニラ海軍防衛隊楠地区隊の一員として「ベイビューホテル事件」に直接関わっていたのではないか。真治は祖父に当時の資料を突きつける。常治の顔は陥没したようになり、牛のような叫びを発する。

折りしも第九条の改正と天皇の元首化を中心とする憲法改正国民投票を目前に控えて、日本各地でデモが行われている。一部の自衛官によるクーデター未遂事件が起きる。彼らは現行の平和憲法を維持すべきであり、今上天皇も象徴であることを望んでいるはずだと主張する。時の政府が一方的に国粋主義的なイデオロギーを国民と天皇に強制しているのだとして、国会議事堂と総理官邸、および富士の自衛隊演習場を占拠する。

政府は米国に応援を求め、クーデターはあっけなく鎮圧される。常治と真治そしてプリシーラは常治の部屋のテレビでその様子を見守る。アメリカ軍に包囲され投降する日本の兵士たち。

これらのシーンの合間を縫って、丘の中腹の稲田の前に集まる一群の日本人の姿が断片的に挿入される。稲田はスロベニアの港湾都市コペルの郊外にあり、眼下にはアドリア海が広がっている。三十代半ばの日本人女性が一同に向かって喋っている。彼女の名は森嶋光子、コペル大学の先端科学技術研究所で人工意識の研究をしている。刈り入れ間近に実った稲穂を前に、彼女は意識と知能の違い、意識の発生のメカニズム、意識の本質であるクオリアの伝達不可能性、意識の基盤としての脳内情報の統合状態「Φ《ファイ》」について語る。

一見変哲のない稲穂の一粒一粒が、実はかつてのスーパーコンピューターの何千倍の処理速度を誇るエキサスケールのバイオ量子コンピューターであり、稲田全体ではゼタ（京の上の垓《がい》のさらに十倍上の桁）の演算能力を有すること、稲穂同士がアラチニシス・クオリアテクストールという学名の特殊な蜘蛛の巣によって結合され、人間の脳のシナプスに相当する接続回路を作っていることが明かされる。

その回路には神話や民話から、詩歌、歴史、法律、科学技術、ジャーナリズム、テレビやラジオの番組アーカイブ、個人の手記やネットへの書き込みなど、かつて日本語で書かれたり話されたすべての言説が入力されている。それらを元に日本人の集合的な意識を稲田に再現させようというのが、森嶋光子の研究の目標である。

時は二〇五〇年、二〇三〇年頃には日本各地の原発施設で同時多発テロが起こり、相次ぐメルトダウンと爆発のため日本のほぼ全土が放射能で汚染され、人間の住めない状態と化していた。

日本国家は消滅し、被曝を生き延びた人々は世界各地に難民として受け入れられ、それぞれの国へ同化する道を辿っている。稲田の前に集まった人々は、そのような元日本人の科学ジャーナリストだった。「日本の心」を宿す稲田の誕生を報ずるために、彼らは世界各地から駆けつけてきたのだ。稲田に名前はないのかと訊かれて、光子は「ベイビューホテル」と答える。

記者たちが帰ったあと、光子は通信装置でプリシーラと話をする。森嶋真治は、祖父常治の看護婦だったプリシーラと結婚し、光子が生まれたのだった。常治はクーデター未遂事件の直後に亡くなり、真治は原発テロに巻き込まれて死亡していた。プリシーラは当時中学生だった光子を連れて母国のフィリピンへ逃げ延びたのだ。現在は再婚してデンマークに住んでいる。

光子は通信装置を稲田「ベイビューホテル」に繋ぐ。プリシーラの耳に、亡き夫真治と、常治の声が聞こえてくる。それはあくまでも人工意識により再現され、シミュレートされた会話である。真治の質問に答えて、常治は「ベイビューホテル事件」にまつわる記憶を語り始める……。

3. つい先日、レナ・エリクセンという差出人からの郵便が届いた。封を切ると、中からカードに挟まれた写真が出てきた。ショーシャだ。ドナウ川を見下ろすあの展望台に立って、真ん丸い笑顔を見せている。赤い髪の毛が霞のように春の風に靡いていた。

4. 退院しても必ず毎日三十分は続けるようにといわれた骨盤底筋体操はとうに止めてしまったが、性機能改善剤シアリス5㎎はいまも欠かさず服用している。

4章　わが神曲・放射線

シルビアはドイツ人にしては小柄である。年の頃は四十代前半か。ブロンドとプラチナが混ざり合ったような淡い色の髪の毛をふわふわさせて、弾むように歩いてくる。背中をすっと伸ばして立ち止まり笑みを浮かべる。それが職業上の要請に基づくものであると分かっていても、思わず懐かしさに駆られて、頬笑みかえさずにはいられない。声は高くて澄んでいる。遠くの歌声をなぞるような、ちょっとたどたどしい話し方をする。

どこか妖精めいている。背中から透き通った羽を生やして、パステルカラーの薄物を身に纏い、手に魔法の杖を持たせたら似合いそう。羽ばたきながら空中に浮遊して、杖の先をちょんと振ると、きらきらした光の粉が舞い散って、たちまち望みを叶えてくれる。実際のところ、彼女は魔法を司っているのである。そして地底に住んでいる。日の光の届かぬ、ひんやりした地底の洞窟に君臨して、危険に満ちた力を操り、霊験あらたかなる秘術を施す。もっともそれが常にうまく行くとは限らないのだが。

シルビア・シェフラー医師に初めて会ったのは、僕がこの病院に入院していた時だった。九月の終わりで、地上にはまだ夏の名残りが溢れ、それだけにエレベーターで地下一階へ降りてゆくと別世界へ迷い込んだようだった。僕は片手で金属スタンドを引きずり、そこにはおしっこの袋が掛かっていた。袋から伸びたチューブはおちんちんの先を通って膀胱へと繋がれていた。身に纏っていたのはぺらっぺらの入院着一枚で、歩くと後ろの合わせ目から裸のお尻がちらちら覗いた。退院が近づいて来たある日、手術を執刀したビール先生は、僕に地下の放射線科を訪れて、来るべき放射線療法のために専門医と面談してくるよう命じたのだった。それがシルビアだったというわけだ。

二度目に会ったのは十一月の末だった。僕はもう退院していて、田舎でのリハビリも終え、娑婆の暮らしに戻っていた。だからシルビアの住む地底の洞窟に行くにも、エレベーターで垂直に下降するのではなく、外から車でいったん地下二階の駐車場へ降りてゆき、そこから階段で一階分上昇するという、U字型の軌道を辿った。けれどわざわざ待合室まで出向いて僕を迎えてくれた彼女の笑顔は以前の通りで、僕は自分が放射線治療には慄きつつも、彼女に会えることを楽しみにしていたことに気づくのだった。

暗い森のなかで道に迷って
ダンテは地獄めぐりを始めたそうだが
僕が降りてゆくのは
自動開閉式のゲートの向こう

通りゃんせ、通りゃんせ、
行きはよいよい　帰りは——
駐車券の護符を握りしめて
僕は僕の聖なる喜劇（Divina Commedia）を辿る

シルビアはあの軽くスキップするような歩調で現れて、自分のオフィスへと案内してくれた。その部屋にもやっぱり窓はなかった。僕を机の前に座らせ、自分は二台並んだパソコン画面の前に腰かけると、ぐっと身を乗り出して、

「で、どうだった、あれから？」

まるで久しぶりに会った友達に話しかける口調なのだった。

僕は何もかも順調なこと、入院もリハビリもそのあとの社会復帰も、期待以上に快適なこと、おしっこを漏らすこともなく、毎日普通に仕事へ出かけて、手術前と同じ生活を送っていることを報告した。

「よかった。嬉しいわ」

シルビアは目を細めて眩しげに僕を見つめ、僕はなんとなく照れて、机の上の彼女の指先に目を落とした。華奢な手で、控えめなマニキュアが施され、結婚指輪はなかった。僕はその手の感触を想像した。

だが次の瞬間、

「ちょっと患部を見せて貰えるかしら」

「ええっと、ここで？」

「そう、そこに立って。ズボンを下げて」

平然と、妖精の微笑を浮かべたままで、彼女はそう命じるのであった。

僕が椅子から立ち上がると、彼女は僕の正面に立った。僕はベルトを外し、足首までズボンを落とした。それからパンツも下げて、シャツの裾を持ち上げた。シルビアは背を屈めて、僕の臍からおちんちんの付け根へと至る縫い目を眺めた。手術直前に自ら剃り落とした陰毛はまだ完全に生え揃っていなかったので、眺望を遮るものはないはずだった。

謁見の時間はやけに長く感じられた。窓のない密室のなかの静けさも密度を増した。僕の下半身を見下ろすシルビアの姿を僕は見ていた。彼女の白衣は丈が短めで、気のせいか生地もビール先生が着ていた白衣なんかより薄そうだった。その下にはセーターと、グレーのスパッツを穿いていた。膝から下は第一印象通りほっそりしていたけれど、腿のあたりは逞しい。女子スピード・スケート選手といった趣きである。ふと気づけば、その手には白いゴム手袋が嵌められているのであった。

僕の意識は地底の密室を抜け出して、澄みきった晩秋の空へ翔け上がり、遥かな高みから僕ら二人を見下ろした。虚空に浮かぶ青き惑星。そこでは実に様々なことが行われていたが、たとえ一見いかに奇妙に映ろうと、それぞれにのっぴきならぬ事情があるのであった。

白手袋は

魔法のしるし
メスもなしで血も流さずに
するりと入ってくる

お腹の中の
シルクハットの底から
摑み出される
鳩の幻

「毎日2グレイずつ照射します。これを35回繰り返します。だから70グレイですね」とシルビアは言った。僕らは再び机を挟んで座っていた。ついさっきまでこの女性の前で下半身を曝け出していたことが、すでに夢物語のようだ。

「はあ」僕は曖昧な声を出した。そういう単純な掛け算で計算するというのが意外だったのだ。

「70という量は、僕みたいに前立腺ガンを摘出した後の追加的な治療ではなく、手術の代わりに放射線療法だけを行う場合に比べると、やっぱり少なめなのですか」

「そうですね」

「どれくらい?」僕はしつこく食い下がった。副作用を恐れていたのである。妻の知り合いの男性は、膀胱ガンで放射線療法を受けたのだが、一年ほど経ってから大腸が閉塞してしまい大変辛い目に遭った。

「76グレイくらいですね」

「じゃあ、あんまり変わらないじゃないですか」

「いや、この違いが大きいのですよ。放射能の効果というものは、積算して行きますから、副作用も最後の方で劇的に大きくなりがちなのです」

「なるほど」

「照射は月曜日から金曜日まで、週5回行います。土日と祝日はお休みです。だから明日から始めるとすれば……」シルビアは机の上のカレンダーを覗きこんで日にちを数えた。

「……今年はクリスマスも元旦も週末にかかるからほとんどロスがありませんね。一月二十日の金曜日で終わる予定です」

35割る5で7週間、またしても単純な割り算だ。でも7週間とは長いなあ。その間どんな生活を送るのか、その後僕はどうなっているのか。先を案ずる気持ちは簡単には割り切れない。

「放射線を当てる部位を精密に定める必要があります」シルビアは続けた。「一方、前立腺があったあたりの臓器の位置は、膀胱のなかの尿の残量や大腸のなかの便やガスの溜まり具合によって微妙に変化してしまいます」

算数からいきなり形而下に降りてゆく。

「だから治療を受ける時には、次の二つのことを心がけて欲しいのです。まず、大腸のなかをできる限り空っぽにしておくこと。しっかり排便をして、ガスの出るような食べ物、たとえばキャベツなんかは避けるように」

「だったら、治療は朝のうちがいいですね」僕は得意げに言った。「僕は毎朝すごく規則的だから」

「もうひとつはおしっこ。こちらは逆に膀胱を満たしておいて欲しいんです。空っぽだと、必要な部位に放射能が届きにくくなるから」

「うーむ」それはちょっと厄介かも。ウンコをしたあとでガブガブお茶を飲めばいいのだろうが、その匙加減が問題だ。なにしろ前立腺を摘出した後は、おしっこを堰き止める括約筋の門がひとつしかないのだから、飲みすぎると我慢するのが大変だろう。微妙な判断を迫られることになりそうだ。

いずれにせよ、ウンコは空っぽ、シッコは満タン。「分かりました」潔く僕は答えた。

「副作用はどうですかね？」こちらの方が大切だ。

「一番可能性が高いのは、突然の尿意です」シルビアは言った。「突然、猛烈に、おしっこがしたくなるかもしれません」いかにも辛そうに眉を寄せてみせる。「それでいていざトイレに行くと、あんまり出なかったりするんです」

僕は尿道カテーテルを付けていた時に味わった、あのなんとも言えない蟻走感を思い出した。あれがまた戻ってくるわけか。僕は地団駄を踏み、産気づいた妊婦さながらラマーズ法の激しい呼吸を試みる近未来の自分を思い描いた。

「あと、肛門のまわりが爛れることもあります。排便のあとにはオイルを含んだ濡れティッシュで拭くのがいいでしょう」

ドイツには、ウォシュレットなどという文明の利器はないのである。

「ほかには？」

「そうねえ、もしかしたら陰毛が抜けるかもしれません」

「頭の毛は？」

「それはあり得ませんよ」

僕は安心する。笑いがこみあげてくる。ウンコ、ガス、おしっこ、肛門、下のお毛毛……。我が病いは限りなくシモの話に尽きるのだ。あたかも生死や精神の問題の入りこむ余地などないかのごとく。

「まれに腸内出血などの例も報告されていますが、可能性は極めて低いでしょう。大丈夫ですよ。なにかあったらいつでも会いに来てください」

シルビアは立ち上がり、机を回って僕の方に近づいてくる。僕も立ち上がる。握手を交わして、部屋を出て行く。ドアを閉めながら振り返ると、彼女は淡い光のマントを纏って、床上五センチくらいの空中に浮かんでいる。

彼女は僕を救おうとしてくれている
それはまったく確かなことだ
保険制度の崖っ淵から身を乗り出して
インフォームド・コンセントの手を差し伸べて

だが救済って、何なのだろう？

罪からではないと思う（少なくとも僕の場合）

　ただ生きのびることだけでもない筈だ
　ベアトリーチェ……？

　かくして病院通いが始まった。もっとも生活のパターンはさほど変わらない。もともと僕は朝型で、大抵六時前には起きている。朝飯前に詩を書くのが習慣なのだ。その間紅茶を二、三杯は飲む。短めの詩なら最後の数行に差しかかったあたりで、便意がやって来る。ようやく身体が目を覚ますのだ。あえて詩を尻切れとんぼにしたままトイレに駆けこむ。そうして用を足したり、尻拭いをしているうちに、ひょいと詩の締めくくりが閃いたりもする。そういう、あまり人には言えない詩の書き方も以前のままだ。

　変わったのはその後である。まずシャワー。いつもより入念に股間を洗う。もうすぐ人前で披露するのだ、臭ったりしたら申し訳ない。ただしゴシゴシ洗うわけにもいかない。臍の下には、赤いマジックインクで縦長の十字架が描かれているからだ。シルビアの部屋を出た後で、ＣＴスキャンの部屋へ連れて行かれ、放射線を当てるべき位置を念入りに計測した、そのマークである。赤い線は頼りなげに震えたり歪んだり、科学的な精密さというよりも、プリミティブな芸術性を感じさせるものではあったが。技師の男は、治療中風呂には入らぬこと、水泳やサウナももってのほか、軽くシャワーで流す程度に留めて、この赤い線を決して消さぬよう命じたのだった。

　さてそれからが厄介だ。腸を空っぽにしておくため、朝食はとらないでおく。でも膀胱は満たしておかねばならない。よっておしっこは我慢する。もう少し足した方が良いのかもしらん、などとも考える。しかし今飲んでしまうと、病院に着く頃に我慢の限界という危険も生じよう。詩を書きながらがぶがぶ飲んだ紅茶の量を思えば、むしろ今のうちに少し放出しておくべきではないか。そういう反対意見も提出される。飲んだものが膀胱に達するまでの時間差を巡って、侃侃《かんかん》諤諤《がくがく》の議論が交わされる。

身支度をして車に乗りこむ。持参すべきはタオルのみ。大小一枚ずつ持って来るよう言われていた。自宅から病院までは車で十分とかからない。ただし今は十二月、ここは北国ミュンヘン、路上に停めた車の窓は厚い氷で覆われている。エンジンをかけながらヘラでこそぎ落とすのに時間がかかる。その間も膀胱の中の水位は着実に上昇してゆく。気象状況も考慮に入れて、家を出るべき時間と摂取すべき水分の量を調節せねばならない。

通勤の車に混じって運転する。歩道に白い息を吐きながら学校へ行く子供たち。空はまだ仄暗く、信号は夢の名残りを引きずったままゆっくりまばたき。角を曲がると道端に赤い十字架。標識の下には「ボーゲンハウゼン病院」と記されているはずだが、霜で見えない。右のウィンカーを出し、赤い光を明滅させる。敷地のなかへ入って行く。左に折れて坂を下る。地下駐車場の黒い口。遮断機の前で一旦停止。ボタンを押してチケットを取る。遮断機が上がる。僕は地底へ降りて行く。膀胱内の水位はすでに最高潮に達している。

下りてゆく
コンクリート剝き出しの

産道を、心細い
蛍光灯またたく子宮に向かって

遡っているのだろうか
未生の自分へ
早送りしているのだろうか
永遠《とわ》の黄泉へと

駐車場は地下二階。車を停めると非常階段を一階分上がる。エレベーターを使うには及ばない。地下一階のフロアはだだっ広い。半透明のビニールを被せたままベッドが五、六台並んでいる。中に誰かいそうでどきりとする。かと思えば職員がフォークリフトを操ったり、床にしゃがみこんで配線をいじっていたり、いかにも縁の下という感じ。

通路を抜けてガラスの扉を開ける。するとがらりと雰囲気がかわる。床も壁もきれいになって、照明も明るい。けれど冷たい。しんと静まりかえっている。まるで宇宙船の内部のようだ。そこが放射線科で、扉の脇には担当医師としてシルビアの名前も記されている。

左手に受付、その手前右手に待合室。三方の壁際にそれぞれ五つほどの椅子が並んで、中央はがらんとしている。正面の壁にはモダンアート めいた装飾。キャンディ棒のようなネオン管が数本縦に並んで光っている。左の壁には写真のパネル。南極だか北極だかの氷原をバイクが疾走している。

先客は大抵一人か二人。みな通院患者らしく、普通の格好をしている。でもどこかくすんで見える。古い写真みたいに色褪せている。先入観だろうか、照明の加減だろうか。それともどこからか放射線の粒子がはぐれ出て、煙のようにたちこめているのかしらん。

言葉少なに挨拶を交わす。会話には繋がらない。そのせいで静けさはもっと深まる。無人よりも一人の方が、一人よりも二人の方が孤独の増す場所。

指定された時間の五分前にはその一角に腰を下ろす。受付には立ち寄らないよう言われていた。監視カメラで待合室の様子がモニターされていて、順番が来るとスピーカーから名前を呼ばれるという仕組みなのだ。合理的といえば合理的。でもどこか落ち着かない。

背筋を正して座り、鞄から本など取り出す。でもとても集中できない。尿意は通常レベルをはるかに超え、ダム決壊は刻一刻と迫っているのだ。何度も時計を見る。あと三分、あと二分、あと……。

と、不意に天井のスピーカーがざわめいて、名前が呼ばれる。

「Herr Xxxxxx、どうぞお入りください」

それは僕の名前ではない。先客の一人がおもむろに立ち上がり、治療室の方へ歩いてゆく。少なくとも彼の分は遅れるということか。下半身が恐慌に見舞われる。

思い通りには
ならぬ場所
言われるがままに

なるしかない時
今、そこにいる
自分というぬかるみに
自らを打ちこんで
杭になって

ついにスピーカーが僕の名を呼ぶ。尿をこぼさぬようそろりそろりと治療室へ。そこにはなぜか三つのドアがある。うち一つないし二つは半開きになっている。残る一つは常に閉ざされ錠がかかっている。開いているドアを入ってゆくとまたすぐにドア。入って来たドアを閉めると密室になる。窓のない、一畳ほどの細長い空間だ。入口近くに鏡と洋服掛けのフックが二つ、右の壁沿いに低いベンチ。他には何もない。

ズボンを脱ぎパンツも取る。シャツやセーターも脱ぐが、下着のシャツは着ていてもよい。靴下も履いたまま。素っ裸になるよりも、下半身の剝き出し感が強調される。絵に描いたようなフリちん姿。ベンチに腰を下ろして再び待つ。

名が呼ばれる。奥のドアを開ける。秘密の地下実験室が現れる。手前にはぎっしりと計器類。大小のディスプレーが白黒の画像を浮かべ、白衣の女が二人背中を向けて座っている。向こうは深い闇である。

女の一人に導かれて闇のなかへ入ってゆく。手には大小二つのタオル。さりげなく前を押さえる。冬の夜、脱衣場から露天風呂へ向かう人の格好。収容所へ入っていく捕虜の似姿。床の冷たさが靴下越しに染みてくる。

奥の部屋はがらんとしている。石室という言葉を思い出す。中央にベッドがある。素っ気ない診察用ベッドである。その頭のところに、CTスキャンに似た金属装置が鎮座している。クリーム色の、ひと昔前の冷蔵庫みたいな塗装で、大小二つの輪っかが垂直に組み合わさっている。指輪を垂直に立てたような輪っかがぐるりとベッドを囲み、そのてっぺんに救命浮き輪くらいの輪っかが水平に載っかっている。土星の輪の周りの小さな衛星、それを縦にした感じ。

ベッドの位置は高い。床には踏み台。そこを上ろうとすると女が手を貸してくれる。がっしりとした体つきの、無愛想な中年女。まるでこの地下室に設置された器具のひとつのようだ。

大きい方のタオルを敷いて、その上に身を横たえる。小さいタオルを恥部にかぶせる。ベッドの足元には小型の三角木馬のようなものが二つ。一体何かと思っていると、女の手がそれぞれの木馬を僕の膝の裏にあてがった。何もかも金属で出来ている部屋で、その木馬だけが古びて磨り減っている。僕はアメリカで死刑に使う電気椅子を思い出す。あれも肘掛とか頭のフードの部分が木や革で出来ていて、そこだけ場違いにレトロだった。

いつの間にかもう一人の女もやって来て、二人はベッドの両側に立って僕の体の位置を調整する。下のタオルの端を引っ張るので思わず腰を浮かすと、「そのままで」と叱られる。体を載せたままタオルをくいっ、くいっと小刻みに引っ張り合って、ミリ単位で動かしてゆく。なるほどそうやって照準を合わせるわけか。CTスキャンやMRIのハイテクと職人芸の結託。

それにしても早く始めてくれないものか。我慢はもう限界に近づいているのだよ。

「よーし、動かないで」女が言う。

僕は身を固くして喉の奥だけで返事をする。ふたりの女は足早に立ち去ってゆく。秒読みのなか、鉛の扉の向こうへ逃げこんでゆく。映画「エイリアン」のクライマックスの場面みたい。侵入者を閉じこめて、退治するのだ。

扉が閉まる。

低い唸りを立てて垂直の輪っかが動き始める。頭上から下腹に向かって水平に滑ってゆく。僕は目だけをキョロキョロさせてあたりを見回す。垂直の輪の内側に小さな鏡がある。輪が動くに連れて、そこに自分の姿が映る。あ、緑の線だ。僕の額から下腹にかけて、エメラルドグリーンの細い光の線が引かれている。これが放射能なのだろうか。いや、ただのレーザー光線だ。照準を合わせるためだろう。僕はきっちり左右対称に分かたれている。昔、複式会計簿記について書いた自分の詩の一節が頭をよぎる。

要するに右と左　これが基本だ
さて、左側には君の所有するもの
右側にはその取得に際して発生した債務を配する
例えば、快楽と生殖、美と毒、
いま生きることといつか死ぬこと

（四元康祐「会計」より）

レーザー光線によって真っ二つに裂かれながら、僕は水平に移動してゆく。とそれに交叉するもう一本のレーザー光線があるのに気づく。それは垂直の輪からではなく、この暗い石室の左右の壁から放たれているようだ。でもはっきり確かめるわけにはいかない。線の両端は視界からはみ出している。ともかく二本の光の線が直角に交叉するその一点に向かって、僕の体は運ばれてゆく。いや実際に動いているのは光の線の方なのだが、輪っかをくぐり抜けていると自分が滑ってゆくような錯覚に襲われるのだ。

垂直の輪が静止する。僕は空中に描かれた光の十字架の中心に浮かんでいる。水平の磔像。十字が指しているのは、臍の下、丹田あたり。かつては精液の湧き出づる泉、今はただの空っぽとなりし場所。もっとも実感としては空っぽとは程遠い。尿意はますます烈しさを増して、頭の芯が痛くなるほど全身に漲っている。僕は爪の先で腿の皮を捻って必死に気を紛らわせる。きっと最後まで我慢することができる筈。でももしも漏らしちゃったらどうしよう？　光の十字架にほとばしる金の液。放射能がおしっこで感電することなどないのだろうか。僕は天に縋る思い。

その時再びドアが開いて、重い、不機嫌そうな足音が近づいてくる。女の顔が仰向けの視界に差し出される。

「あんたの膀胱ね」彼女は言う。「おしっこがいっぱい過ぎるんだよ。そのせいで放射線の位置がずれちゃうんだよ。少し出してきてくれるかい。全部出し切っちゃダメだよ。半分だけ」

執行直前に裁判のやり直しを命じられた死刑囚の吐息が漏れる。

けせらせら溜めては放つ皮袋

なにを夢見る岸辺の螻蛄《おけら》

仕切り直してまた横たわる。女たちの手が尻の下のタオルを引っ張る。「じゃあ、もう一回行くよ」頭上の指輪が唸りを上げて、光が宙に十字を切って、再び僕は丸木舟、緑の湖上へ滑り出す。腰の周りを指輪が回って、指輪の上の円盤がギョロ目を剥いて、僕の下腹を覗きこむ。ちょっと動いて動きをひそめ、またがくんと動き出してはじっと睨んで、見えざる手で洞を弄る。しばらく逡巡した挙句、意を決したかのようになめらかな回転運動。唸りの音がかすかに変って、ついに放射能が照射されたか、それともさっきからもう始まっていたのか、目にはさやかに見えねども、指輪の表面に当たった緑の光が天井に、ゆらゆら、ゆらゆら、よく晴れた夏の日の、手漕ぎボートの白い舳先に、水面から反射した光の模様が戯れるよう。下腹のなかにもあんな光が揺らいでいるのか。熱を持たない非情な炎が、父母から授かった身体髪膚の、ささくれだった綻びを、焼いているのか火炎銃、ゲリラ殲滅ナパーム弾、細胞レベルのキノコ雲、分子のボールを蹴っ飛ばしながら、ナノミクロンのゴジラが暴れる。膀胱と直腸の隙間にメルトダウンが溢れ出し、溜まり続ける小水は、汚染水の妖しい煌《きら》めき。そんな現場もどこ吹く風と、僕は目だけを動かして、回る目玉を追っかけている、その目尻のあたりに、つけぼくろさながらMade by General Electric のラベル、ぐるぐるぐるぐるぐる、鬼やんま。

弄られて三和土《たたき》に散らす寒椿
乱れた裾の奥の星空

目玉の回転が止まって、垂直の指輪がしずしず頭上へ引き上げてゆく。その間もまだ緑の光は放たれていて、空中で直角に交わり、僕の身体を真っ二つに裂いている。鉛の扉が開いて、女が一人だけやってくる。「終わったよ」急かすように、でも一抹の労いもこめて。鉄の寝台から降りる時には手を差し伸べてくれさえもする。

「明日はおしっこ、溜めすぎないようにね」僕の背中に念を押す。

「分かった。半分くらい」

明るい部屋では、もう一人の女が椅子に座ったまま操作盤に向かっている。ディスプレイには超音波画像らしきもの。あれが僕の内部なのだろうか。このくたびれた、肥満気味の、一日中陽の目を見ることがない二人組の天使が、そこを覗きこんではおしっこの量を計っていたのか。ありがとう、また明日、と声をかけても、計器を睨みつけたまま気のない返事。

自画像を遺したまんまAuf Wiedersehen《行きて帰らず》!

細長い小部屋で洋服を身につける。別の患者の名前が呼ばれて、隣の小部屋のドアが開く音がする。なるほど小部屋が三つ並んでいるのは、患者の出し入れを素早く行なうためだったのか。腕時計を見ると、もう九時近く。中に入ってから三十分は優に経っている。実際に放射線を当てていた時間は数分なのに、位置の調整に時間がかかってしまった。

小部屋を出て待合室の方へ戻ってゆく。待っている人の数は四、五名に増えている。全員が僕を見る。僕のせいで、後に遅れが生じているのかも。鷹揚に頷き返して、颯爽と通り過ぎてゆきたいところだけど、そうはいかない。まずは残り半分の汚染水処理だ。みんなに見守られながらトイレに入ってゆく。深々と息を吐きながら、今度こそ思う存分放出する。放射能を浴びた尿とはどんなものかと便器の底を覗いて見るが、変哲もないただのおしっこである。

廊下を抜けてだだっ広いホールへ。非常階段の重たい鉄の扉を押し開けて地下二階へ降りてゆく。駐車券を機械に差し込んで金を払う。一ユーロなり。駐車場に出て車に乗りこむ。大小二枚のタオルをシートに投げ出す。車を発進させる。狭い産道のような未明の参道のような急勾配の山道のようなランプを辿って地上へ出てゆく。窓を開けて駐車券を差しこむ。ゲートが上がる。ついに僕は解放される。何食わぬ顔で、朝のラッシュに紛れてゆく。

鱗粉《りんぷん》撒き散らしながら
赤信号を抜ける
真冬の蛾

雪に埋もれた空き缶に降り注ぐ
微量の致死

こういうことを月月火水木金金、毎週五日それを七週、計三十五回繰り返す。凍てつく氷の世界から、地底に降り立ち下半身、ペロンと剝き出し鉄ベッド、朝シャン代わりの放射能、ひと浴びしてはまた地上、冬至の太陽にお目々が眩む。だんだん要領も分かってきて、朝起きてから家を出るまでにどれくらいの水分を摂取して、どれくらい放出しておけば、その場に及んでちょうど半分の水位となるか、何分前に家を出たならば、氷を掻いたり信号待ったり、開始直前ドンピシャに到着できるか、ベッドの上で女二人に、押したり引いたり弄くられ、正確な位置と体位を定める間の、硬直なき死体のふりにも長けて、日課の一部と化してゆく。いわば出勤前にジムで一汗かくようなもの、職場に着けば気分さっぱり、臍下丹田もポカポカと、懐炉《かいろ》の炎を孕んでいるよう、仕事にも精が出るのであった。

人知れず我が身を焦がす師走かな

いったん地下二階まで潜ってから一階分だけ（それも非常階段を使って）浮上する、あの独特な通路を経て辿り着く窓のない世界には、この世離れした雰囲気が漂っていて、当然それは天国より地獄、黄泉の世界に近いのだが、かと言って別段恐ろしい訳でもない、あたかも全てが深い水を通して眺めた光景のよう、竜宮城めいた涅槃の趣きがないでもなかった。

そこから娑婆へ這い出すやいなや、岸辺に戻った浦島太郎、元の自分のつもりで右往左往、口八丁手八丁、日々の些事に紛れてゆく。だがその根っこには常にあの地底の世界があったのだ。あたかも僕という一個の肉体の下の方、かつて前立腺のあった部分が今や空洞と化しているように、僕が生きるこの世界の根底には常に地底の時空が広がっていた。今でもそれはそこにあって、生きて味わう全てのものは、その上に開いて揺れる彼岸花……。

夜眠る前
部屋の明かりを全部消して
ベッドに横たわり
自分の臍下を覗きこむ

迎え火　送り火　人魂　鬼火
窓辺に灯る蛍の火
手を翳して
来し方行く末を読む

あの頃はやたらと映画に行った。土日は大抵二、三本はしごして、週の間にも仕事帰りに立ち寄った。妻も少しは付き合ってくれたけど、それでは足りず一人で通った。歌って踊る「ラ・ラ・ランド」、クィアを照らす「ムーンライト」、未知なる言語の「アライヴァル（邦題・メッセージ）」、同じ女優が「ノクターナル・アニマルズ」、NASAを支える「ヒドゥン・フィギュアズ（邦題・ドリーム）」、今は昔の「20センチュリー・ウーマン」、愛と哀しみの「マンチェスター・バイ・ザ・シー」……。

映画館の暗がりに身を沈めると僕はほっとした。他のどこにいるより寛いだ。スクリーンに現れては消えてゆく波乱万丈に我を忘れ、赤の他人の人生に己れを託して夢をみる。あの暗がりは、ひょっとしたらボーゲンハウゼン病院の、あの地下病棟に繋がっていたのではあるまいか。朝ごとにくぐる鉛の扉の向こうの、永遠の夜へと。

銀幕の上の接吻は　なべて我が生
回転する放射線照射の輪廻かな

もっともシェーデル・クリニックから戻ってきた当初は、映画へ行くのもおっかなびっくりだった。最後までおしっこを我慢できるかどうか不安だったのだ。以前ならビール片手に観ていたものを、始まる前から水気は控え、喉が渇くからポップコーンも我慢して、それでも万が一に備えて席は一番通路寄り。上映時間もあらかじめ調べて、最初は九十分程度のものから始めたが、回を重ねるごとに自信が付いて、いつしか二時間超えても平気となり、きわめつけは巨匠マーティン・スコセッシ監督が、我らが遠藤周作の切支丹小説『沈黙』を、構想二十数年の末ついに映画化したという「サイレンス」、三時間弱の大作を無事見終えることができた時には、感慨深いものがありました。

地底の女王シルビアは、突然にして耐え難い尿意の到来を予言したが、幸いにもその気配はなかった。肛門の周りが爛れるであろうとのお告げは、当たらずとも遠からず、朝ウンコをひり出す時に、尻の穴のまわりの一角に強張りを感じるようになった。だがそれも便座の上の尻の位置をずらし、イキみ方も工夫して、小刻みに区分けして排出することでことなきを得る。シルビアに教えられた通り、オイルを染ませたウェットティッシュを使うたび、彼女の笑顔が思い浮かんだ。

　もともと通じは良い方で、放射線を浴び始めてからもそれは変わらず、膀胱内のおしっこの量はともかくとして、大腸の中はいつでもきれい空っぽだいと、胸を張って鉄のベッドに上がっていたのだが、ある時リングを巡る目玉が動き出したとたんにピタリと止まり、女の一人が大儀そうな足取りでやってくると、

「あんたね、ガスが溜まってるんだよ。ちょっと出してきてくれるかい。階段を上ったり降りたりするといいよ。腸が刺激されて出やすくなるから」

　言われてみれば、前の晩は息子が料理をしてくれて、好物のニンニクをふんだんに使ってたっけ。それにしても赤の他人に、まだひる前の屁の量までを見透かされるとは。

　せかされるままに台から降りて、亭主のご帰宅に慌てて逃げ出す間男さながらパンツを穿いて、外へ出たらばまた一斉に降り注ぐ待合室の視線、いやまだ終わったわけじゃないんです、ちょっくらそこで屁をこいて、すぐまた戻ってきますから、皆さんお待たせしてごめんなさいね、顔で笑って心で泣いて、朝上がってきた非常階段の、重たい扉をまた開く。

　上がったり下がったり、ひとけのない階段で、妊婦が産気を待つように、放屁の予感を呼び寄せる。いったい誰がこのような状況を、我が人生において予見しえただろうか。ひとに話したならば爆笑ものであろうけど、一人だと笑うに笑えず泣くに泣けず、クソ真面目な顔をするしかない。ふと漱石『草枕』の冒頭が頭に浮かび、それを唱えながら階段を上り下り。

　　山路を登りながら、こう考えた。

智に働けば角がたつ。情に棹させば流される。意地を通せば窮屈だ。とかくに人の世は住みにくい。

住みにくさが高じると、安い所へ引き越したくなる。どこへ越しても住みにくいと悟った時、詩が生まれて、画が出来る。

たしかに人の世は住みにくいけれど、僕はいつだってその住みにくさのただ中で詩を書いてきた。そこから逃げ出すために書かれたような詩を蔑んできた。詩とは僕にとって現実と言葉との苛烈なぶつかり合い以外のものではなかった。でも今の僕は無理やり世間から遠ざけられて、誰もいない密室の空間で、ハツカネズミの回し車、虚しく宙を掻くさだめ。それを僕に強いているのは、詩ではなく病いであり、畢竟《ひっきょう》死である。屁をひるためと言いながら、煎じ詰めれば死を回避ないし遅延するためのけなげな努力にほかならない。ではそのような死から、もはやどこへ越しても逃げられないと悟った時、何が生まれて、何が出来るのか。死後の世界は、詩語の世界か、はたまた果てなき沈黙か。てなことに気を取られ、思わず階の半ばで立ち止まったら、

物思へばあくがれ出ずる魂のごと屁の沢から蛍いっぴき

（和泉式部の和歌から一部引用あり）

日々は経めぐり、きよしこの夜サイレントナイト。半年ぶりに娘もアメリカから戻ってきて、家族揃って聖夜の団欒。森から拉致されてきた哀れなツリーを、居間の片隅に突き刺して放置し

たまま、これ見よがしに飯を喰らい酒を仰ぎ（四元康祐の詩「クリスマス・ツリー誘拐殺害事件」参照）、互いに贈り物を渡しあって、色とりどりの包装紙を撒き散らした翌朝、妻と教会へ行く。

二十数年前にヨーロッパへ来て以来、各地で数え切れない教会を訪れてきたが、それらはいずれも観光客として建築や彫刻・絵画を見物していたに過ぎなかった。この日は街中の小さな教会で、クリスマスのミサに合わせて音楽の演奏があるという。バッハにヘンデル、シューベルト。オルガンは当然としてバイオリンとかオーボエもあるらしい。それを鑑賞するためには、ミサに付き合わなければならないというので、いかにもそれらしい殊勝ないでたちでやってきた。

小さな教会は満員だった。いかにも音楽目当てなのは我々くらいで、あとは皆敬虔な信者たち、常連の信徒であるらしかった。年配の者に混じって子供たちの姿もあった。外気は寒く、ベンチの木は固かったが、その下には暖房が仕込まれていて、座ると足元が温かかった。それでもやっぱり用心をして、映画館同様座るのは後ろの端の方、いざとなればいつでも脱出できる場所。見慣れぬアジア人の中年夫婦に、周囲の人は目が合うごとに微笑んで、歓迎の意を表してくれる。

音楽は大変良かった。演奏は地元ミュンヘン・フィルハーモニーの楽団員か、はたまた音楽大学の優等生か、いずれにせよかなりの手練れに違いあるまい。だがそれに劣らず僕の耳を惹きつけたのは、生まれて初めて参加するドイツ語のミサに頻出する、ある一つの言葉であった。

Ewigkeit。永遠。全部聞き取れているわけではないのだが、やたらとこの言葉が連発される。永遠にこの身を捧げます。永遠に我が身を捧げます。永遠に……。最初は副詞だと思っていたその言葉が、次第に名詞に聞こえてくる。自分を神様に対して「永遠に」捧げます、ではなく、「永遠」そのものに対して自分を捧げますと言っているのだと。だとすれば「永遠」イコール「神」なのだが、「神」とか「主」などと言うよりも、「永遠」と呼びかける方が、妙に生々しく聞こえるのはなぜだろう。

ステンドグラスに染められた朝の光が、会衆たちの頭上に射している。にも拘わらず、彼らが「永遠に」と声を揃えるたびに、その明るみの奥から闇がぬっと立ち現れる。その闇はぼんやりと人の形を纏っていて、そこはかとなく懐かしい。子供の頃見た鍾馗《しょうき》様や神農《しんのう》様、髭もじゃでギョロ目を剝いて、おっかないんだけれど病気や魔物から自分たちを守ってくださる、頼り甲斐のあるお方。

声を合わせて、Ewigkeit＝永遠と唱えていると、周囲の人々までが、キリスト教の信者ではなく、エキゾチックな異教徒のように見えてくる。彼らはひたすら永遠に身を投ずることを願っている。この朝の光のなかにいるよりも、永遠の闇に抱かれたいと訴えている。生きてるなんて、大したことじゃないんです。苦労や痛みや悲しみばかりの、茨の道です。早く楽になりたいんです。ああ、永遠様、私たちを御許へお招きください。この世の労苦から救ってください。私たちの誰もがそこからやってきたところの、あの大いなる闇へ戻ってゆきたい。

つまり朝っぱらから雁首そろえて、死なせてくれ死なせてくれとおねだりしているわけだ。うっとりとした顔つきで、時に頰笑みさえ浮かべて。

闇は無ではない

闇は私たちを愛している
光を孕み光を育む闇の
その愛を恐れてはならない

（谷川俊太郎「闇は光の母」より）

ミサが終わりに近づき、周囲の人々と挨拶を交わす。まず隣の妻と、互いに照れ臭そうな顔を見合わせ、それから反対側の人と。前に座っている人がこっちを振り向き、こっちも後ろを振り返る。その一人一人の顔の背後に、「永遠様」が控えている。顔はひとつひとつ違って、瞳の色も様々だけど、そこから射してくる眼差しは、奥の方でひとつに繋がっている。その眼差しに覗きこまれて、何もかも見抜かれているような気持ち。一通り挨拶を終えてから、もう一度横目で妻を窺う。

ミサが終わって外へ出る。人々はすぐには帰らず、前の石畳にたむろしている。手に楽器ケースを持っているのは、さっきまでバッハやヘンデルを演奏していた人たちだろう。こざっぱりした格好をさせられた子供らが、親や祖父母のまわりを走り回っている。大人たちも晴れやかな、のびのびとした表情になっている。

教会の裏手には墓地がある。こぢんまりとしたいかにも古そうな墓地だが、シーボルトの墓などもあるという。かつて僕がここで撮った写真に、詩人の高階杞一が詩をつけた。

生まれたときから死への旅が始まる
それは如何なる刑罰だろう
——ペーター・ベルンハルト　詩人
一八六五年二月四日没

黄色い蝶が
石から離れ
木洩れ日の中を飛んでいく
ロベルト・ボルフ　貿易商　一九〇二年五月十六日没
ヨハン・クリスチャン・ヘルダー　司祭　一七三二年七月二十日没
フランツ・アルトナー　陸軍中尉　一九四三年十二月三日没
ひとつひとつの石に
挨拶しながら蝶は
まだ供えられたばかりの花に止まる
すぐ前の乳母車では
赤児がミルクを飲んでいる
（以下略）

死者たちの名前や命日は、高階杞一の創作であろう。だが赤ん坊の話は本当で、写真の中央には、立ち並ぶ墓石のなかで、赤ちゃんに哺乳瓶を吸わせる母親の姿が映っている。よって題は

「朝の食事」。詩はこんな風に終わる。

オイシイ?

赤児は飲むのをやめて
目の前の
石を見つめる

（高階杞一詩集『千鶴さんの脚』所収）

この写真を撮ったのは早春だったが、冬至直後の今は蝶も赤ん坊もいない。でもおだやかな薄日は降り注いでいる。

僕は自分の下腹のなかに射しているもうひとつの薄日を思う。透明な緑の光を浴びて静かに焼かれてゆく空洞の周縁を。汚染される健常な細胞のミトコンドリアを。死の灰を潜り抜けて、しぶとく生き延びるガン細胞を。

もしもこの地で死んだら、客死ということになるのだろうか。葬式はとりあえずこっちで挙げて、遺体も焼いて骨にして、でも埋めるのはやっぱり日本か。日本でもう一回葬式めいたことをするのだろうか。面倒な話だが父はこだわるだろうなあ。もっとも面倒をかけるのは妻にであって、自分はもはや高みの見物だ。

骨を収めるのは父の郷里の、海を見下ろすあの墓だろう。あそこには母も入っている。数年前久しぶりに壺を出して蓋を開けたら、骨は驚くほど瑞々しく真っ白で、そこに鮮やかな朱色が散っていた。

墓碑に記された名前や日付を、傍らの妻が読み上げている。

天使らが摘んで束ねて時の花

ドイツにはクリスマスが二日ある。二十五日と二十六日。両方とも公の祝日で、二十六日の方はDas zweite Weihnachten（二回目のクリスマス）と呼ばれている。ちなみにバイエルン地方には朝食も二回とる習慣があって、Das zweite Frühstück（二回目の朝食）の定番は白ソーセージにプレッツェルである。

休みが明けて二十七日から大晦日までは平日である。空っぽだった市場の棚に食料が溢れかえり、商店ではWinterschlussverkauf（冬のセール）に買い物客が詰めかける。そういう世間と歩調を合わせて、妻と息子そして娘はそれぞれに旅支度をして出て行った。妻は年末年始を年老いた母の面倒を看て過ごし、一人暮らしをする僕の父のところにも訪れてくれる、いわゆる介護帰国。息子はその付き添いで、あともう何回おじいちゃん、おばあちゃんの顔を見れるか分からないという思いもあるだろう。娘はアメリカへ舞い戻り、ただし大学のあるポートランドではなくまずサンフランシスコ、その後ニューヨークでダンスのワークショップに参加するという。

僕はそれぞれ空港まで車で送り、出発を見送った。僕自身はついてゆく訳には行かない。放射線療法はまだ道半ば、平常どおり続けられるからである。

妻は僕が一人でいる間に副作用がひどくなりでもしたらと心配したが、今のところその兆しはなかったし、なにかあれば病院が面倒を見てくれる筈。年末年始は長めの休みをとって、勝手気ままな一人暮らしを満喫するつもり。

治療も少し遅くして貰い、朝はのんびり九時ごろお出かけ。地底の洞窟も閑散としていて、待合室の片隅には小さなツリー。その頃には顔見知りの患者もできて、あまり話はしないけど、目と目が合えば頷きあって、旅は道連れ世は情け、後になったり先になったり、共に峠越えをしている気分。

うちひとりは冴えない中年男で、いつも同じ薄汚れた灰色のコートによれよれの布袋、中には僕と同様大小二枚のタオルが入っているに違いない。髪の毛は薄く、岩場に打ち上げられた海草のごとし、でもそれは元々で放射能のせいではないだろう。待合室に腰かけて、天井のどこかに仕掛けられた姿なき声に、自分の名前が呼ばれるのを待っている間、彼は新聞も雑誌も読まず、ひたすら虚空を眺めている。別段不安げでも悲しそうでもない。彫刻のモデルを務めているかのようにじっとしている。

すると微かなノイズが響く。古くなった蛍光灯が瞬きながら発するような音。一瞬、部屋の照明までが震えたように見えるのは気のせいか。僕は咄嗟に中年男の方を見る。彼も顔をあげて僕を見ている。その表情から、彼が僕と同じことを考えているのだと分かる。ノイズは壁を隔てた治療室で放射線が発射されるときに起こる現象なのだ。僕ら古参は体験的にそれを知っている。中年男と僕を結ぶ隠微な連帯。そこにはどこか残酷な気配が漂う。拷問される仲間の悲鳴を聞きながら、その悲鳴が聞こえている間だけは自分たちが安全なのだと考える囚人のような。僕らは恥らうごとく互いから目を逸らし、何事もない素振りを装う。たまに無粋な者がいて、訳知り顔でその音の秘密を喋りだしたとしても、聞こえない振りをする。

　　マダム・キューリー、カフェ・オ・レと
　　ピッチブレンド《瀝青ウラン鉱》の準備が整いました

その日は彼が僕の前の番だったのだが、僕が照射を終えて小部屋から出てきたとき、ちょうど彼が帰ってゆくところ。あれ、まだいたのか、と思いながら話しかけてみる。

「調子はどうですか？」

「うん。いいよ」と彼は言った。それからちょっと胸を張って、

「実は今日が最後の治療だったんだ」

「へえ」僕は驚きの声をあげる。「そいつはおめでとう」

「ありがとう。今、先生に最後の診断してもらったところ」

「シェフラー先生？」

「そう、そう」

人懐かしげな笑顔を彼は浮かべる。そうか、僕らは同じ地底の女王に仕える臣下だったというわけだ。これも一種の同胞《はらから》か。

「新年に間に合ってよかったですね。フレッシュなスタートがきれる」

「うん。そう」

男は寡黙な性格なようだ。ふたり並んで廊下を歩く。自分はちょうど半分終わったところで、あと三週間ほど残っているのだと言ったところでがらんとしたエレベーターホールが現れて、僕らは向かい合って握手をする。「Gutes neues Jahr（良いお年を）」。非常階段の扉を開ける僕の背中に、エレベーターを待つ彼が声をかける。「お達者で」僕は片手をあげて言い返す。「あなたも」

階段を下りながら僕は想像する。質素なアパートのキッチンで、細君と向かい合って座る中年男を。テーブルに置かれたワインのボトルと花束を。今夜、ふたりは治療の終了を祝うだろう。でもその幸福が長続きする保証はどこにもないのだ。同じ部屋の同じテーブルで、同じように向き合いながら、不意に戻ってきた悪い報せを挟んで、黙りこくることだってあるかもしれない。その冷たい沈黙と、啜り泣く細君の声も、僕はまた容易に思い浮かべることができる。

名も知らぬ
ひとりの男
その男のなかに
町がある

沈みかけた
夕日を見ている
男のなかの町のはずれで

朝放射能を浴びてしまえばもうすることがない。ひとりで家にいても手持ち無沙汰なので、僕は毎日街へ出かける。その年のミュンヘンはとても寒くて、夜が明けると地面も路駐の車も樹木の枝も白一色の雪と氷、ダンテ『神曲』地獄篇第三十二歌、氷地獄のコキュトスそのものだ。日中はよく晴れて、ときには空気中の氷の結晶が乱反射して眩しかったが、氷点下を脱することはついぞなかった。

白い世界のあちこちにべたべた貼られた真っ赤なポスター。でかでかと「セール」の文字。20%、30%、50%の数字が躍る。クリスマス中の家庭内幽閉から解放されて、消費と娯楽に群がる衆生とともに、僕も街をうろつきまわり、寒くなったらお店に入る。必要なものは特になくとも、そこにそれがあれば欲しくなるのがヒトの性《さが》。五階建ての大型紳士洋服店の、一階のフロアに山と積まれたワイシャツの、ひとつくらい買っておくかと見始めたが最後蟻地獄。砂漠の砂ほどもあるシャツのなかに、僕に合うサイズが見つからない。店員に訊こうにも、客に比べて店員の数が圧倒的に少ないのがドイツ流、苦労してようやく捕まえても、にべもなく首をふるか、小さいのはここいら辺と、きわめて雑駁に指差すばかり。本質的な問題は袖の長さで、胴回りなどはむしろきつすぎたりもするのだが、どうしてこうドイツ人は手足が長いのか、樹上から地面に降りてからまだ日が浅いのかしらん。それでも見込みのありそうな奴を二つ三つ、試着室に持ちこんで包装ラップをばりばり破り、虫ピンやら留め具やらを撒き散らし袖を通してみる。店内の暖房は強すぎて、汗が吹き出し、商品のシャツもぐっしょり。こういうのはどうやって商品棚に戻すのだろうか、いざ知らね、なにしろあたりは戦場で、客同士入り乱れてのぶん捕り合戦、足元には死屍累々、祇園精舎のレジの音、結局なにひとつ見つからず、僕はセーターもオーバーも小脇に抱えたまま、外の寒気に飛び出して火照りきった身を冷ます。

それでも一度火のついた消費欲は収まらず、僕はデパートでテフロン加工五年保証のフライパンを、正価60ユーロが24・99に値下げ、そこに「ラバート」（日本でいうリベート）5ユーロ引きというのが加わって、なんと破格の19・99ユーロ、迷わず買って家路についた。

　消費は一瞬の炎
　　極寒の地平を走る
　お金は不滅　人なき後の
　　夜空に瞬く値段かな

消費欲が収まったと思ったら、今度は修理欲に火がついた。ここ数年ガタが来ていて、いっそ新しいのを買おうかと思いつつ、なんとなく捨てられないでいた物たちをこの際直してみよう。踵のチビた革靴、取っ手の取れかかったボストンバッグ、内ポケットの底に穴が開いて、財布を入れるたびに裾の方まで落ちてしまう背広の上着。

靴を靴屋に持ってゆく。街歩き用の靴である。以前使っていた靴を、熊野詣で履きつぶした直後に日本で買い求めたのだが、頑丈な革部分に比べて靴底のゴムが飴のように柔らかい。ちょっと履いただけでげっそりチビた。そのチビ方がいびつである。左右とも内側だけが磨り減っていて、自分がいかに内股で歩いているのか思い知らされる。その姿勢を正そうにも足が傾いで歩きにくい。

靴屋のおやじは肉屋のほうが似合いそうなでっぷりとしたドイツ人、一目見るなりたしかにこれはヤワだわ、もっと硬い踵に換えてやろうという。なぜかそれだけで心がときめく。そうか、そういうことが出来るのか。昔のドイツ兵が履いていた軍靴のような、凍りついた地表を行進してもびくともしない踵が欲しい。靴と引き換えに紙片を貰う。支払いは出来上がった時でよい。出来上がるのは年明け早々。

鞄の修理は革職人、初老のシリア人である。二十年ほど前にここへ来たという。じゃあ、僕と同じ頃じゃないか。三畳ばかりの店のなかには、ところ狭しと鞣《なめ》し革やら金具の材料が、あるいは吊り下げられあるいは積み上げられていて、その真ん中に埋もれるように作業机が置いてある。舗道に面した窓際に、形ばかり売物のハンドバッグが並べてあるが、別にどうということのない代物だ。その割りに結構値は張る。売れるんだろうか。

男は几帳面な性格らしく、こっちが下らない冗談を言っても軽く流して、

「もう少し早い段階で持ってきてくれたら応急処置ができたのだが、ここまでくると一回全部切り取って、新しく付け直すほかにない」と、なにやらガンの治療めいたことを言う。それでいいよ、この際根本的に蘇らせてくれと言うと、

「それだと高くなるよ」あくまでも慎重である。

値段を聞けば二十五ユーロ。鞄は数年前フィレンツェの露店で買ったものである。百ユーロそこそこだったか。ちゃんとした店で売られているものの半分以下だったと記憶している。

問題ないよ、なんだったら先払いしておくよ、と金を差し出す。男は几帳面な字で、支払い済みと書きこんだ引換券を作ってくれる。こちらの出来上がりは一月半ばである。

背広を仕立て屋に持ってゆく。小柄なおばあさん。鞄屋よりもずっと上手なドイツ語だけれど、どこか異国の響きがある。セルビアの出身だそうだ。こんこん咳をしている。

「風邪こじらしちまってね。今日からようやく店を開けたとこ。まだ本調子じゃないんだよ。ほんとだったら、これ、今日中に仕上げられるんだけど、明後日になってもいいかい？」

「全然大丈夫ですよ」と僕は言う。「来週でも、なんだったら来年でも構わない」

シリア人の革職人と違って、おばあさんの仕立て屋は愉快そうに笑ってくれる。来週はもう来年なのである。笑ったついでにまた咳をする。細かな唾の霧が、窓から差し込む朝陽にきらきらと、僕の上着に降り注ぐ。

ここでも金を払って引換券を貰う。最初は靴と鞄と洋服を抱えてえっちらおっちらだったのが、ひとつずつ身軽になって、今ではポケットの中にちっぽけな紙片が三つだけ。大変清々しい。

まだ昼前ではあるが、歩き回ったので腹が減った。パン屋に入ってチョコレート入りのクロワッサンとカフェオレを頼み、窓際のカウンターに座る。店内は明るく、暖かい。窓越しに射しこんできた陽光が、ガラスに書かれた店の名前を斜めに壁に映しだす。それも教会のステンドグラスに劣らず美しい。

「お前さん、なんのつもりだい」と耳元で囁く声が聞こえる。「碌《ろく》に料理もしないくせに、五年保証のフライパンなんて買いこんで、五年間生き延びようっていうおまじないか？　靴やら鞄やら上着やらが新品同様に蘇ってくるように、自分もこの際心機一転リニューアルしようっていう魂胆かね？」

声を無視して、クロワッサンを千切ってはカフェオレを啜る。

我こそは
よれよれの
引換券

いつの日か
この身差し出し
星となる

この年最後の治療は十二月三十日。久しぶりにシルビアからお呼びがかかった。年納めに患者の様子を確かめておこうということだろう。放射能を股間にひと浴びしてから、洋服を着なおして髪なんかも整えて、個室のドアをノックする。

シルビアは例によって、長く旅に出ていた恋人がようやく帰ってきた、とでも言わんばかりの笑みで迎える。小柄な背をすっと伸ばし、床上数ミリ程の空中に浮かんだまま、すーっと入口のほうへやって来て手を差し伸べる。手も小さくて可愛らしい。

治療の方はどうですか？　なにか不具合はありませんか？　あどけない口調で訊ねる彼女の背

後で、二台のパソコンが冷たい光を放っている。窓のない部屋の中ではそれも光源のうちである。画面には白黒の画像や数字や記号がぎっしりと犇きながら瞬いているが、あれらはみんな僕に関するデータなのだろうか。調子はとてもいいですよ、副作用も特にありません、排便をするとき、痛いというよりも若干の強張りを感じることはありますが、大したことはありません、などと答える。

「排尿の方はどうですか？」と彼女は訊く。笑顔のままで「突然トイレに行きたくなって、いてもたってもいられない、というようなことはないですか？」言いながら、椅子の上のお尻をもじもじさせてみたりする。

「あ、それはないですねえ」と答える言葉の横に、別の気持ちがルビのように寄り添ってくる。誘ッテミヨウカ。

日本と違ってドイツでは、大晦日や元旦は大した話じゃない。お祝いや家族での集まりはクリスマスでやったばっかりなので、単なるお休み、ふつうの週末とさほど変わらない。シルビアが結婚しているのかどうかは知らない。でも三十日の今日ここで働いているところを見れば、長い休暇をとってどこかへ出かけるわけでもないだろう。これまでのお礼をかねて食事に誘ったとしても、さほど不自然ではあるまい。お寿司などどうですかねえ。

「じゃあ、ちょっとズボンの前を開けていただけますか？」

彼女がそう命じて立ち上がっても、下心の炎は消えない。むしろもっと大きく、元気に、こっちもつられて立ち上がる気配。

窓のない密室で間近に向かい合い、ズボンのチャックを下ろして股間をはだける。彼女は膝をまっすぐ伸ばしたまま、上半身だけ前に倒して覗きこむ。丈の短い白衣の裾から、ぴっちりしたスパッツの脚が伸びている。

　最新のＥＤ治療薬「シアリス」は、一粒で三日間持続するのが売りであるにも拘わらず、僕が毎日飲み続けているということを、彼女は覚えているだろうか。放射線が性感神経に及ぼす危害を軽減するために、泌尿器科の医師に勧められて服用していることを、治療の開始に先立って僕は彼女に話していたし、彼女もそれに賛成だった。

「その効果、試してみようかしら」

　てなことにならないとも限らない。将校の前に立たされた捕虜さながら直立不動を保ってはいるものの、気持ちのなかではむしろ腰を突き出す姿勢。彼女も顔を近づけて、下草の生え際あたりを仔細に観察していたが、顔をあげてにっこり笑って、

「問題はないようですね。縫合のあともきれいに直っているし」いかにもそのまま先っぽに、チュッと祝福のキスでもしてくれそうな口調でそう言うと、こっちに答える隙も与えず、「じゃ、後ろを向いて、お尻の穴をみせてください」

　言われるままに回れ右、脚を伸ばして最敬礼、さっきまでのシルビアの姿勢をなぞる。彼女の指先がお尻に触れる。穴を広げて奥を見ている。その手にいつの間にか白いゴム手袋が嵌められていることを、振り返るまでもなく僕は知っている。忸怩たる思いとは、まさにこういうことを言う。雪降る夜の窓際で、冷え切ったモーゼルワインなどを片手に、特上トロの握りを頬張りあうふたりの姿が、あっという間に消えてゆく。深く面を伏せたまま、僕は羞恥に頬を染める。

　さすがに尻の穴を曝したままデートに誘えるほど厚かましくはない。許されて、ズボンを上げ

ると向き直り、僕らは互いによい年を、また来年お会いしましょうと、礼儀正しく握手を交わし、しばしの別れを告げるのだった。

CTスキャンにも貫けない
面の皮　放射能の
業火にも消し尽くせない
愛欲の色

乳房を求める餓鬼の泣き声が
賽《さい》の河原に谺《こだま》する

一年の最後の二日間をひとりで過ごす。治療も修理も買物も終わって、やるべきことはなんにもない。家には僕だけだから、洗濯も掃除もすぐに終わる。なにもかもきれいさっぱり片付けられる。我が身ひとつを除いて。外は凍えきっている。そこへ追われるように出かけてゆく。
もっとも寒さもある程度までゆくと、さほど寒くは感じられない。マイナス十度くらいが境目だが、それより下がると風がぴたりと止んで、空気中の水分が凍結乾燥される。分子までがブラウン運動を止めて静かになる。寒いのはむしろそれが和らいで、分子が再び震えだすときだ。空気がゆらぎ、水気をはらみ、波のようにうねって寒さを伝達する。風が肌を貫き骨身に染みる。でも今はそうじゃない。冷たさはじっとしている。冷たさ自身が凍り付いているのだ。土地の人は馴れたもので、冷たさと冷たさの間をひょいひょいひょい潜り抜けてゆく。冷たさにぶつかって鼻の頭を真っ赤にしているのは観光客ばかりだ。

僕もミュンヘンっ子を気取ってひょいひょいっと歩いてゆく。少しずつ身体の芯が温まる。僕は朝ごとに浴びた緑の光を思う。回転する目玉の側面に跳ね返って治療室の天井にゆらゆらしていたエメラルドの波を思う。いま僕の腰の奥には、あの冷たい炎が燃えているのだ。永劫不滅の懐炉のように。原子炉のなかで焼け落ちてくすぶり続ける燃料デブリのように。

陽射しが強い分だけ影も濃い。正午になっても傾いたままの太陽が、黒々とした影を地面に落としている。まるで真夏のスペインの陰画である。ミュンヘンの建物はせいぜい四、五階建ての高さだが、その屋根の輪郭がくっきり通り向かいの建物の壁に映っている。人々は冷たさの間をすり抜けながら、光と影の縞模様と化している。父親に手を引かれた女の子の金髪が、一瞬光のなかに浮かびあがり、次の瞬間闇に消える。と思ったらまた姿を現す。

誰もが足早に通り過ぎてゆくなかで、じっと蹲っている影がある。僕はその前を通り過ぎ、それから引き返して立ち止まり、手袋をはずす。小銭を取り出して影の前の紙コップに落とす。影は頭巾の奥から目だけを光らせてDanke Schönと呟く。砂漠の色の訛りもあらわに。

ひとたび気づけば蹲る影はどこにでもいる。ひとりに金を恵むとほかの者にも遣らぬわけにはいかないと思えてくる。予め財布から小銭をポケットのなかに移し、通り過ぎさま手当たり次第渡してゆく。二ユーロ硬貨にあたる幸運なものもいれば、十セントしか貰えないものもいる。自分が同情心から金を恵んでいるわけじゃないことを僕は知っている。

金をばら撒きながら歩くのが心地よい。なにもかも手放せたらどんなにいいだろう。金が無くなったら、聖マルティンみたいに自分のマントを切り裂いて分けてやりたい気分だ。

もちろん僕は聖人とはほど遠いから、ちゃんと計算している。ひとりに一ユーロずつ渡したとして、百人集まったってまだ百ユーロ。たしか我が家では毎年赤十字だかユニセフにそれくらいの寄付をしてた筈だ。顔の見えない団体に銀行振り込みするくらいなら、膝から先がない男とか、痩せ衰えた老婆とか、かじかんだ指でアコーディオンを弾いている老人に金を手渡し、都度感謝と祝福の声を受け取るほうが手ごたえがある。コスパが高いと言ってしまうのは、さすがに気が引けるけど。

じゃあ、ひとりに百ユーロ渡したらどうだろう？　その男にとっては奇跡のような出来事だろう。でもやっぱりそれはできない。路上で凍えている人影に札を差し出している自分を想像すると、うしろめたさと恥ずかしさに襲われる。また現れる新たな影の前を、逃げるように通り過ぎる。

腹が減る。広場の露店でパンにソーセージを挟んだものを買う。思いついてふたつ頼む。ひとつを齧りながら引き返し、もうひとつをさっき通り過ぎた影に差し出す。僕の母くらいの歳の老婆だ。眼が赤く爛れている。彼女は無言で包みを受け取ると、それで両手の指を暖める。

僕は交差点で立ち止まり、アスファルトに落ちる自分の影を見下ろす。歩き始めたときよりも影は伸び、角度も変わっている。入院中の病室の壁に映っていた影のことを思い出す。その影を操っていた天体の動きのことを。天体を動かすものは引力であり重力である。それを生み出す粒子でありそれを伝える波動である。分子であり電子であり陽子であり、素粒子である。クォーク、ニュートリノ、ヒッグス君。凍てつく寒さをものともせず、彼らが元気で飛び回っている姿に目を凝らす。そういえば我が放射能だって、原子核の崩壊がもたらすというではないか。眼の前のすべてがばらばらになってゆく。道路も、その上の影も、向かいの建物も。通り過ぎる影も蹲る影も犬もそれを見ている自分自身も、なにもかもが微細な粒子と化して、ぶんぶんぶんぶん飛んでいる。

まずもろともにかがやく宇宙の微塵《みじん》となりて

（宮沢賢治「農民芸術概論綱要」より）

「久しぶりね。元気にしてた？」

注文を取りに来た娘が言って、へえ、覚えていてくれたのかと僕は驚く。

「うん、元気だよ。君は？」反射的にそう答えてから、「いや、実はちょっと手術したりしてね、だからここへもご無沙汰だった」と言い直す。

僕はカフェ「Knospe（蕾）」にいる。カフェといってもちゃんとした厨房があり、料理はそこらへんのレストランよりもずっとうまい。カウンターのほかに小さなテーブルが十ばかり。春から秋にかけては店の外の狭い舗道にもっとちっちゃなテーブルと椅子が並んで、客は大体そっちを選ぶので店のなかはがらんとしている。

今はさすがにみんな店のなかで、席は大半埋まっている。にも拘わらず娘はまったく急ぐ気配も見せないで、テーブルに手をついて、僕の顔を覗きこむ。

「まあ、そうだったの」

「うん。ガンが見つかったんだよ。前立腺。Prostate、分かる?」

気がつけば僕もべらべら喋っている。そういう自分に驚きながらも、そうすることがとても自然に感じられて心地よい。このまま洗いざらいどんなことでも話せてしまいそうな気がしてくる。

「知ってる。で、いつ手術したの?」

あえて前立腺という言葉を知っているかどうか訊いたのは、彼女がドイツ人ではなくて、モンテネグロの出身であることを覚えていたからだ。話しているうちに名前も思い出してきた。ディアナだ。英語読みだとダイアナだけど、ここではディアナと呼ばれていた。

「九月に手術して、十月には田舎でリハビリやって、先月ようやく社会復帰したところ」

「大変だったのねえ。でも今はもういいわけ? 前と同じに見えるけど」

FAQ、よく(Frequently)ある(Asked)質問(Question)。いつもだったら反射的に「お陰さまで、もうすっかり回復しました」と答えるところだが、

「表面的にはぜんぜん元気だよ」と僕は答える。「でもまだ体のなかにガン細胞が残っているんだ。だから毎朝放射能を浴びてる。三十五回、七週間続ける予定で、いま半分ちょっと終わったところ」

喋りながら臍の下を叩いてみせると、ディアナは眉を顰《ひそ》めて、

「うわ、大変。でも用心するに越したことはないよ。ドイツの医療技術は世界一だしね」などと言ってから、

「で、何にする?」「白ビール」「オーケー」

カウンターの方へ歩み去る。

その後姿をしげしげと僕は見送る。背は僕よりも少し高いだけだけど、小股はずっと上の方まで切れ上がっている。ただ長いだけじゃなくて、引き締まった筋肉を纏っているのがジーンズの上から分かる。何よりも惹かれるのはその背中だ。しっかりと肩幅があって、しなやかさと強靭さを兼ね備えている。夏の間は大きく背中が開いたシャツを着ていたから、その肌が浅黒いことを僕は知っている。陸上競技、それも槍投げか走り高跳びの選手だったんじゃないか。棒を持たせたら似合いそうな気がするのだ。バルカン半島特有の、目鼻の造作が大きく、ウルトラマンかツタンカーメンを思わせる派手な顔立ちである。

するとなぜかシルビアのことを思い出す。あっちが地底の女王ならば、ディアナは地上の女神だ。こんな真冬の凍えきった地表の上でも、夏の残照を放ち続けている。僕は彼女があの病院の地下一階の、放射線科病棟へ降りてゆくところを想像する。ディアナの肌は褐色の熱を発して、あの冷たい緑の光とぶつかるだろう。彼女の瞳に宿された南の陽射しは、鉛の扉を突き抜けて、その向こうの暗がりを照らし出すだろう。シルビアは怒り狂うだろうか。あの個室から猛然と駆け出してきて、ディアナと向き合うだろうか。僕はその真ん中に立ち竦む。僕こそがふたりの対決の場そのものなのだ。我が身可愛さでびくびくしながらも、僕はうっとりふたりの女神に見惚れてしまう。そのどちらにも等しく惹かれながら、ふたつに引き裂かれてしまう……。

ディアナが白ビールを運んでくる。ギリシャ悲劇のコロスのように、胸の前に銀の皿を捧げ持って。温まった身体にとろりと冷えた液体が染み渡る。ディアナは小卓の前を通り過ぎるたびにこちらを窺い、確かめるように笑顔を浮かべる。僕は彼女の目に映っている自分の姿を想像してみる。ガンを患っている初老の男。今はまだ元気そうだがいつ悪くなるかも知れないヒト。それがいまの自分の、端的にして正確な姿なのだと頭では分かっているのだが、実感が伴わない。自分が他人事に思われる。地に足がつかない不安と、野放図で向こう見ずな気分を混ぜ合わせながら、僕はビールを飲み干す、生ぬるいそれが運命そのものであるかのように。

「ここは明日もやってるの？」

勘定を取りに来たディアナに僕は訊く。

「やってるわよ。夜は大晦日《シルベスター》のパーティ。バンドも入るのよ」

彼女は僕の隣に腰を下ろす。客の数はもう減っていた。

「よかったらおいでよ」

「君も来るの」

「もちろん」

僕は彼女といっしょにカウントダウンを数え、花火の鳴り響く外に出て、グラス片手に誰彼構わず抱き合って新年を祝う自分を想像してみる。

「おいでよ。きっと楽しいわよ」生真面目な口調でディアナが繰り返した。

去年《こぞ》今年纏わる糸の如きもの
終ワリノ始マリ楽シカラズヤ

（高浜虚子の句から一部引用あり）

元旦。暮れにセールで買ったフライパンをおろしてオムレツを焼く。まっさらなテフロン加工になにひとつこびりつかないのが、新年の朝にふさわしい。

ゆっくりと朝風呂にでも入りたいところだがそうはいかない。臍の下と両の膝に赤いマジックやらセロハンテープやらでつけてある印が取れてしまうから、お風呂やプール、サウナの類は禁止されているのである。シャワーを浴びる。

さっぱりとして新春の「講書始の儀」に臨む。今年招いた学者はふたり、数学者・理論物理学者のロジャー・ペンローズ氏と麻酔医のスチュアート・ハメロフ博士。彼らは僕の前にかしこまって正座して、'Orch OR' について語り出す。Orchestrated Objective Reduction、「統合された客観収縮理論」である。

「人間の意識というものは姿かたちも見えなければ、重さもない。手で触れるのはおろかどんなに精緻な計測器を用いても捉えることのできぬものです」とまずペンローズ氏が切り出した。「つまりニュートンの古典力学の世界には属さない存在です。けれども意識はたしかに存在します。そこで私はこう考えました。古典力学が捉えられないということは、意識が量子力学の領域に属しているからではないか。つまり意識とは、原子や分子の組み合わせによって発生するのではなく、原子核のなかの素粒子の運動――そこでは存在は粒であると同時に波のうねりであり、誰かに見られていない限り複数の存在の可能性を持ち得るという『重ね合わせ』の性質を帯びているわけですが――に宿っているのではないだろうか」

ハメロフ博士が引き取って、「私は麻酔医の立場から、麻酔が人間の身体的運動を維持させたまま意識だけを消し去るメカニズムについて研究を重ねてきました。その結果、細胞のなかにある微小管の存在に注目しました。特に脳のニューロンの樹状突起にある微小管は、その向きがばらばらで、これはほかの細胞には見られない特徴です。麻酔を施したとき、麻酔薬の分子は、この樹状突起の微小管にある、チューブリンという蛋白質の隙間に嵌りこんでいることを突き止めました。まさにそこにこそ、意識の源泉があると考えられるのです」

「脳内細胞の微小管とは、極小にして無数の『生体量子コンピューター』であると言えます」とペンローズ。「私たちはそこに記憶や外部からの刺激といった情報が、量子力学的に『重なり合って』保管されていると考えます。その重なり合いの密度がある一定の閾値を超えたとき、ミクロの時空が自己収縮を起こし、情報が統合されます。その時『意識』が発生するのです」

「この理論によれば、万物に意識の蕾は宿っています。あらゆる物体は絶えず波動関数の自己収縮を起こしているからです。このボールペンにも、花にも、あの窓の外の雲にもです。私たちがカナダと呼ぶ国にだって意識の芽はあるでしょう。宇宙空間そのものが原始的な意識で満たされています。人間のような生物には微小管があるため、薄い意識を統合して濃くして、意味を得ることができるのです」

「もっともそのような濃い意識――これを顕著意識と称しますが――が発生するのは非常に短い瞬間だけ、せいぜい四十分の一秒ほどです。逆に言うと私達の意識は連続したものではなく、一秒間に四十回ほど点いたり消えたりしているのです」

「つまり40Hzの周波数ということですね。複数の微小管が微妙に違う振動数で相互干渉した結果、統合的なビート周波数を作り出すとすれば、ちょうど40Hzくらいになるのですよ」

「素粒子のさらに奥の世界には、我々が認識しているような意味での空間や時間は存在しません。一にしてすべてであり、初めも終わりもない世界。意識とはまさにそのような存在なのです」

そのあたりからこっちの意識が薄れてゆく。朝食の満腹感とシャワーを浴びたさっぱり感に包まれて、胸に雑誌を載せたまま、ソファの上でうとうとし始める。顕著意識の統合がほどけて、初春の陽光を満たす原始意識へと溶けだしてゆく。

その甘美な陶酔に抗いながら、老いたる皇帝は最後の問いを発する。

「では、朕が死んだ後、朕の細胞の微小管に蓄積された記憶はどこへ行くのか?」

ペンローズ氏とハメロフ博士は互いに顔を見合わせ、ふたり並んで膝を進めると、干からびた耳に口を寄せて囁き始める……。

皇后倭姫大后が、病に伏せる天皇の長久を願いて詠める

天の原振りさけ見れば大君の御寿は長く天足らしたり

(『万葉集』巻二・一四七)

翌二日から平常どおり照射が始まる。僕は摂取と排出を調節して、膀胱を半分だけ満たしながら車の窓の氷を掻き落とし、白一色の街路に向かう。無人の検問所めいた遮断機のバーをあげて地底へと入ってゆく。ヘッドライトが低い天井のコンクリートを照らし出す。床はなぜかいつも濡れている。車から降りてその黒々たる模様を仔細に眺める。ポケットからカメラを出して撮影する。大小ふたつのタオルを胸に抱き、その柔らかな感触に縋りつくようにして建物のなかに入

る。そこにはいつも誰もいない。駐車料の支払い機がふたつ並んでいるだけ。そのそれぞれに時刻が表示されているのだが、二つの時刻は微妙に異なる。重い扉を押し開けて階段のなかへ入る。そこでも誰とも会ったことがない。踊り場に白いゴム手袋が落ちている。そのゴムの触感がやけに生々しい。シルビアのものだろうか？　僕はいったん通り過ぎてから引き返し、それも写真に撮る。階段を一階分だけ上がって扉を開ける。がらんとしたエレベーターホール。半透明のビニールシートに覆われたベッド。年が明けても変わっていない。

左に向かって廊下を歩く。ガラスの自動扉がゆっくりと開く。横にスライドするのではなく、こちらに向かって左右に開くタイプ。その扉を潜るたびにダンテ『神曲』地獄篇の冒頭、巡礼者ダンテが「地獄の門」を通り抜けるシーンが頭に浮かぶ。

われすぎて愁の市へ
　われすぎてとわの痛みへ
　われすぎてほろびし民へ人はゆく

義に駆り立てられた造物主が
　至高の英知と原初の愛を以て
　聖なる遍在から私を作った

私の前に立つことができるのは

永遠だけだ、私は永久に滅びない
私を通る者よ、全ての望みを棄ててゆけ

（冒頭三行は上田敏の訳による）


またしても「永遠」だ。クリスマスの教会で何度も繰り返されたEwigkeitが耳許に蘇る。永遠、永久、聖なる遍在……。お髭を生やした鍾馗様。

「宇宙空間そのものが原始的な意識で満たされています」

「一にして全であり、初めも終わりもない世界です」

昏睡する皇帝の枕元に額ずく両賢者。

待合室に入ってゆく。壁に虹のネオンが光っている。極地をバイクが走ってゆく。僕はそれも写真に撮る。ヒジャブの女が、車椅子の上で目だけを光らせている。傍らに付き添っている男が僕に向かって頷きかける。雇われた通訳のようだ。ほかにはドイツ人の患者がふたり。あの薄汚れたコートを着た、髪の毛の薄い中年男はもういない。

かすかなノイズが、どこからともなく鳴りはじめる。ほんの一瞬、天井の蛍光灯がゆらぐ。部屋の片隅に設置されたカメラを見上げながら、誰もが自分の名前の呼ばれるのを待っている。

細長い部屋に入る。鉄の寝台に横たわる。女たちがふたりがかりで僕の体の位置を定める。尻の下に敷いたタオルの端を両側から摑んで、ミリ単位の引っ張り合い。使い古した三角木馬を膝の裏。しっとりとした木の触感。そこに触れてきた無数の人肌を僕は思う。

臍の下にセロハンテープを貼られる。女の一人が赤いマジックで線を引きなおす。くすぐったくて身を捩じらせると押しつけられる。僕は死体の振りをする。力を抜いて、と女が命ずる。僕は弛緩する。

光の十字架が虚空に掛けられ、垂直の輪が臍の下に向かって降りて行く。巨大な目玉が目を開く。それが回転するにつれて、緑色のさざ波が天井に広がってゆく。と不意に回転が止み、重苦しい沈黙が訪れる。僕は死んだ振りをしながら、女のひとりがやってきて、おしっこの量が足りないだとか、ガスが溜まりすぎているとか文句を言うのを待ち受ける。と、目玉は動き始める。あっさり気を変えたかのように。からかってみただけだよ、と言わんばかりに。

頭上に緑の光がゆらゆらたなびいている。いつかノルウェイで見たオーロラのようだ。それからまたダンテを思う。いったん地獄に堕ちて、煉獄を抜けたあと、ついに天国篇で聖なる山の頂きへ登りつめたとき、彼が天の彼方に見たのもこんな光だったのだろうか。その光のただ中にはベアトリーチェが手を差し伸べて待っていてくれたはず。

ディアナの面影がそこに重なる。あの逞しい背中の、浅黒い肌が、放射線飛び交う暗がりの中に現れて、そっと僕を振り返る。太古の仮面のような顔立ちに儚《はかな》い笑みを浮かべて。髪の毛を緑の光に洗われながら。ディアナの肌の暗い炎と、緑の光が混ざりあい、絡まりあって鬩ぎあう。その時僕は気づく。緑の光はシルビアなのだと。闇の宙で、シルビアとディアナが縺れている。愛しあっているのか、闘っているのか、互いに互いを重ねている。

腰の奥に熱い湯を垂らされたような感覚が走る。僕はおしっこを漏らしたのかと思って、こっそり指の先だけを動かしてみるが、肌も寝台も乾いている。ほっとする。でも次の瞬間もっと慌てる。なんと僕は勃っているではないか。シェーデル・クリニックであの老人が自慢していた

「自律的勃起」という奴だ。頭を動かさず目玉だけを下に向けて視認しようとする。鼻の頭と胸元が視界を遮るうえに、メガネをはずしているのでぼやけている。辛うじて先っぽだけは見える。暗闇のなかに垂直に聳える塔が緑の光を浴びている。シルビアの吐息に凍りつきながら、浅黒いディアナの肌に灼かれている。

　鉛の扉の向こうに身をひそめたふたりの女に、それが見えたかどうか。計器の数値から勃起という現象が読み取れるものなのか。目玉が回転を止め、緑の海が凪ぎ、鉛のドアが開いて女がやってくるころには、おちんちんは僕同様に弛緩した死体と化している。女はぶすっとしたまま軽口ひとつ叩かない。

　細長い部屋で衣服を纏い、エレベーターホールを抜けて、非常階段を垂直に下降する。僕はまだ考えている、降りてゆくということの意味を。Untergang というドイツ語が頭に浮かぶ。Unter は下、Gang は行く、下へ行くという行為の名詞形だ。この言葉を最初に知ったのはニーチェを読んだとき。『ツァラトゥストラはかく語りき』で、ニーチェは Untergang を Übergang（上へ行く）や Übermensch（超人）という言葉と対比して使っている。

　そのために私は降りてゆかねばならない。ちょうどあなたが、夕暮れに、海の背後へ沈んでゆき、下方の世界になお光をもたらすときに、そうするように。あなた、豊かさに溢れた天体よ！

　あなたと同じように私は行なわねばならない、私が降りてゆこうとしている下方の人間たちが没落と呼ぶものを。

（細見和之編著『ニーチェをドイツ語で読む』より・傍線筆者）

ここであなたと呼ばれているのは「太陽」であり、喋っているのはツァラトゥストラ、「下方の人間」（Untermensch）に対しての「超人」だ。ニーチェは、ツァラトゥストラが「降りてゆく」ことによって、超人としての高みに登ってゆくという。ちょうど太陽が日々没落と上昇を繰り返しながら燦然《さんぜん》と輝くように。

僕は『神曲』における回転を思い出す。地獄篇で地球の真ん中まで降りていった巡礼者ダンテは、かつて天から墜ちてきてそこに突き刺さったままになっているサタンの脛の毛を伝ってさらに垂直な下降を続けるうちに、いつの間にか百八十度上下がくるりとひっくり返り、気がつけば上へ昇り出しているのだった。地上へ、煉獄の山のふもとへ、そして天上へといたる解脱の旅の始まり……。

踊り場にはまだシルビアの白い手袋。それを跨ぎ越して駐車券を機械に差しこむ。五十セントなり。今日はすべて時間通りにいったから安くあがった。車に乗りこんで、なだらかな煉獄の坂を上る。朝の光がフロントグラスいっぱいに流れこんでくる。目が眩み、手探りでゲートにカードを差しこむ。遮断機が上がる。車は地上へ走り出てゆく。

ある空間のある一点を、ずっと爪先で擦り続けていたら、ある時ぺろんと認識の皮が剥けて、そこから別の世界へ出てゆくこともできるだろうよ。

年明けも休暇をとっているので手にてなす、なにごともなし。そのまま車を走らせて街中に停め、あてどもなくぶらぶらする。「蕾」で遅めの昼食。朝の放射線同様、それも日課となる。ディアナはいたりいなかったり、シフトは変則的で読み取れないが、幸運にもお目にかかれたならば、注文をとるときと、最後に勘定を払うとき、それぞれ短い言葉を交わす。

僕のキンドルを覗きこんで、何を読んでいるのかと訊いてくる。

『『皇帝の新しい心』」と僕は答える。

「なに、それ。小説？」とディアナが訊く。

「いや、科学の入門書だね。人間の意識の成り立ちを量子力学の観点から論じた本だよ」

「へー」彼女は答える。本人にはそのつもりがないのだろうが、目の造作が大きいので、まるで目を見開いて驚いているように見える。「あたし、昔、肉体という檻に閉じこめられた精神の悲劇について詩を書いたことがあったわ」

「へー」今度は僕が驚く番だった。「君は詩を書くのか。ぜひ読ませてもらいたいね」

「今ないけど、前に使ってた携帯に入ってるから、今度持って来てあげる」

僕は彼女との話の種ができたことを喜んではいるけれど、詩そのものに興味はない。彼女と話したいのはもっと別の事だ。天井に揺れる緑の光とか、階段の踊り場に落ちている白い手袋とか。半透明のビニールシートに覆われてエレベーターホールに置きっぱなしにされている空っぽのベッドのことだとか。

いや、本当は話したいことなんてなにもないのだ。僕は彼女の腕の浅黒い肌を見下ろす。それを覆う金色の産毛を見つめる。その向こうのぬくもりに視線を浸す。

「ねえ」僕は話題を変える。「モンテネグロの話をしておくれよ。君の故郷の山は、その名の通りに黒いのかい？」

暗きより暗き道にぞ入りぬべき遥かに照らせ山の端の月

（和泉式部『拾遺和歌集』巻二十・一三四二）

一月は去ぬ。日脚は一日ごとに伸びてゆくのに、日々はどんどん過ぎ去ってゆく。とりわけ二週目に入って仕事に戻ると、朝から晩まで息つく暇もない。そういうなかで、早朝の三十分が特別な時間になってゆく。それはどこか礼拝に似ている。イスラムの男たちはこんなふうに一日を始めるのだろうか。以前訪れたモスクでは、男たちは靴を脱いできちんと靴箱に並べ、靴下もとって銭湯の洗い場に似た場所で丹念に足を洗い、口を濯ぎ、鼻の穴にまで水を通し、最後に髪の毛を濡らしてからお祈りに臨んでたっけ。

僕も朝ごとに服を脱ぎ、緑の光で身を清める。罪深い欲望とガン細胞に汚れた股間を業火にくべる。熱くも痛くもないのが物足りないが、そういう点も祈りに通じる。はたしてその祈りが聞き届けられ、願いが叶うかどうか知る術とてないことも。

そう言えば九月半ばに手術をして以来、一度も風邪をひいていない。巷ではインフルエンザが流行っているのに。これも放射能のおかげだろうか。毒をもって毒を制す。聖なる光を浴びたせいで、かえって細胞が活性化したりするんだろうか。分子のレベルで組みかえられて、これからどんな病にも罹らず、老化もせず、千年万年生き延びる不老不死のアトミック・ボーイ。それでもガン細胞だけは、しぶとく生き残るのか。宇宙船のハッチにしがみつくエイリアンみたいに。

ついに最後の日がやって来る。一月二十日。三十五回目のUntergang。なだらかな坂を下って地下にもぐり、非常階段をのぼってエレベーターホールへ至り、邪宗門の自動ドアをくぐってシルビアの洞窟へ入ってゆく。監視カメラに見張られ、電流を乱すかすかなノイズに耳を欹《そばだ》てて我が名の呼ばれるのを待つ。鉄のベッドに身を横たえ、膝の裏に他人の肌で磨り減った三角木馬をあてがって、垂直の輪に呑まれてゆく。回転する目玉、光の十字架。天井を洗う緑のさざ波。きっかり半分だけ満たされた膀胱のなかで、沸き立つ尿。真夜中の灯台のようにそそり立つ塔。

三十五回繰り返しても、僕にはまだ分からない。自分が何をしているのか。ここはどこで、このあとどこへ行こうとしているのか。上下さかさまの半回転は、もう起こったのかまだなのか、それとも遂に自分には訪れることがないのだろうか。

これが最後の照射だと分かっているのに、侍女たちは最後まで無愛想で、別れの挨拶もない。彼らは一刻も早く小箱を開けて、次の患者を引っ張り出すことに忙しい。でも僕はなんとなく未練を感じて、小箱の前で立ち止まり、計器を見渡し、画面に映し出された白黒の自画像を眺める。石室の奥を覗きこむ。さっきまで自分が横たわっていた鉄のベッドが、ピラミッドの中心のごとく空っぽであることに目を瞠る。もう二度とここへ来ることはないのだ。この治療がうまく行ったならその必要はないし、もしもうまく行かなかったら、そのときは別の手立てに頼るほかないだろう。聖なる業火は役に立たなかったってことだ。ああ、と僕は心のなかで呻く。カメラ、持ってくればよかった！

自分の股座《またぐら》に
自分の頭を突っ込みさえすれば
上と下がひっくり返って
一発逆転！

老いたる龍が、ほら
精子さながら天へ昇るよ

「おめでとう」満面の笑みを浮かべてシルビアが手を差し出す。

「ありがとう。お陰様で無事最後まで辿りつきました」

「あなたの様子はずっと見守ってきましたよ。報告を見る限り、放射線治療はすべて順調にいったようです」と彼女は言う。「自分ではどんな感じですか？」

「三週間前と同じです。特に変わったことはありません」と僕は答える。照射のさなかの自律的勃起については言及しない。

「本当によかった」彼女は笑顔の上に笑顔を重ねる。「もしこのまま何事もなければ、あなたとお会いするのはこれが最後になります。一年後に経過を見ることになりますが、それは手紙で質問状に答えていただく形になるでしょう」

「最後だなんて、残念ですね」という言葉をぐっと堪えて、

「なるほど。で、もしも何事かあった場合はどうなんでしょう。いや、そもそもどういうケース

が想定されるのでしょうか」

「このあと、泌尿器科のベーレンド先生のところで血液検査をして、ＰＳＡの値を計ってくださ い。順調に行けば計測できないレベルまで下がってゆくはずです」

「数値がゼロになるということですね。大体どれくらいでそうなるのですか」

「それはまったく分かりません」とシルビアは言う。「すぐにストンと落ちることもあれば、何年もかけてゆっくり下がっていくこともあります」

「逆に再び上がり始めることもあると……」

「ええ」我が意を得たりと彼女は頷く。「ガン細胞というのは本当に予測不可能なものなんです。何年もじっと息をひそめているかと思えば、ある日突然凶暴になって暴れ出すことも」決して笑みを絶やさずに、恐ろしいことを言う。

「で、その場合はどうするんです。もういちど放射能を浴びせるわけですか?」

「いいえ、同じところにもう一度放射能を浴びせはしません。あなたの場合だと、ＰＥＴ（陽電子放出断層撮影）という方法で転移の有無を確かめることになるでしょう。位置が確定できたら、その状態に応じた最適の治療方法を考えます」

「転移するとしたら、どういう場所が考えられるのですか？　脳とか肺などへの転移もありうるのでしょうか？」

「脳？」シルビアは素っ頓狂な声をだした。それから甲高い声で笑い始めた。まるで最高に気の利いたジョークを聞いたかのように。「脳なんてことはありませんよ。肺だってありません。あるとしたら前立腺の周囲のリンパ腺でしょう」

シルビアの善と美に溢れた笑顔の背後から、ぬっと邪悪なものが姿を現しそうな気がして、ひそかに僕は怯える。

「あなたのことはずっと見守ってきました」彼女は再びその科白を繰り返す。「去年の夏、あなたが生体検査を受けたときからです。Dr. Beer や Dr. Sondermeier、そして Dr. Andrea とも電話で繋いで会議を開きました。総合的な見地から検討を加えた上で最善と思われる治療方針を打ち立てたのです。その体制はこれからも変わることがありません」

「そうだったのですか」

Dr. Sondermeier って誰だったっけ。そうだ、僕の前立腺に十本の銛を撃ちこんだあの鉄の医師だ。彼らが揃って円卓を囲み、「僕」という症例について話し合っている場面を思い浮かべる。もう誰も笑っていない。みんな真剣そのものだ。でもその真剣さの裏側には、職業的な冷淡さも透けて見える。規則的に巡りつづける天体の向こうの、宇宙の真空のようなよそよそしさ。結局のところ、彼らは彼らを超えるシステムの指示に従い、与えられた任務を果たしているに過ぎない。

「じゃあ、ズボンを下ろしてください」その場でぴょんと跳んでみせるような仕草でシルビアが言う。素人役者が余興の舞台で「いけない、うっかり忘れるところだったわ」と棒読みしているような口調である。いつの間にか白いゴム手袋を嵌めている。あの階段の踊り場に落ちていたものを取り戻したのだ。「皮膚に異常がないかどうか、確かめておきましょう」

言われるままに前をはだけ、回れ右して上半身を前に倒す。頭を垂れて尻を掲げる。シルビアがそこへ鼻先を突き出す気配。頭を膝の間に捻じこんで、ぱっちりと目を開き、その顔を見上げてやりたい。逆さまから見上げたら、彼女の本性が見えるだろうか。永遠の光へと僕を導くベアトリーチェなのか、永遠の闇に僕を繋ぎとめる冥界の主なのか、その正体が暴かれるだろうか。

「はい、なにも問題はありません」

シルビアはすかさずそう言い放つと姿勢を戻し、後ずさる。あたかもこっちの考えていることを読み取ったかのように。

僕は踝からパンツとズボンを引きずりあげる。ベルトを嵌める。バックルの金具の音が、窓のない密室に響きわたる。僕は頭を上げる。彼女と目を合わせる。不意に、僕らはとても近い。尻の穴まで覗きこまれたことも、ふたりの間の隔てにならない。むしろ最後の距離を取っ払ってくれたかのようだ。彼女が超音波を使って僕の膀胱やら大腸の位置を観測したことも、血液の組成を詳細に分析したことも、緑の炎を操って空洞の縁を炙ったことも、すべては僕を今この場所へ導くためだったのではないか。僕の意識を、僕という肉体から解き放って、素裸で彼女の前に立たせるための秘儀だったのではあるまいか。

今なら僕は正直になれる。見栄も下心もかなぐり捨てて、ありのままでいられる。僕は口を開く。彼女に伝えるべき大切なことがあるはずだ。でも、ありがとうというほかになにも言葉が出てこない。

「あなたのPSA値が、このまま下がり続けますように、すっかり消えてしまいますように。そしてあなたが、もう二度とわたしの前に姿を現さなくなることを、心からお祈りします。Viel Glück!」

シルビアはそう言うと、顔の前に右手を掲げ、ぴんと立てた人差し指と中指を絡めてみせた。

終章　春雨コーダ

最初に宣告があった。自覚はなかった。次に除去があった。そのあと束の間の回復を経て、照射があった。冷たい炎の燃焼があった。それから静寂がやってきた。核の時代の、個人的な大洪水の後の凪。極私的ヒロシマの焼け野原。その瓦礫のなかに私はいた。茫然と、空を仰いで立っていた。

とにもかくにも生き延びた、最悪の事態は免れた。どころか経過はすこぶる良かった。臍の下の傷跡と、その奥に穿たれた空洞以外には、これといった損傷はなかった。ところ構わずおしっこを垂れ流すこともなかったし、大声で号令をかけてやれば、ちんちんはボーと目を覚まし、健気に立ち上がりさえしてみせた。最新の医学の成果、スケベじじいどもの週末の伴侶、シアリス5㎎錠の杖にすがって。

だがそれは最終的な解決ではなかった。自由を奪われているわけではないものの、解放からはほど遠かった。私はひたすら待つ人だった。三ヵ月ごとに甘いマスクの泌尿器医、アンドレア・

ベーレンドの元に出頭して血を抜かれ、PSAの判決を下される、保護観察下の身であった。

かごめかごめ籠のなかの鳥に核の小雪の降りかかる

アンドレアは揉み手をせんばかりに私を出迎えると、柔らかな指を下腹に這わせ、冷たいジェルを塗りたくって超音波で空洞を探索し、尻の穴まで覗きこんでから、何もかも順調です、膀胱はちゃんと空になっていますし、腎臓の調子もいいようですね、手術も放射線治療もうまくいって本当に良かった、他の患者たちも皆あなたのようであったなら、などと甘い言葉を囁くのだった。その甘さの、たとえ全部ではなくとも半分くらいは、私の健康保険が公的なものではなく、より高額な償還をもたらすプライベート保険であるという事実に負っているのは間違いなかった。

それでいて保護観察の条件となると、彼に妥協の余地はなかった。三ヵ月ごとの血液検査を向こう十年続けるべし、とアンドレアは言い張った。それでなんともなければ、その後は一年に一回でもよいでしょう。十年後と言えば、私はもう七十に近いじゃないか。三ヵ月が一年になろうと、たとえ三年ごとになろうとも、本質的には何も変わらんではないか。結局のところ、首につけられた鎖が外されることは未来永劫ないのであった。更生する見込みがないと判断された性犯罪常習者のごとく、足首にGPSを巻きつけたまま一生を過ごすのだ。

結末を待つうちが花ここでスポンサーからのお知らせです

待つという行為が生きることと同義であるのは、囚人の運命である。人は誰であれ、いつも何かを待ちながら生きている。ブッセの曰く、山のあなたの空遠く、「幸《さいはひ》」住むと人のいふ。ボードレールの曰く、この人生は一の病院であり、そこでは各々の病人が、絶えず寝台を代えたいと願っている。ある者はせめて暖炉の前へ行きたいと思い、ある者は窓の傍へ行けば病気が治ると信じている。私には、今私が居ない場所に於て、私が常に幸福であるように思われる。萩原朔太郎の曰く、ふらんすに行きたしと思えども、ふらんすはあまりに遠し……。

だとすれば人は誰もが囚人だということになる。顧みるに、私もいつも何かを待ちながら生きてきた。時にそれは昼寝をしている私を残して外へ出かけた母の帰宅であり、時に新しい玩具であった。長じるにつれて母や玩具は詩へと姿を変えた。私は詩に憧れ、いつの日か自分の言葉の指先がそれに触れることを夢見た。だが私は詩だけに満足することもできなかった。私は現世的な歓びを追い求めた。それはひとりの娘の姿を纏って私の前に現れた。この世から立ち去る母とちょうど入れ替わるようにして。私は娘に腕を伸ばした。娘はひらりと身を翻した。私は必死で後を追った。縋りつき、抱き寄せた。私は娘とひとつになった、と思った。娘を通して、私は現実のなかに入ってゆき、人々の間で暮らし始めた。娘を孕ませ、人の親となった。それは錯覚や幻ではなかったはずだ。

なのに私は詩を忘れることもできなかった。家族といる時も、私はしょっちゅう上の空だった。心は今ここを飛び去って、言葉だけで造られた迷宮のなかをさまよった。そういう私を妻は薄情であり無関心であると詰った。返す言葉はなかった。現実への誠実と詩への情熱を両立させることは容易じゃなかった。詩は常に現実の向こうにあって、私を引き寄せて止まなかった。私はともすれば現実を素通りした。それでいてついぞ詩には追いつけなかった。指一本触れることも叶わなかった。詩を待ち続けているうちに、私は青春を失った。中年を通り過ぎて、今や初老へと達していた。詩の代わりに得たものは、臍の下の空洞ひとつだけだった。

すでに色濃く、地球の影がわたしに射していた。あかるい日中《ひなか》であるにも拘らず、家人はしばしば、狭い庭先でわたしの姿を見うしなった。

（新川和江「日常の神」より）

人生の半ばで暗い森に迷いこんだダンテは、詩の大先輩ウェルギリウスの霊に導かれて地獄へ下り、地底の奥深く逆さまに突き刺さったまま身動き取れずにいる悪魔に出会う。その悪魔の胸毛に縋って、更に下へと垂直に這い下りてゆくうちに、いつしか下が上へと百八十度ひっくり返る。地球の中心を通過したのである。悪魔の脛毛を摑んで登攀《とうはん》を続け、地獄へ入ったのとは正反対の地表に這い出すと、そこが煉獄、地獄と天国の中間のモラトリアムな場所なのだった。

シルビアの君臨するボーゲンハウゼン病院地下一階の放射線科へ行くために、地下二階にある駐車場への下降と、非常階段の垂直な上昇を三十五回繰り返した挙句、ようやくさまよい出た地表には、薄汚れた雪がまだらに散らばり、剝がれかかった冬のセールのポスターが冷たい雨に打たれていた。それが私の煉獄だった。

新しい踵のついた古い靴を履き、内ポケットの綻びを繕った上着を着て、私は煉獄を歩き始めた。取っ手を縫い付け直した革の鞄は、出番のないままクローゼットに鎮座していた。

ビール先生のメスからもシェーデルの男たちとの連帯からも、シルビアの操る魔法の炎からも解放されて、私は手持ち無沙汰だった。清々と退屈だった。映画もあらかた観尽したので、代わりに街角の光景を鑑賞した。誰とも関わらず、永遠の通りすがりとなって傍観すること。自分は見られずただ一方的に覗き見ること。それは私の数少ない才能のひとつだった。私は姿をかき消し、視線だけになる術を心得ていた。

見るたびに放たれる
意識の矢　なにもかも
見尽くしたあとの心の真空

その奥処からこっちを見ているのは
だれ?

私はカールス広場に立っていた。去年の夏の盛りに、いったん別れたM＊＊とばったり出会ったあの場所だった。照りつける陽にぎらぎら輝いていた石畳には、今や氷が敷き詰められていた。冬の間はスケートリンクが設置されるのだ。

氷の上をくるくる廻る人の流れに、私はカメラのレンズを向ける。もとより競技用ではなく、街中のアトラクション、ほとんどが子供かアベックで、すいすい滑っているものよりも、派手にすっ転んだり、こわごわ壁に縋りついたり、ここぞとばかり可愛いあの娘を抱きかかえたりしている者の方が多い。それでもそこに輪っかがあれば、縁に沿って廻りだすのが人の常。その回転にレンズを向けてシャッターを切れば、人がブレる。動いている人間の輪郭だけがブレて、背後の氷やリンクはくっきり残る。もっとシャッター速度を落としたら、のっぺらぼうの影法師。時の雨の雫に滲んだ水彩画。もっとゆっくりしたなら綺麗さっぱり消えてしまう。目の前には相変わらずきゃあきゃあと、賑やかな人の群れが流れているのに、デジカメの画素のなかは祭りの後の静けさだ。世界の終わりの翌朝だ。ひとっこひとり誰もいない。二秒くらいシャッターを開いていればそうなる。そういえばペンローズ先生は、人間の意識とは約1／40秒の断続的なコマの連なりだと言ってたっけ。

リンゴが　ひとつ
ここに　ある
ほかには
なんにも　ない

ああ　ここで
あることと
ないことが
まぶしいように

ぴったりだ

（まど・みちお「リンゴ」より）

M＊＊からは今も時折メールが届いた。私はせっせと返事を返した。ふだんはずぼらな私は、こと書くことになると俄然まめまめしくなるのだった。いや言葉と女に関しては、というべきか。私たちは言葉の上だけで逢瀬を交わし、戯れあった。それでいて私はガンを患ったことも、前立腺を取り去ったことも、ついでに射精という行為自体を失ったことも、一切告げていないのだった。

あたかもそれは意識だけがそれぞれの肉体から抜け出して、目に見え手で触ることのできる世界とは別の次元で、非物質的な結合と分裂を繰り返しているかのようだった。言葉は肉体を離れ、文字や声という物質性からも解き放たれて、サイバー世界のエネルギーそのものと化し、あるいは波動あるいは粒子、ネットの網目をくぐり抜け、雲《クラウド》の褥《しとね》の上で「重ね合わせ」を享楽していた。地上に残された生身の私たちは、もはや互いの顔立ちとて朧《おぼろ》であるのに。

君待つとわが恋ひをればシナプスの
　すだれ動かし秋の風吹く

（『万葉集』額田王の和歌から一部引用あり）

四月にご帰国の折には、またお会いできることを楽しみにしています、とM＊＊は書いて寄越した。四月には新しい詩集が出るので、それに合わせて帰国するつもりだと私が書いたからである。実際いくつかの出版記念イベントも計画中だった。

けれどもそういうやり取りは、むなしい譫言《うわごと》にしか聞こえなかった。それだけではなく、詩集の出版も日本への帰国も、四月以降に予定されているすべての事柄が、現実味に欠けた夢物語のようだった。三月の半ばには、アンドレアのところで血液検査をすることになっている。期待通りPSA値が下がっていればそれでよし、でも逆に跳ね上がっていたら……？

またぞろ検査を受けて、新たな治療が始まるのだろうか。今度は薬剤の投与だろうか、柿ピー、海苔ピー、ケモセラピー。ついに下の毛だけじゃなく、頭までつるっ禿げになるのだろうか。春の霞の毛糸の帽子。予定はすべてドタキャンか、それとも無理が通れば道理が引っ込む、破れかぶれのやり放題？

考え始めると頭のなかはぼうっと曇り、入院していた時病室のドアの裏側に垣間見た運命の粒々が、ふたたび渦を巻き始める。すると目の前のスケートリンクを巡りゆく人々までが、その渦に加わって、粥のようにドロドロの、まだ見ぬ春を掻きまわすのだった。

二月になった。二月は最も狂乱な月。欧州各地で謝肉祭が開かれる。イタリアではヴェニス、ドイツでは黒い森のフライブルクなどが名高いが、ミュンヘンもこれに負けじと人々は思い思いの仮装を施し、朝から広場に繰り出して、踊り、飲み、あたり一面紙吹雪。石畳にグラスやボトルが砕けて散って、ガラスの破片をキラキラさせる。男も女も放埒になり、所かまわず路チューを交わす。ゲイの美女が寒さもものかは、網タイツ越しに美尻を晒す。

にも拘らず退廃的な官能というよりも、どこか滑稽な物悲しさが漂ってしまうのは、ひとえにドイツ人の生真面目な性格によるものだろう。乱痴気騒ぎに興ずるにしても彼らは根っから四角四面、実に真剣な面持ちで取り組む。そこには衝動性や突発性が極めて希薄で、むしろそれが古くからの伝統であり、共同体の掟であるからこそ参加する、そして参加する以上は徹底的に成し遂げなければドイツ民族の沽券に関わる、というような息苦しい悲壮感がある。

今年の謝肉祭はどんよりと垂れこめた曇天で、夕方には雨に変わった。大粒の冷たい雨だった。人々は傘もささずに騒ぎ続けた。ピエロや水兵さんや娼婦やスーパーマリオやゾンビらが濡れそぼち、厚化粧が滲んで地べたの水溜りへ流れても、持ち場を離れず踊り続けた。スピーカーの音楽が雨音に掻き消され、歌声は水底の泡、意味が失せても口だけはまだぱくぱくしていた。

私は小人だった。当日露店で買った仮装セットは、鼻の下と口元をすっぽり覆って胸元まで届く付け髭で、カバーの写真にはオサマ・ビン・ラーディンそっくりの若い男が写っていた。明らかにそれはテロリストへの変身を唆かすものであったが、私がそれを顔につけると、白雪姫のお話に出てくる小人そっくりになった。髭は安っぽい化繊の、妖しい光沢を帯びた灰色で、歩くたびにしゃらしゃらと音を立てた。それはたまたま着ていた灰色の毛糸の帽子と、黒っぽい防寒服にぴったりハマり、鏡に映ったそいつの姿は、我ながらはっとするほどリアルで、チェチェンあたりの辺境から何日もバスを乗り継いで、今まさにミュンヘンに降り立った風情であった。

ミュンヘンっ子はそんな小人を喜んだ。髭の先に手を伸ばし、肩を叩いて頭を撫でた。一緒に写真を撮りたがる者もいた。メイキャップもせず、これといった衣装もつけず、千円程度の付け髭を輪ゴムで括りつけただけなのに、それほど受けるとは意外であった。私はもみくちゃにされながら狂乱の広場をさまよい歩いた。息が髭の裏側にこもって頬の肌を濡らし、眼鏡のレンズを曇らせた。自分が群衆から、彼らのいるこの世界から、ガラス一枚で隔てられているかに思えた。私はただ見ていた。ケバい目元を。真っ赤に歪む唇を。牛の縫いぐるみの下で揺れる巨乳と地べたを引きずる純白のドレスの裾を。濡れたビニールシート。その上をびっしりと覆う水滴。その一つ一つに宿る夕空の光。どれだけ見続けてもそれらは断片的な細部のままで、全体像を結ぶことはついになかった。

〈世界〉とは閉店後のおもちゃ屋であり
〈私〉とはショーウインドウの上の息の曇りである

生は彼方に、常に彼方に！

カフェ「蕾（Knospe）」は仮装した常連客たちでいっぱいだった。窓ガラス越しに見る彼らは、雨の日の満員電車、汚れた水槽のなかで酸欠気味に漂っている熱帯魚。そんなところへ入ってゆくのは気が引けたが、思わずドアの取っ手に手をかけたのは、曇りガラスの片隅にぴったりと押し付けられた完璧なお尻のせいだった。盆を手に歩き去ってゆくその後ろ姿を何度うっとり見送ったことか、まごうかたなきディアナであった。

蕾のなかへ入ってゆくと、顔は見かけたものの口を利いたこともなかった客たちが、旧知のごとく肩を叩き手を握り、ついでに濡れた灰色の髭を撫でた。店内の熱気にオーバーを脱ぎ、帽子とマフラーと手袋を毟り取っても、髭だけはつけたままにしておくのが、この場の儀礼にかなっているようだった。カウンターの端に陣取って白ビールを頼んだが、飲むたびにペロンと髭を捲らなければならないのが、面倒でもあり酔狂だ。ビールを飲み終わった頃、ようやくディアナが人混みかき分けやってきた。こっちの顔を見るなり喉をのけぞらせて笑い出す。逞しい両腕を私の首の後ろに投げ出して、灰色の髭に頬ずりをする。これでますます髭は取れなくなっちまった。

　ディアナの前ではなんでも包み隠さず話すことができた。というよりも、洗いざらいぶちまけたい、なにもかも曝け出してしまいたいという、荒々しい衝動に駆られるのだった。M＊＊に対して病気や治療のことをなにひとつ打ち明けないことの、まるっきり正反対だった。

「朝台所でコーヒー淹れたりしているときにね、ふっとエッチな気持ちというか、妄想が頭を横切ることがあるんだけど」髭の奥から私は語っていた。「その瞬間おしっこが漏れそうになるわけ。いや、実際には漏らさないし、おしっこかどうかも分からないんだけど、おちんちんの付け根の奥の、ちょうど前立腺があったあたりを、さっとなにかが走るんだよね」

　ディアナはウルトラマンか京劇の看板女優か、巨きな目を吊り上げたまま、じっとこっちを見ている。呆れかえっているのか、興味津々なのか分からない。構わず私は言葉を重ねる。

「妄想があって、それに刺激されて下半身が反応するというんじゃないんだ。そのふたつは全く同時に起こるんだよ。分かるかな、今エッチなことを考えているなと意識する前にもう下半身が反応しているわけ。かすかな神経のわななきに過ぎないんだけどね。脳と下半身が完全に同期している感じ。手術の前にはそんなことはなかったのにさ。一体どういうメカニズムなのか、見当もつかないんだよ」

喧騒のなかでディアナの唇が動く。その様子がなんとも艶かしい。どういう妄想なの、と訊かれたのかと思うと、腰の奥にわななきが走る。だが、え？　と聞き返してぐっと寄せた耳元に、熱い吐息とともに吐きかけられるのは、

「次の検査はいつなの」という質問。

「三月後半」

そう答えた瞬間、意識は未来へジャンプする。ボーゲンハウゼン病院と黒々とした山並みが同時に浮かび上がる。ボーゲンハウゼンの地底には、シルビアが魔法の杖を手に立っている。溢れるような笑みをたたえて、床すれすれの空中に浮かんでいる。

黒々とした山の裾野には一台のオープンカーだ。埃だらけのゴルフ・カブリオレ。ハンドルを握っているのは我が小人、銀色の髭を颯爽と風に靡かせて。助手席にはディアナがいる。スカーフで髪を覆い、サングラスをかけた一昔前の装いで。土煙を立てながら、カブリオレは遠ざかってゆく。コーカサスの地平の向こうへ。

もしも検査の結果が悪かったなら、M＊＊と新しい詩集の待つ日本でも、シルビアの待つ地底でもなく、その中間の旧ソビエト領へ行ってみたいな。そこだけはまだ、運命の粒々に満たされていないから。すかすかの白地図のままだから。その空白へ身を委ねてしまいたい。その日暮らしでさすらってゆけたら、どんなにいいだろう。ひたすら遠くへ、東の方へ、けれど決して日本という的には届くことのないゼノンの矢と化して。持ち金が尽きるか、ガンが満ちるか、そのどっちかまで。

ディアナは復活祭の休みには帰省すると言っていた。旅費を持つと言ったら、旅の道連れにし

てくれるだろうか。褐色の肌のベアトリーチェとなって、導いてくれないものか。いや、モンテネグロまでだけでいいから。そこから先は一人でバスに乗るから。

「ねえ」灰色の髭を掻き分けて私は訊く。「春のモンテネグロには、まだ雪が残っているの？」

心のかき捨てた恥が
　顔中の毛穴から噴き出してるよ、
　　月夜の狼男さん

いつまで経ってもヘア・ワックスがなくならない。もう何年使い続けているのか思い出せない。毎朝少しずつ人差し指の先に掬って、確かに減ってはいるのだが、まだ底は見えない。昨日の残量と今日の残量の区別がつかない。もしかしたら永遠に無くなることはないのかも。なんの役にも立たない、ささやかな奇跡。日常的現実の細部に忍びこんだ、無意味な聖性。

おお、紙袋よ！
二つの大戦をへて
なお大根の重みに耐えうる
デパートの紙袋よ！
我なき後の永遠を孕み給え……

顔を洗う。合わせた両の手のひらに、水を掬う。その水の底に黒子が見える。左の小指の第一関節、ピンの先で突いたほどの小さな点だ。昨日までそんなものはなかったのに、いつの間に出来たのだろう。小さい、けれども深い黒だ。鉱石のような光沢を帯びている。あるいは黒子ではないかも知れない。孔？　空洞？　広大無辺な虚無への微小な入口？　針を刺してみる。針の先は手応えもなく呑みこまれる。私は朝ごとに目を凝らす、小指の先の虚無が陣地を拡大しつつあるのかどうか見極めようと。

石鹼の乾いた泡の弥生かな

三月はさわぐ。人の心も星の大気も。そわそわざわざわ。二月の雪の落人が町中を逃げ回り、歩道にばらまかれた滑り止めの砂利粒の隙間に呑みこまれてゆく。埃が舞い上がる。ビニール袋が昇天を試みて、途中の枝に引っかかる。枝々の先っぽは、はち切れんばかりに硬くなっている。明け方の少年のおちんちん。高速道路の螺旋に沿って蔓草がうねうねと這い回り、空間を押し広げようとのたうちまわる。ガードレールには新しい落書きが上書きされ、道端に菓子袋の落葉がたまる。そこへ西風の神ゼピュロスが思いきり頰を膨らませて息吹きかけると、沈殿していたものが浮かび上がる。埃も犬の糞も記憶の泥濘《でいねい》も、浮き足立って宙に舞う。地上が即空と化す。夢見がちに開かれた少女の眼玉の表面を、現在の爪先が引っ掻いてゆく。

春風とは言えまだ冷たい。吹きつけられると身が竦む。空気が湿っている分、寒さが肌に纏いつく。私はフィンランドの三月を思い出す。マイナス三十度の寒さのなかで、人々は黙然と突っ立って、一時間に一本の夜のバスを待っていた。フィンランドのバスは、路上から運転手にパスを見せて合図しないと止まってくれないので、バス停のベンチに座っているわけにはいかないのだ。暗がりのなかで微動だにせぬ人々は、たっぷりとラードを摂って蓄えた皮下脂肪と幾重にも着こんだ衣服でずんぐりと丸みを帯びて、ムーミンの氷像のようだった。

そういう寒さが、ふっと緩む最初の一瞬。凍りついた空気の分子のひとつが、長い冬の呪縛を解かれて、つっと横へ滑り出す。ムーミンたちは無言で顔を見合わせる。耳をぴんとそばだてて、NASAのパラボラアンテナのごとく一斉に同じ方に向ける。ヴィーナスの裸身を纏う薄物をめくり上げたゼピュロスのエロい息吹が、エーゲ海からアルプスの山を越え、ミュンヘンの街を駆け抜け、ドナウの川面を滑走し、バルト三国の尖塔の爪に引っ掻かれ、息絶え絶えとなりながらも、波動の果ての最後の粒子となってムーミン谷に辿り着いたのだ。

茜さす雪の層から犬の尿

風が吹けば心も揺れる。Reisetlust（旅心）というドイツ語を初めて目にしたのは、トオマス・マンの『ヴェニスに死す』だった。意外に知られていないが、ヴィスコンティの映画にもなったこの作品の冒頭はミュンヘンなのである。初老の作家グスタアフ・アッシェンバッハは、市の中心部プリンツレゲンテン街に住んでいる。執筆に疲れた彼は散歩に出かける。イギリス公園を抜けてアウマイスタアの店まで歩いてゆくのだが、この店は今も営業を続けているビヤガルテンである。この間の距離は十キロ近く、歩いたら三時間ほどかかるのではないか。アッシェンバッハ氏はよほど散歩に夢中だったらしい。
さすがに疲れた彼は路面電車に乗って町まで戻ろうと、北部墓地の前の停留所で待っている。この墓地も現存するが、路面電車の方は地下鉄にとってかわられている。ともあれアッシェンバッハ氏は、この停留所に立って墓地を眺めているとき、夕日を浴びる異様な風体の男を目撃し、その男に睨み返されたと感じた瞬間、ある感覚の虜になったのだ。

それは一種のそわそわした不安であり、遠きを求める、若々しく渇した欲望であり、非常にはつらつとした、非常に新しい——とは言えないまでも、非常に遠い昔に捨てられ忘られてしまった感情だったので、かれは両手を背に、視線を落したなり、この感じの本体と目標をぎんみしようとして、しばられたように立ちどまってしまった。
それは旅行欲だった。それだけのものだった。

（実吉捷郎訳　岩波文庫版）

この後彼は発作的にヴェニスへ出発し、そこで美少年に一目惚れして街中を付け回したりした挙句熱病にかかって死んでしまうのだが、その旅の始まりがこのミュンヘンの、しかも墓地であるとは興味深い。彼を旅へと誘ったものは死の予兆だったのだ。赤毛に残照を浴びて、異様に平べったい鼻の、そばかすだらけの生白い顔だちを、威嚇するように歪めて歯を剝き出してみせたのは、黄泉の使者。さてはわがＰＳＡの化身？　ではそれを遣わしたのは、麗しき地底の女王シルビア・シェフラー放射線医であったか。

かくして私もReiselustに吹かれて、春立てる霞の空に、白河の関越えんと、そぞろ神のものにつきて心を狂はせ、道祖神の招きにあひて取るもの手につかず、股引の破れをつづり、笠の緒付けかへて、三里に放射線を灸すうるより、さてどこへ赴くものか。

……などと芭蕉さながら思案しているところへ、西の方から便りが届いた。フランスのリオンでダンスの公演に参加することになった、と娘が言って来たのである。

娘はアメリカの大学に行ったものの、そこからパリに留学してダンスを専攻していた。リオンでの演目はストラヴィンスキー「春の祭典」。四月にはドイツのケルンでも同じ公演をする予定だから、観に来るのならその時ママと一緒にくればいいじゃん、と書き添えられていた。至極もっともな話であった。三月は妻が介護帰国でほとんどこっちにいなかったし、ケルンの方がずっと近い。去年の夏の終わり、手術の直前にパリを訪れたように、来月夫婦一緒に出かける方が理に適っている。

だが「春の祭典」だ。どんな音楽だったか思い出せないが、この旅の行先にはぴったりだ。おまけにリオンにはまだ行ったことがない。たしか遠藤周作が留学していたところじゃないか。パリで森三千代と食い詰めた金子光晴が、恥も外聞も投げ捨てて金策に訪れた町でもあったはず。ミュンヘンからは列車で六、七時間、近すぎず遠すぎず、いかにもほどよい距離である。

祭典を二日後に控えた金曜日、私は夜明前に起きだすと、旅行鞄にわずかな着替えと歯ブラシだけを放りこんで、中央駅へ向かった。鞄は年末に取っ手を縫いつけ直して貰ったボストンバッグ。その取っ手を握りしめ、寝静まった街を歩くと、ずしりとした重みが手に沁み胸に沁み、ああ自分はこの鞄を使うためにこそ、Reiselustを掻き立てていたのだなあと悟るのだった。

散文がとぼとぼと歩きだすとき
詩はかなたで舞い踊る

春の祭に人を誘うものは
死者の呼び声

わが旅路を照らす
臍下三寸の提灯の緑の燭光《しょっこう》

ミュンヘン中央駅で、取り敢えずストラスブールまでの切符を買う。ICE（都市間特急）をシュトゥットガルトで乗り換えて、昼頃には着く予定。そこでゆっくりフランス料理のランチでもとって、その日はストラスブールで一泊するもよし、夕方の便で一気にリオンまで行くもよし。足の向くまま気の向くままに、その場で決めることにしよう。

革の鞄を網棚に載せて、コンパートメントの窓際に座る。三人掛けの椅子が向かい合わせになった個室だが、早朝の列車は空いていて、どれにも一人二人しか客はいない。私の席のある個室には、若い女が座っていた。学生だろうか、分厚い本を開いている。

私は本の代わりに窓の外の景色を眺める。ストラスブールまでは、去年の夏妻とパリへ行ったときと同じ路線だ。あの朝バラ色に染まっていた丘陵は、今朝白い霜に覆われている。あのときあった前立腺はもはや存在しない。けれども私はまだここにいる。紙コップのコーヒーを啜り、甘い菓子パンを齧りながら、同じ場所を辿り直している。

電車が速度を落とす。おや、もうシュトゥットガルトか。案外早いものだなと思いながら立ち上がり、網棚から鞄を下ろす。教科書から目をあげる娘と会釈を交わして個室を出る。列車がホームに滑りこみ、扉が開く。

乗り換えのホームを探す。ところがそれが見つからない。電光掲示板に乗るべき列車の表示もない。やれやれ、遅れているのか。取り敢えず正面入口へ行ってみよう。ヨーロッパの駅には改札というものが存在しない。人も列車も勝手に入って来て勝手に出てゆく。

入口のホールには案内所があって、制服を着たお姉さんが座っている。もしもし、お嬢さん、ちょっとお尋ねしたいのだが、私の乗るべき列車が見当たらないのですよ、切符と一緒に旅程表を差し出す。その物言いが、いかにも異国から来た初老の男のように響いて私は内心びっくりするが、考えてみればまさにそれが現在の自分なのだった。

案内嬢は旅程表に目を落とすと、胡散臭げに私を見上げて、

「あなたの乗り換えるべき駅はシュトゥットガルトです。ここはウルムですよ」

一瞬、意識の土台がぐらりと揺らぐ。クオリアの泉が泡立つ。

「あー！」思わず声が出る。「間違えて一駅前で降りてしまったのですね。道理で次の電車がないはずだ」

彼女は儀礼的な笑みを浮かべるが、すぐに真顔に戻って、

「ストラスブールまで行かれるのでしたら、次の列車は一時間ほど後になります。ただしマンハ

イムまで行ってそこで乗り換えです」

「ストラスブールには何時頃着くのでしょうか？」

「二時半です」

私は安堵の息を吐く。その程度の遅れなら大したことはない。寄り道も旅の一興、のんびりと行こうじゃないか。

代わりの切符を受け取る。タダだと聞けば、なんだか得した気にもなる。次の列車が来るまでの小一時間、あたりを散歩することにしよう。ウルムといえばのっぽの塔が有名である。斎藤茂吉もミュンヘン留学中に訪れていたはず。

塔を見上げ、ちゃっかり大聖堂のなかも見物して、無事マンハイム行きの列車に乗りこむ。だがそこから全てが狂い始める。途中の駅でなぜか長い間停車して、マンハイムに着いたときにはストラスブール行きの列車はもう出た後の祭。他の乗客たちもオロオロしている。ホームで車掌を捕まえて代わりの行き方を訊くと、急行に乗ってバーデン＝バーデンまで行くがいい、そこから先は在来線でなんとかなるだろう、との答え。全面的にダイヤが乱れているらしい。で、その急行はいつどこから？　と訊けば、時計と時刻表を睨めっこしながら、今だ、という。8番線ホーム、急げ！　黒い鞄を抱えて走り出す。

バーデンとは入浴のこと、バーデン＝バーデンはその名の通り温泉地として有名で、湯治に訪れる人も多い。発車ギリギリで列車に駆けこんだ私は汗びっしょり、一風呂浴びたいところだが、今日中にはストラスブールへ行かねばならない。言われた通り各駅停車に乗り換える。ここからアッペンヴァイアーという町まで行って、そこでまた乗り換えるらしいのだが、確かめようにも車掌はいない。周りは学校帰りの中高生たちばかり。もはや代わりの切符も旅程もあらばこそ。

電車はごとごと走っては止まり、止まってはまた走り出す。地図によればライン川のほとりを南下しているようで、川の向こうはフランス領だ。紆余曲折あったものの、着実に近づいてはいるのである。

アッペンヴァイアーの駅で降りる。ちっぽけな田舎の駅である。周りには駐車場のほかなんにもない。時計を見れば二時すぎで、空腹なのだが食堂はおろか売店ひとつ見当たらない。一緒に降りた数名の乗客たちは、歩き去ったり、迎えにきた家族の車に乗り込んだりと、たちまち姿を消して駅には私一人が取り残される。時刻表とにらめっこするに、ストラスブール行きの電車が来るのは一時間ほど後である。ホームは数百メートル離れたところにある殺風景な代物で、林のなかに座礁したコンクリートの船の甲板。一個だけあるベンチに腰を下ろす。日差しはますます強まって、まるで夏。セーターも脱ぎ捨ててTシャツ一枚になる。線路を見下ろす。ホームの前には二本走っているが、これはすれ違うためのもので、実際には単線なんじゃないか。いかにもそんな駅である。ガランとした駐車場を隔てた小道を、男が一人ピザの箱を捧げ持って歩いてゆく。ピザ屋があるのか、腹が鳴る。だが見渡せどそれらしきものはない。男に訊こうにも距離が離れすぎている。

僕は此の世の果てにゐた。陽は温暖に降り洒《そそ》ぎ、風は花々揺つてゐた。

（中原中也「ゆきてかへらぬ――京都――」より）

中也の見上げる京都の空には銀色に、蜘蛛の巣が光っているのだが、私の見上げるアッペンヴァイアーの空からも、蜘蛛の糸のごとく細い光が、春風に嬲《なぶ》られ揺られ捩れ合いながら降り注ぎ、わずかな角度の変化によって見えたり消えたり、地面に触れる寸前には申し合わせたかのように消えるのだった。それが特殊な現象なのか、この時期この地方ではよくある光景なのか、それとも私の視覚に異常が生じているのか、見ていて飽きることがない。きらきら輝く川の面を透かして、小魚が泳いでいるのを見るかのよう。物質的な身体を持たない、粒子と波動のエネルギーだけで出来ている生き物か。そいつらがそこいらじゅうに犇めき合って、のたうちまわっている。宇宙からの生命体、春風のエイリアン、肉体はなくとも意識はあるのだろう。私たちの微小管のなかに宿っているのと同じ意識のクオリアが、赤の赤たる赤さに貫かれ打ち震えているだろう。だがもしもそうならば、意識というものの宿命として、こいつらもまた絶対的な孤独を抱えているに違いない。押し合いへし合い捩れ合ったりしながらも、隣は何をする人ぞ、自分の見ているこの赤が、他の奴の赤と同じなのか違うのか、ついぞ確かめることはないままに、ただもうらあらあ歌っているのだろう。

ようやく列車がやってきた。たった三両編成の、路面電車に毛の生えたような代物だ。なかには自動小銃を抱えたフランス兵が四、五名、そのものものしさがなんとも不釣り合いである。乗客の数はけっこう多く、席は大半埋まっている。みんなつまんなそうな表情で、まっすぐ前を向いている。兵士らは車両の一番後ろに固まって、むっつり黙りこくっている。

小さな駅に止まる。ぱらぱら人が乗り降りする。大きな川が見えてくる。川というより河だな。それを立派な鉄橋で渡ってゆく。ようやくそこで思い至る、これがライン川なのだ。すなわち独仏国境。なるほど兵士らのいる訳が分かった。テロリストがフランス国内に入ってくるのを防いでいるつもりなのだ。

鉄橋を渡りきった途端、看板や標識の言葉が変わる。ボンジュール、ストラスブール。電車が構内に入ってゆく。一九世紀の面影を残した立派な駅舎だ。ホームに降り立つ。通路を抜けて広場に出る。がらんとしていて、薄汚い。いつの間にか空には雲が。アッペンヴァイアーの陽気は夢幻と消え去って、湿った風が吹きつける。私はコートの前をかき合わせると、黒い鞄を握りしめ、上体を前に傾げて歩き出す。

最初に目についた安宿に入り、荷物を置いただけですぐ外へ出る。時刻は四時を過ぎている。アルザス名物の薄焼きピザ、フラムクーヘンの店に駆けこんで、まずは腹ごしらえだ。とろとろに溶けた白いチーズを冷たいビールで流しこむ。頭の芯がぼうっとする。

腹がくちくなったらまた歩きだす。とりあえずは大聖堂、なにはともあれ大聖堂。以前一度来たことがある。あの頃は妻の父親もまだ生きていて、娘は乳母車に乗ってたっけ。壮麗にして崇高なロマネスク様式のファサードには、石の女たちがずらりと並び、何世紀もの煤に黒ずみ雨風に削られながらも、その表情や体つきの生々しかったこと。あるものはツンと気取って天を向き、あるものは誘いかけるように下を見下ろし、耳を澄ませば清らかな歌声や、好色そうなくすくす笑いが聴こえてきそうであった。

あれから幾星霜、大聖堂の前にも自動小銃の兵士が立っている。ただしこちらは一人ぼっちでぽつねんと、いかにも頼りなさそうだ。その周りを鉄のパイプが囲んでいる。背後に聳え立つ大聖堂のファサードには、懐かしい石女《うまずめ》たち。兵士が彼女らを守るというより、彼女らが孤独な兵士を守ってやっているかのようだ。兵士の傍に近づいて、人畜無害な観光客であることを無言で訴えながら、女たちを足元から見上げれば、脳のなかの好色が擽《くすぐ》られ、臍の下がわななく。そんな気配は微塵も見せず、教会の内陣へ入ってゆく。

うすぐらきドオムの中に静まれる旅人われに附きし蠅ひとつ

（斎藤茂吉「遠遊」より）

いくつもの運河を渡る。夕暮れの公園で小学生が遊んでいる。黒人の子供も白人の子供も同じフランス語を発しながら、ボールを追いかけたり、隠れんぼをしたり、何やらひそひそ相談したり。ムシューがフランスパンを小脇に歩いてゆく。マダムは店の奥から目を光らせる。マドモワゼルは寒そうに肩を竦めて煙草を吹かす。中世からあるという大きな病院が現れる。城壁に囲まれている。娑婆と墓場の中間に位置する町。あ、だったらこれも煉獄じゃないか。その中を抜けてゆく。シルビアの地底でしばしば顔を合わせ、一度だけ言葉を交わした薄汚れたコートの男を思い出す。髪の毛がいつも濡れたように額に貼り付いていたっけ。今頃どこでどうしているのだろう。まさか死んではいるまいが。案外、この辺を歩き回っているかもしれないな。何食わぬ顔をして、私みたいに。

病院の裏口にあるこぢんまりしたレストランに入る。店のマダムと中年の給仕と若い娘が立ち働いている。他に客はいない。おっと開店前だったのか。フランスの夜は長い。腹は減っていないのでワインとチーズだけ欲しいというと、嫌な顔もせずにまだクロスのかかっていないテーブルに座らせて、あとは放っておいてくれる。実に居心地がいい。

ここから先に進むのが億劫だ。物事に帰結があるのが鬱陶しい。明けても暮れても明日が来るのはうんざりする。このままリオンまで足を伸ばすのだろうか、娘の踊る春を見に。それともミュンヘンへ引き返すのか、甘いマスクのアンドレアに血を抜かれるために。給仕の娘は新米なのか動作がいちいち危なっかしい。私はディアナのお尻を思い出す、あのしなやかな身のこなしを。私はここで何をしているのだろう。こんな時、光晴なら女を買いにゆくのだろうか。周作は跪いて祈るだろうか。厨房から香ばしい匂いが流れて来る。それに追い立てられるように金を払って外へ出る。空はとっぷり暮れている。たったいっぱい飲んだだけなのに、やけに回って千鳥足。ホテルへ向かう物陰に、明滅する煙草の灯。おずおずと呼びかける声。

女僅かに背中開ければ刺青は下方の昏きまで続くなり

（三宅勇介『亀霊』より）

翌朝、目を覚ますと雨が降っていた。その雨に、リオンまで行く気持ちも洗い流されたかのようだった。かと言ってこの旅を打ち切ってしまうのも忍びない。さてどうするか。なあにまだ時間はあるさ。午後駅に行ったその時の気分次第だ。シャワーを浴び、カフェオレとクロワッサンの朝食をとってから、荷物をフロントに預けて傘を開く。

土砂降りの雨だった。そのなかをまた大聖堂まで。昨日と同じ場所に同じ格好で兵士は立っている。同じ兵士ではあるまいが、区別はつかない。雨に濡れそぼったその姿は、昨日よりも若干縮んで見える。

大聖堂の隣には美術館。あたりの地層から掘り出した古代の遺跡や、大聖堂のお蔵に仕舞われていた中世の宗教画など。ここにも岳父と二人で来た覚えがある。あの時妻とその母親、そして二人の子供は街でお買い物などしてたんだっけ。

迷路のような階段を上ったり降りたりしているうちに、石像の並んでいる部屋に着いた。宗教的な題材ではなく、市井の人々の上半身だけを彫った、極めて写実的な石像である。当時は肖像写真の代わりにしていたのだろう。とりわけ初老の男が片肘をついて、手のひらに顎を載せて物思いに耽っている姿が生々しい。人指し指の先が唇の端に食いこみ、中指が頬の皮膚を押し上げて、とても石だとは思えない。本物の人間が一瞬にして石になったかのような、あるいは石が、今まさに生命を得て動き出す刹那のような。

岳父と二人その前に佇んで、飽きずに眺めていたのを思い出す。

「この石像を作った職工は、何を求めていたんでしょうね?」私は傍の彼に話しかける。「儚い一瞬を永遠に刻みこむことでしょうか?」

「『時よ止まれ、君は美しい』って?」彼はゲーテを引用してみせる。

私は石像を見つめたまま語り続ける。

「石に人肌のあたたかさや柔らかさを与えようとする試みには、どこか皮肉な残酷さが漂いますね。冒瀆的というか」

「死から無理やり生へ連れ戻されるフランケンシュタイン?」

再び問いの形で彼は答える。

「……『フランケンシュタイン』を書いているシェリー夫人の瞳の輝き？」

彼は首をひねって私を振り返る。私はその視線を頬に感じたまま前を向いている。目と目を合わせた途端、彼が死者の国へ戻って行ってしまうことを知っているから。

「ねえ、君は」揶揄《からか》いを含んだ声で彼は言う。「君はどういう気持ちで詩を書いているの？一瞬を永遠に刻みこもうとして？それとも永遠を一瞬のうちに封じこめようとして？」

私はクリスマスの朝に訪れた教会でのミサを思い出す。彼の娘と一緒に音楽を聴きに行ったあのミサのなかで、会衆たちは何度も「永遠」と繰り返していた。あたかも誰かに呼びかけるように。

石と言葉。石と意識。一体の石像と一篇の詩。その対比について考える。とうに地上から姿を消した彼と、生きてまだここにいる生身の私……。

「あなたはまだ生きている、僕の意識のクオリアのなかで。だからこうして話もできる。でも僕が死んだとき、あなたはどこへ行くのだろう？」

彼は黙して答えない。その沈黙がふっと消える。私は振り向いて、そこにいない彼を見つめる。凹凸のある窓のガラスに雨空の光が滲んでいる。

朝影にわが身はなりぬ玉かぎる
　ほのかに見えて去《い》にし子ゆゑに

（柿本人麻呂『万葉集』巻十一・二三九四）

再び迷宮のなかを歩き始める。アリアドネの糸の代わりに、こちらには出口を示す矢印がついている。それを辿って受付に帰り着き、傘立てから自分の傘を探し出す。

雨脚は弱まっている。運河のほとりを歩く。水面には無数の波紋。ところどころ褐色のあぶく。知っている限りの死者を数えてゆく。母、寝屋川《ねやがわ》の祖父と祖母、串木野《くしきの》の曾祖母と祖父母、安本くんのお父さん、桝本先生、高校の時に自殺したY、父の二度目の妻、何人もの詩人たち。安楽死させた犬のシロ、動かないと思って指で突いたらお腹からうようよ虫が湧き出してきたクワガタ、猫に目を抉られて生きたまま土に埋めたヒヨコ。実家の仏壇の過去帳の最初の方に記されている謎の名前、ケサグリ……。

死者たちをぞろぞろ引き連れて川のほとりを歩く。橋を渡る。橋の上にも柵が置かれ自動小銃を捧げ持った兵士が立っている。そのすぐ横で日曜の市も立っている。売り子の口上がお経のように響いて、人々が群がっている。手に手に金を差し出して、大安売りの菓子やストッキングを摑み取る。

気がつくとまた病院の裏に来ている。昨日入ったレストランの入口に灯が点っている。時計を見ればちょうど昼時。歩き通しだったので腹は空いてる。早めに昼食をとっていったんホテルへ戻り、荷物を出して駅へ向かうか。死者たちはもういない。病院の壁のなかに留まって、黄泉へ帰って行ったのだろう。自分ひとりレストランに入ってゆくのが、後ろめたくもありがたい。

土地の名物だというイノシシ肉のシチューを食す。

またもほろ酔い。でも今日はしっかり食べながら飲んだせいか、足元はふらつかない。早足で橋を渡り、水車小屋の横を抜け、雨上がりの路地を歩く。川岸で結婚式の記念写真。トルコ系のカップルか、新婦の豊満なからだを純白ドレスが包んでいる。付き添いの娘たちは頭にスカーフを巻いている。ドレスの裾を泥に塗れないよう捧げ持つのが大変だ。カメラを向けると新婦はニッと笑ってVサイン。私は親指を立ててシャッターを切る。

ホテルへ戻って荷物を引き出し、黒革の鞄を手に駅に向かって歩き出したところで、こぢんまりした教会があるのに気づいた。

ふらりと入ってみる。大聖堂とは対照的に、ひっそりと落ち着いた、修道院めいた佇まいだ。ところがなかはざわざわしている。祭壇に若い男女が五、六人いて、小声で囁き交わしながら行ったり来たり。かと思えば手前に座っていた娘が、座席にハンドバッグを残したまま彼らの方へ駆け寄ったり。大判のパンフレットのようなものを手にしている。ほかには私のような観光客が一人ふたりいるばかりだ。

何をしているのだろう。興味を駆られ、酔い覚ましも兼ねてベンチに腰を下ろすと、中年の男が脇から出て来て、若者たちの前に立った。そしていきなり、なんの合図も遣り取りもないままに、それは始まった。

合唱だった。あまり賛美歌めいてはいない、素朴な、中世のバロック音楽のようだった。教会コンサートのリハーサルらしい。よくあることだ。でも私は不意を打たれた。うろたえ気味に、若者たちの歌声に耳を傾けた。彼らの口が、めいめいに、けれども見事に息を揃えて、開いたり閉じたりするのを見つめた。

メロディはゆったりと寛いで、歌唱は巧みだった。音楽は耳を洗い心を清めた。けれどもそういう次元とは別に、私は驚いていた。いや、慄いていた。一体コレハ何ナノダ？　ココデ何ガ起コッテイルノダ？

彼らは歌っているのだった。一人ひとりが、あるいは指揮者の指先を見つめ、あるいは手元の譜面を追って。それぞれの意識のなかの音楽という幻を、喉を震わせ舌と唇を操って虚空に現出させているのであった。脳の中の、神経細胞の先端の、微小管の内部の素粒子を自己収縮させて、自分だけのクオリアを外界に照射しているのだった。歌うというのは、そういうことであるに違いない。

だがもしもそうであるならば、このハーモニーはなんであろう。もしも私たちの意識が絶対的な孤独のうちに囚われていて、私の赤が他人の赤と同じかどうか比べる術もないのなら、この調和はどこからやってくるのだろう。なぜこんなにもやすやすと彼らは響き合えるのだろう。

私はすごく幼稚なことを思っているに違いなかった。頭上の空を見上げながら、クオリアの孤独について考察していた小学生の自分が聞いたら、きっと鼻白んで赤面するに違いなかった。それでもこの「発見」は私をひどく動揺させた。不意の啓示に打たれたかのようだった。

中年の男はこちらに背を向けたまま指揮を取っている。若者たちはその指先を追っている。それに合わせて声を出している。ただそれだけのこと、どこにでもある合唱風景……。けれども私は、そのさらに背後から指揮者を操っている存在を思わずにいられなかった。個々のクオリアを貫く、すべての意識の根源にあるもの。あらゆる微小管のなかの自己収縮を束の間完璧に同期させるもの。存在を時空の束縛から解き放つ力。「永遠に我らを捧げます」、ミュンヘンの教会で会衆たちが唱和していた、あの Ewigkeit の鍾馗様。

脈絡もなく、回転する目玉が思い出された。シルビアの司る地底の洞窟で、三十五回にわたって私の下半身の周りを回転しながら、臍の下の空っぽを覗きこんでいたあのギョロ目。その滑らかな曲線に跳ね返り、暗い天井に揺れていたエメラルドグリーンのさざ波。あれもまた宇宙の始まりから、あるいはこの世の終わりから、気の遠くなるような時空を超えて、けれど一瞬にしてやって来た永遠の余波ではなかったか。生きとし生けるものは、皆その波に揺られているのではあるまいか。

私たちが詩を書いたり、画を描いたり、話を交わしたり無言で抱きあったりするのは、畢竟その波の根源が同じものであることを、確かめあっているに過ぎないのではないか。いまはそれぞれ微塵に舞い散る飛沫だけれど、元はひとつの大波、そのうねりそのものだったのだと。互いの赤を直接覗きこむことができないからこそ、言葉を尽くし、もどかしげに身振り手振りで。

歌声が止む前に私は立ち上がった。私は自分が感傷的になったり、詩的な、つまりは独りよがりな興奮に巻きこまれることを恐れた。醒めていなければならない、と自分を戒めた。ワインの赤ら顔に仏頂面を繕って、平然を装った。私は出口の近くに並べられている手作りのジャムを手に取った。教会の信徒が寄付金を集めるために持ち寄ったものらしかった。瓶には三ユーロ五十セントの値札があった。さほど欲しくもなかったが、財布から五ユーロ札を取り出すと、箱の口に畳んで押しこみ、ジャムを黒い鞄に入れた。鞄はちょうどその瓶の分だけ重みを増した。その間もずっと歌声は私の背後に響いていた。永遠、永遠、永遠と波打っていた。その波のなかから、一匹の魚が飛び出して来て、緑の光に煌めきながら翻るのを、私はどんよりとした目つきで眺めた。その魚の名が舌の先から溢れそうになるのを、ぐっと飲み下した。緑の光に染まったまま、魚は腹の底でぴちぴちと跳ね回った。たとえこの先どんな帰結が控えていようと、この歌声を忘れることはないだろうと私は思った。

このままリオンへ行くのか、ミュンヘンに戻るのか、なお決めかねたまま扉を押し開けて私は駅へ向かった。

初出
奥の細道・前立腺　「群像」二〇一八年二月号
尿道カテーテルをつけたまま詩が書けるか？　「群像」二〇一八年四月号
シェーデル日記　「群像」二〇一八年七月号
わが神曲・放射線　春雨コーダ　「群像」二〇一八年九月号

四元康祐（よつもと・やすひろ）

一九五九年大阪府生まれ。八二年上智大学文学部英文学科卒業。八六年アメリカに移住。九〇年ペンシルベニア大学経営学修士号取得。九一年第一詩集『笑うバグ』を刊行。九四年ドイツに移住。『世界中年会議』で第三回山本健吉文学賞・第五回駿河梅花文学賞、『噤みの午後』で第一一回萩原朔太郎賞、『日本語の虜囚』で第四回鮎川信夫賞を受賞。他の著作に、詩集『妻の右舷』『言語ジャック』『小説』、評論『詩人たちよ！』、小説『偽詩人の世にも奇妙な栄光』などがある。ミュンヘン在住。

装幀　宮古美智代
装画　雨本　直

前立腺《ぜんりつせん》歌日記《うたにっき》

二〇一八年一一月二七日　第一刷発行

著　者――四元康祐《よつもとやすひろ》

発行者――渡瀬昌彦

発行所――株式会社講談社

東京都文京区音羽二―一二―二一

郵便番号一一二―八〇〇一

電話――出版　〇三―五三九五―三五〇四

販売　〇三―五三九五―五八一七

業務　〇三―五三九五―三六一五

印刷所――凸版印刷株式会社

製本所――株式会社若林製本工場

ISBN978-4-06-513806-9